Noites Roubadas

<u>Obras da autora lançadas pela Galera Record</u>:

Dias Infinitos
Noites Roubadas

Rebecca Maizel

Noites Roubadas

Tradução de
GLENDA D'OLIVEIRA

1ª edição

— Galera —

RIO DE JANEIRO

2016

CIP-BRASIL. CATALOGAÇÃO NA PUBLICAÇÃO
SINDICATO NACIONAL DOS EDITORES DE LIVROS, RJ

M427n
Maizel, Rebecca
Noites roubadas / Rebecca Maizel; tradução de Glenda d'Oliveira. – 1ª ed. – Rio de Janeiro: Galera Record, 2016.
(Dias infinitos; 2)

Tradução de: Stolen nights
Sequência de: Dias infinitos
ISBN 978-85-01-09548-0

1. Romance americano. 2. Vampiros – Ficção. I. d'Oliveira, Glenda. II. Título. III. Série.

16-32521
CDD: 813
CDU: 821.111(73)-3

Título original em inglês:
Stolen Nights

Copyright © Rebecca Maizel 2012

Texto revisado segundo o novo Acordo Ortográfico da Língua Portuguesa.

Todos os direitos reservados.
Proibida a reprodução, no todo ou em parte, através de quaisquer meios.

Design de capa: Igor Campos

Direitos exclusivos de publicação em língua portuguesa somente para o Brasil adquiridos pela EDITORA RECORD LTDA.
Rua Argentina, 171 – Rio de Janeiro, RJ – 20921-380 – Tel.: (21) 2585-2000, que se reserva a propriedade literária desta tradução.

Impresso no Brasil

ISBN 978-85-01-09548-0

Seja um leitor preferencial Record.
Cadastre-se e receba informações sobre
nossos lançamentos e nossas promoções.

EDITORA AFILIADA

Atendimento e venda direta ao leitor
mdireto@record.com.br ou (21) 2585-2002

Para Ryan Quirk, que é valente

*Um pergaminho antigo está guardado
em um lugar escuro, sagrado.
Sua localização é desconhecida,
seu autor, anônimo.
É algo lendário.
Nele é descrito um ritual,
suas letras, gravadas a sangue.
Esse ritual requer o mais profundo amor
e o sacrifício final — a morte.
Ele transforma um vampiro em humano
outra vez.
Meu amor, Rhode, o fez
por mim e morreu.
Eu o fiz há poucos dias.
E sobrevivi.*

Capítulo 1

— Chegamos em casa — anunciou Justin Enos, enquanto me guiava pelas grandes torres de pedra do Internato Wickham. Hesitei ao passar pela entrada, parando na via principal que saía do dormitório Seeker e levava às diversas construções e ruelas do campus. A distância, postes altos iluminavam prédios de tijolos como se fossem pequenos faróis.

Apenas quatro dias antes, minha certeza de que eu não pertencia mais a este mundo era absoluta. Eu tinha realizado o ritual para Vicken, meu amigo, meu confidente, também um vampiro. Fiz o ritual para transformá-lo em um ser humano.

— Consigo andar sozinha, sabia? — avisei, embora tropeçasse e Justin tivesse que segurar meu braço com firmeza. Ele me olhou como quem sabia de tudo. Minhas coxas tremiam, resultado do tempo que passei deitada, inconsciente, na cama de um hospital. — A noite está bonita — comentei, me apoiando nos braços de Justin enquanto caminhávamos. Ele acompanhava meus passinhos de bebê, carregando uma bolsa com meus pertences no outro ombro.

Lovers Bay, Massachusetts, florescia em junho; hortênsias e rosas nos cercavam. Junto aos aromas do café e dos restaurantes atrás de nós, na Main Street, cheiros bem discerníveis para mim, em minha recém-readquirida humanidade, dominavam o ar: molhos, perfumes e flores fragrantes.

Depois de tudo que tinha acontecido, o campus do Internato Wickham parecia um lugar imaginário, preso em algum canto, entre sonho e pesadelo.

A noite estava silenciosa. As copas das árvores balançavam preguiçosamente no ar junino, e eu observava os alunos que vagavam pela área, conversando baixinho. A lua apareceu entre as nuvens, e, quando olhei de volta para o mundo, na direção da trilha que levava à praia de Wickham lá embaixo, uma figura pulou por cima do caminho e para dentro da mata. Fios louros esvoaçavam atrás dela.

Dei um risinho em um primeiro momento, imaginando que uma aluna se esgueirava para fora do campus a fim de procurar algum petisco delicioso ou de se encontrar com um namorado. Foi então que algo a respeito de seus movimentos despertou minha atenção. Ela havia pulado com a leveza de uma dançarina, mas também com o ímpeto de quem caça. Era esbelta e ágil. Esbelta demais... Ágil demais.

Alarmada, sondei a área da escola.

— O que foi? — indagou Justin.

— Quer ir até a praia? — perguntei, tentando ganhar tempo.

Ele deixou minha bolsa com um segurança do dormitório, e esperei sozinha, fitando o caminho. Se ela voltasse da mata, então eu saberia se era mesmo uma pessoa comum. Alunos passavam por mim, cumprimentando:

— Oi, Lenah!

— Como é que você está? Melhor?

Mantive o olhar à frente.

— A notícia se espalhou rápido quando você foi para o hospital — comentou Justin, acariciando meu pescoço com o nariz.

Passamos pelo refeitório e pelo dormitório de Justin. Não podia explicar aquilo, a percepção de que a loura era estranha, que ela poderia não ser humana. Talvez fosse apenas paranoia. Claro que sim. Eu era uma ex-vampira de 592 anos. Esquisitices e criaturas estranhas uma vez haviam feito parte de meu cotidiano.

Descemos até a praia de Wickham. Tirei os sapatos, deixei-os na escadinha e sentei-me na areia fresca. Quieta ali, encostada no peito quente de Justin, admirando o mar aberto à frente de nós, tentei me esquecer dos fios de cabelos louros e do pulo ágil e nada natural.

Os dedos de Justin entrelaçaram-se aos meus. Olhávamos a baía, e na memória eu repassava a primeira vez em que o encontrei. Na primeira semana depois que renasci como humana, ele saíra de dentro d'água, reluzente e dourado.

Apoiei a cabeça em seu ombro, respirei e ouvi a água rebentar preguiçosa na praia.

Só que...

Uma certeza horrível fez um arrepio correr por meu corpo. Estremeci, e Justin olhou para mim.

— Ei... Está tudo bem?

Olhe para a esquerda... Uma voz em minha mente falou.

Ele, porém, também sentiu. Desviou o olhar de mim, enterrou os dedos na areia e ficou de joelhos.

É a morte chegando, disse a voz dentro de minha cabeça. A voz da rainha dos vampiros. A caçadora de centenas.

11

Você conhece esse problema, sibilou.

Olhei lentamente para o fim da praia.

— Você está vendo? — perguntou Justin.

Estava. Meu coração era a corda de um violoncelo, vibrando como se um arco deslizasse por ela — oscilando. Alguém corria na nossa direção vindo da extremidade da praia. Uma garota; não era uma criança, tampouco era adulta. Uma aluna da escola? A silhueta esguia vacilava enquanto ela corria, ziguezagueando pela areia antes de cair. Tentou se apoiar para levantar, mas o braço cedeu e ela voltou a cair.

— Acho que está... — A voz de Justin se perdeu.

Ela finalmente pôs-se de pé e recomeçou a correr. Na segunda queda, poucos momentos depois, gritou. Um berro que se prolongou em um uivo demorado pela praia, fazendo seu terror chegar a nossos ouvidos. Os pelos de meus braços arrepiaram-se completamente.

Conhecia bem aquele tipo de grito.

— Ela está precisando de ajuda — disse Justin, dando um passo na direção da menina.

— Espere! — exclamei em um sussurro, agarrando seu braço. Espremi os olhos para me adaptar à escuridão.

— Você ficou maluca? Ela está machucada — afirmou ele. — O que é que estamos esperando, Lenah?

O terror acelerou meu coração um pouco mais e minha boca ficou seca. As palavras estavam presas na garganta pelo medo. Nem mesmo meus olhos eu conseguia mover.

Havia alguém atrás dela.

Esse alguém movia os quadris de um lado a outro em um rebolado confiante. Era o andar de uma modelo. Um desfile de morte pela passarela. A mulher agarrou a menina pelo rabo de cavalo. Deu um puxão rápido, animalesco e brutal.

O vento passou pelas árvores cujas folhas se sacudiram estranhamente na brisa de verão.

— Justin — chamei. — Temos de ir. Agora.

— Mas Lenah! — Justin voltou a dizer meu nome, e puxei-o para mim a fim de podermos falar mais perto um do outro.

— Silêncio — sibilei. — Ou nós dois vamos morrer.

Ele não respondeu, mas em seus olhos ficou claro que havia entendido a mensagem.

Precisava ser calculista, determinada. Não podia deixar o lado humano me dominar. Girei e subi os degraus, virando para a mata que seguia paralela à praia. Minhas pernas doíam dos dias passados no hospital, e, a cada poucos passos que dava, me apoiava nas árvores para procurar equilíbrio.

— Lenah! A gente tem de pedir ajuda! — Justin sussurrou alto atrás de mim. Virei-me para encará-lo.

— Já não falei? Você tem é de ficar quieto — retruquei. — E não repita meu nome.

Depois de ajoelhar, engatinhei até o fim da mata, onde a lama e o muro de contenção da água se encontravam, e observei a cena que se desenrolava lá embaixo. Prendi a respiração ao reconhecer a garota.

Kate Pierson, minha amiga. Integrante das Três Peças — o grupo de garotas de Wickham que, inesperadamente, passei a amar durante o ano anterior. Kate era a mais jovem de nós, mal havia completado 16 anos. Inocente, bela e agora em grave perigo.

Isso mudava as circunstâncias.

Teríamos de fazer algo. Imediatamente fui pensando em nossas opções.

Não tínhamos punhal ou espada para perfurar o coração da vampira, portanto precisávamos amedrontá-la com uma demonstração de força, o que Justin tinha.

— Pare, por favor — gritou Kate para a agressora.

Estávamos deitados de barriga para baixo, e meus dedos, fincados na grama arenosa.

A mulher desfilava atrás de Kate, dando passos pela areia escura, como se estivesse apenas em um passeio noturno. Trajava preto completo. Seus cabelos volumosos, louros e lindos ondeavam ao vento.

Sorriu, a boca vermelha de sangue.

Inspirei fundo.

— Conheço a mulher — sussurrei para Justin.

Minha casa em Hathersage, na Inglaterra, surgiu em minha mente com a memória da escadaria que levava ao sótão.

A criada.

A criada simpática de bochechas rosadas.

Agora era mais pálida que pedra e sentia muita raiva.

Abaixo de nós, Kate tentava se desvencilhar da vampira, mas consegui ver a gravidade de seus ferimentos. Justin e eu havíamos chegado tarde, tarde demais.

Engoli em seco quando a loura agarrou Kate pela frente da blusa e mordeu a curva de seu pescoço. Kate soltou um grito familiar, oco. Era o grito final. A boca pequenina se abriu e uivou para a noite.

— Como? — sussurrou Justin. — Como você conhece essa mulher?

— Eu... — Um arrepio percorreu meu corpo. — Fui eu quem a criei.

Lentamente, muito lentamente, ele virou os olhos para a praia outra vez, sem falar.

O sangue coagulado endurecia a areia enquanto Kate chutava e se debatia. Ela sangrava nos braços e pescoço. Era uma execução por ação da força. Um vampiro pode matar com uma mordida e, portanto, tornar o assassinato virtualmente indolor, mas aquele fora como o de Tony: cruel, feito não por fome ou necessidade, mas por poder. Satisfação.

Kate levou os dedos à garganta a fim de estancar o sangramento.

Inútil. Eu havia presenciado isso muitas vezes.

— Não quero morrer — implorou ela. — Por favor...

Meu coração doía, mas a rainha dos vampiros, outrora poderosa, disse em meu interior que aquela loura era forte. Era inflexível em seu desejo por sangue.

Justin e eu não podíamos correr. Não podíamos ajudar. Morreríamos nas mãos dela se soltássemos qualquer som.

Não podíamos fazer nada até aquele horror acabar.

O último grito soou da praia.

E Kate Pierson deixou de existir.

Capítulo 2

— A gente tem de contar a alguém — disse Justin, quando saímos da mata e voltamos ao campus.

— Não. A gente não pode — retruquei. Estávamos sob a luz de um dos postes do caminho. Mantinha a mão sobre o estômago. — O que a gente tem de fazer é voltar lá para dentro. Preciso pensar bem no que aconteceu.

Precisava de ajuda. Precisava de alguém que entendesse de vampiros.

Queria a companhia de Rhode, mas ele estava morto.

— Não podemos apenas deixar a menina lá na praia! — exclamou Justin, quando uma garota do primeiro ano e um segurança passaram. A Srta. Tate, professora de ciências, vinha logo atrás deles.

— Você disse que ouviu gritos? — perguntou o guarda para a aluna.

— Umas duas vezes, senhor. Lá embaixo.

A Srta. Tate hesitou perto de nós.

— Lenah, é bom ver você. — Ela tocou em meu ombro de leve. — Vocês ouviram alguma coisa lá perto da praia? — perguntou, ao pararmos perto da estufa. — Alguém disse que ouviu uma briga ou uma discussão.

— Não — neguei, balançando a cabeça. — A gente estava aqui. — Apontei para a construção.

Ela assentiu, depois seguiu o segurança e a aluna em direção à praia. Seriam apenas alguns momentos antes de as sirenes começarem a tocar.

Meus pensamentos guerreavam. O que uma vampira veio fazer em Lovers Bay? E ainda uma vampira que eu havia virado? O nome Vicken pulsava em minha mente.

Vicken. Meu leal Vicken. Criado em meio a tanta escuridão e dor. Era meu compatriota. Entretanto, não era mais um vampiro. Eu havia realizado o ritual, libertando-o da eterna sede de sangue e trazendo à tona o lado humano que havia nele.

E se o ritual tivesse falhado? E se Vicken ainda fosse um vampiro e estivesse com a loura?

— Lenah, em que você está pensando? — indagou Justin.

— Em Vicken — respondi, piscando rápido e me concentrando no rosto a minha frente. — O que aconteceu com ele depois que realizei o ritual?

Um músculo se contraiu no queixo de Justin, e ele cruzou os braços.

— Ele ficou em seu apartamento quando saí para te levar ao hospital. Não tenho a menor ideia se ele está vivo ou morto. Não voltei mais lá.

Pensar em Vicken apodrecendo na cama de meu quarto de Wickham não era muito animador, mas eu teria de ir lá conferir. Caminhamos para o dormitório Seeker, fingindo que não tremíamos. No instante em que estava prestes a subir até meu quarto, uma viatura da polícia passou pelo campus, a sirene ligada.

Começara.

Quando o carro passou rapidamente por nós, deixou em seu rastro um sentimento debilitante que me dominou da cabeça aos pés. Uma certeza profunda, pela segunda vez naquela noite.

Alguém me vigiava.

A loura? Ela estava me procurando? Por isso matara Kate?

Dúzias de outros estudantes saíam para a praia a fim de investigar o caos. Olhei para o refeitório e para a longa ladeira que se estendia até o topo de uma colina, levando ao platô de treinamento de arco e flecha.

Lá em cima estava parada uma figura familiar, e imediatamente senti a esperança percorrer por meu corpo. Suleen. O vampiro mais antigo. Ele seria capaz de explicar tudo.

Vestia branco e usava um turbante ajustado à cabeça. Ergueu o braço e fez um gesto para que eu o seguisse, depois virou-se e seguiu para o platô, desaparecendo nas sombras.

Corri e, tentando ignorar a fraqueza nas pernas, subi a colina. Justin veio atrás de mim.

— Lenah, espere aí! O que houve? — gritou ele.

Eu calculava os horrores do dia enquanto corria. O assassinato de Kate, a vampira loura e agora a chegada de Suleen? Tudo aquilo estava inegavelmente conectado.

— Tem alguma coisa muito errada, caso contrário ele não estaria aqui — expliquei.

— O que está errado? Quem é esse? — perguntou.

Chegamos ao platô, os alvos alinhados iluminados a distância pelo luar. Suleen não estava só. Havia alguém ao seu lado no meio do campo, de calças e botas pretas, os cabelos negros espetados.

Meu Deus.

O jovem virou, e seus olhos mergulharam nos meus — azuis. Azuis. Azuis.

Minhas mãos voaram para o peito e cambaleei para trás.

Rhode. Meu Rhode. Seu corpo inteiro estava envolto por uma aura prateada. A luz que emanava dos cabelos negros, dos olhos azuis e da curva do rosto não se comparava à beleza irradiada de dentro dele.

Como podia ser verdade? Meus dedos haviam percorrido pela poeira de seus restos de vampiro naquele primeiro dia em Wickham. Tive tanta certeza de que estava morto.

É claro... A compreensão pulsou por mim. Se sobrevivi ao ritual com Vicken... Por que ele não teria sobrevivido também?

Corri em sua direção. Ele me observou, completamente imóvel. O choque de vê-lo passou pelo meu corpo, uma e outra vez, fazendo meu coração humano se acelerar. Estava a um passo dele, perto o bastante para esticar a mão e tocar sua pele.

Eu o tocaria! Sentiria sua pele com a ponta dos dedos, que estavam vivos com nervos e pulsando com sangue. De repente, Suleen colocou-se entre nós. Dei um passo à esquerda a fim de evitá-lo, mas ele bloqueou meu caminho. Fui para a direita — impedida outra vez. Rhode manteve os olhos fixos nos meus, mas não deu um passo sequer em minha direção.

Meus dedos tremiam quando estendi a mão para ele. — Rhode... — sussurrei. — Você não morreu. Você não morreu.

Ele piscou algumas poucas vezes, olhando admirado para mim, como se eu fosse uma criatura desconhecida ou alguma ave rara.

— Rhode? — chamei, enquanto o pânico subia do estômago para o peito.

— Lenah... — A voz lenta de Suleen desviou meu olhar.
— Não temos muito tempo.

— Droga, Rhode, fale logo comigo — ordenei.

Ele fechou os olhos por um instante. Parecia que juntava forças para falar. Em vez disso, inspirou fundo. Quando abriu os olhos, quase caí para trás pela frieza que havia neles.

— Rhode? — chamei. — Você sabe por quanto tempo sonhei com isso? — Ele não respondeu. — Eu te amo!

Senti uma pressão em meu braço deixar de existir. Justin. Quase me esquecera de que ele estava lá. Suas bochechas estavam sujas, e, quando olhei para suas mãos, vi que também estavam emplastradas de lama e areia. Lembrei-me dos terrores da noite, de tudo por que passamos naquelas últimas horas. E de que Kate Pierson morrera.

— Esse aí é o Rhode? — perguntou ele, debilmente. A surpresa e a mágoa no tom me fizeram querer tampar as orelhas com as mãos.

Rhode fitou-o com a mesma curiosidade que demonstrou comigo, como se fôssemos animais estranhos. Justin voltou a tocar meu braço.

— Você não quer ficar aqui, Lenah — disse ele.

Com isso, Suleen pôs-se entre nós.

— O que você...? — Comecei a dizer quando Suleen abriu uma das mãos, com a palma voltada para Justin. Uma rajada de vento abateu-se sobre todos ao mesmo tempo. Meu cabelo voou para o rosto, e galhos de árvores se quebraram. Houve um estouro alto quando Suleen lançou o braço para a frente. Em um piscar de olhos, um redemoinho d'água isolou Justin. O escudo flutuou no ar entre nós. Estiquei a mão, tentando

21

estendê-la na direção do redemoinho suspenso. Linhas se desenhavam onde meus dedos tocavam a água.

Eu jamais — nunca na vida — vira um vampiro com aquele tipo de poder.

— Lenah! — disse Suleen atrás de mim. — *Rapidement.*

— Rápido. Ele virou-se para Rhode e deixou o escudo rodopiante no ar, como se aquilo sempre tivesse estado ali.

Justin socou a barreira de água, depois deu um passo atrás. Ficou na ponta dos pés, tentando ver através do escudo, mas o redemoinho simplesmente alongou-se. Nossos olhos se encontraram, o rosto dele ondeando estranhamente.

— Lenah! — gritou meu nome outra vez, e o som falhado de sua voz fez um nó se formar no meu peito. Não podia ir até onde ele estava. Nem mesmo depois de tudo que acontecera naquela noite.

Virei-me para Suleen, frustrada.

— Que coisa é essa que está acontecendo?

— O ritual que você fez para Vicken alertou os Aeris.

— Os Aeris? — repeti, surpresa. Ouvira falar deles apenas em textos vampíricos antigos e na mitologia celta.

— O que vocês dois fizeram com o ritual, isso precisa ser julgado — esclareceu ele.

— Julgado? Como em um julgamento de verdade? — indaguei. Rhode sequer me olhava; seus braços estavam cruzados. Os músculos dos antebraços, contraídos, atraíram meus olhos por uma fração de momento. Foi então que ele engoliu. Assisti, apenas para provar a mim mesma que ele era humano, real. Seu peito subia e descia em um ritmo tranquilo. Ambos havíamos realizado o ritual, intencionando morrer, no entanto, ali estávamos, juntos — os dois muito vivos. Humanos.

Agora você tem que se concentrar. Isso vai afetar os dois... — Colocou as palmas quentes sobre meus ombros. — Indefinidamente.

Queria contar a Suleen e a Rhode a respeito da vampira loura. Da morte de Kate e do horror que se desencadeava no campus de Wickham.

O escudo d'água ainda flutuava no ar, mas Justin não aparecia mais do outro lado. Tudo que havia era o verde ondulante das árvores escurecidas salpicadas pelo brilho prateado do luar. O nó em minha garganta se apertou mais quando Suleen tornou a falar.

— Rhode precisa explicar aos Aeris por que manipulou os elementos para realizar um ritual e transformar uma vampira em humana. Precisa explicar por que passou essa informação para você, para torná-la apta a realizá-lo também.

— Bem, essa é fácil. Eu estava desesperada. Pirando. Diz para ele, Rhode.

Ele suspirou e falou pela primeira vez.

— Lenah... — Aquilo sequer soava como meu nome. Parecia uma maldição desprezível, algo cuspido, que se deseja esquecer.

— Você nunca disse que esse ritual era magia elemental — argumentei. Magia elemental era a única razão pela qual os Aeris estariam envolvidos. Eles representavam os quatro elementos do mundo natural: terra, ar, água e fogo. Não eram humanos. Tampouco espíritos. Os Aeris existem como a Terra existe.

— Temos de fazer isso, Lenah — disse Rhode. Sua voz estava calma. — Temos de limpar nossa sujeira.

— Já é hora — declarou Suleen, e finalmente saiu de onde tinha se colocado entre nós. Olhou para o meio do planalto verde, mas eu mantive os olhos fixos em Rhode. Os troncos longos das árvores às suas costas eram um borrão. Para mim, as folhas de verão desbotadas já não passavam de uma mancha escurecida verde-esmeralda.

— Você não vai nem olhar para mim? — perguntei, baixinho. — Você sabia que os Aeris estavam vindo? — Não me atrevia a chegar mais perto. — Por que não voltou antes?

Novamente o silêncio foi a resposta.

— Não entendo — falei.

— Eu não queria voltar — disse ele de repente. — Fui obrigado. — Levantou o olhar para mim. — Por causa disso aqui.

Suas palavras me atingiram em cheio no peito.

Ele não queria voltar?

Foi então que vi uma luz branca com o canto do olho. Conhecia aquela luz: era sobrenatural.

As palavras de Rhode ficaram suspensas no ar, ardendo em mim como uma queimadura. Havia uma grande extensão de terra diante de nós, e os alvos de treinamento estavam distantes no platô. Meu sangue pulsava na base da garganta. Encostei em minha pele para senti-lo. A luz branca no centro do verde cresceu, ficando tão comprida e ampla quanto o campo que se estendia diante de mim.

Em um primeiro momento, foi difícil discernir qualquer coisa no brilho ofuscante, mas enfim as formas confusas começaram a se tornar silhuetas humanas. Quatro corpos femininos. Os Aeris deram passos à frente.

Seus vestidos eram fluidos como se feitos d'água. A nuance de suas vestimentas mudava de cor a cada poucos segundos; em um momento eram azuis, em seguida, de um azul mais escuro, depois, vermelhas. Eu me perguntava se era um efeito da luz. Uma das figuras femininas tinha olhos impossivelmente brancos, e seus cabelos movimentavam-se ao redor da cabeça, como se estivessem submersos. A mulher ao seu lado tinha fios que se agitavam como chamas crepitantes, de um vermelho vivo. Ao olhar para mim, seu vestido acendeu-se em vermelho-coral. Fogo.

Atrás dos Aeris havia centenas, não, milhares de formas que lembravam pessoas normais.

As quatro criaturas falaram juntas:

— Somos os Aeris.

Sua luz dominou o céu inteiro.

— Quem são as pessoas atrás de vocês? — perguntei.

O Fogo apontou para o campo de pessoas.

— Essas são as suas vítimas, e as vítimas dos vampiros que vocês transformaram.

Minhas vítimas? Sacudi a cabeça rapidamente. Não podia ser.

Entretanto, elas estavam lá. Eram amorfas, com suas identidades guardadas pela luz. Junto da massa havia um ser brilhante de não mais que 90 centímetros. Um arrepio gelado e horripilante percorreu meu corpo.

Uma criança.

Era a criança que eu matara havia centenas de anos.

Olhando de Rhode para mim, o Fogo disse:

— Suas vidas estão destinadas a se enlaçarem. Vocês estão ligados por um poder que não pode ser desfeito pelos Aeris.

— Destinadas? — repeti.

— Sim, Lenah Beaudonte. Você e Rhode Lewin nasceram sob as mesmas estrelas. O curso de suas vidas os trouxe aqui... Juntos, como almas gêmeas.

— Vocês jamais interferiram em nossas questões antes — argumentou Rhode.

25

— Você, Rhode, deveria ter morrido quando realizou o ritual para transformar Lenah em humana. Entretanto, sua alma gêmea atou-o a este mundo. Ao sair para a luz do sol, você deveria ter morrido. Mas não podia. Não sem Lenah.

— E o mesmo serve para mim? — indaguei. — Quando estava realizando o ritual para Vicken?

Ela assentiu.

— Por isso viemos, para desfazer o que vocês criaram com essa cerimônia.

Quebrei a cabeça tentando entender o que ela dizia. Seu cabelo crepitava.

— Não se pode manipular os elementos a fim de levar vida àquilo que está morto. Não sem consequências.

— Então vocês vieram nos punir? — concluí.

— Viemos responsabilizá-los.

O Fogo gesticulou na direção da figura fantasmagórica da criança para ilustrar o que dizia. Não havia o que responder. Absolutamente nada poderia me defender.

— Era nossa natureza na época — argumentou Rhode, simplesmente. — Matar.

— Não estamos aqui para responsabilizá-los pelos seus assassinatos infindáveis, por mais hediondos que tenham sido. Isso não é da alçada dos Aeris, e tampouco policiamos o mundo vampírico. Vampiros estão mortos. São vagantes noturnos sobrenaturais. Não podemos responsabilizá-los pelos assassinatos que cometeram naquele mundo — explicou o Fogo, enquanto andava entre nós. — O que me interessa é o que fizeram a fim de se tornar humanos. É contra as leis da natureza manipular os elementos. Vocês forçaram um caminho de volta ao mundo natural com o ritual e, tendo feito isso, tornaram-se nossa responsabilidade. Não sairão impunes.

Rhode nada disse. Eu não conseguia desviar o olhar das milhares de figuras que se aglomeravam atrás dos Aeris. Todas aquelas pessoas...

O Fogo me encarou e levou as mãos aos quadris, depois deixou-as pender. Minhas pernas estavam tão fracas que bambeavam, e me perguntei se cairia no chão bem ali.

— Estas são suas opções: podem voltar ao seu estado natural, e Rhode retornará ao ano de 1348 como um cavaleiro sob o reinado de Eduardo III. Você, Lenah, viverá sua vida em 1418, da forma como deveria ter sido.

— Quando éramos humanos? — perguntei, incrédula.

— Estado natural se refere à época quando os dois tinham a alma branca, pura — explicou o Fogo.

— Vai nos mandar de volta no *tempo*? — indagou Rhode.

O Fogo olhou para trás, na direção da multidão de vítimas que se acumulava. Uma pergunta surgiu em minha mente.

— E todas essas pessoas? — indaguei, gesticulando para elas.

— Quando vocês retornarem ao mundo medieval, essas almas também voltarão ao curso natural de suas vidas.

— Não entendo — confessei.

— Todas as pessoas que vocês mataram voltarão a viver, assim como aqueles que foram mortos pelos vampiros que vocês criaram. Eles jamais os conhecerão... Porque vocês não se transformarão em vampiros. Será como se nunca tivessem se encontrado. — Ela olhou para mim e Rhode.

Em 1348, quando se tornou vampiro, Rhode tinha 19 anos. Eu demoraria mais 69 anos para nascer. Ele estaria morto quando acontecesse, ou, na melhor das hipóteses, bem velho. Era esse seu propósito. Mandar-nos de volta a fim de nos manter separados.

— É o equilíbrio, Lenah. Todos os quatro elementos do mundo criam equilíbrio. Você foi transformada em vampira contra a vontade. Foi a primeira vítima de Rhode, então é você quem faz a escolha que determina o destino dele.

— Qual a outra opção? — perguntei.

O Fogo deu um passo para a extremidade da luz branca. Suas pupilas eram de um vermelho vivo, mas a íris ao redor brilhava com um branco perolado. Segurei a respiração até sentir as bochechas e o restante do corpo formigarem.

— Você e Rhode desencadearam uma série de reações que não pode ser desfeita até que se separem. Podem voltar ao mundo medieval ou ficar aqui. Se escolherem ficar, não poderão se entregar um ao outro.

— Entregar? — repetiu Rhode. — O que você quer dizer com isso?

— A entrega ao amor é uma escolha profunda dentro da alma. Se escolherem viver suas vidas juntos neste mundo, nós saberemos.

Poderíamos nos tocar? Falar? Beijar...? Todos esses questionamentos pipocaram em minha mente.

— Poderão conversar, se falar, interagir, mas não poderão se entregar e ser o casal que já foram um dia — explicou o Fogo, lendo meus pensamentos.

— Mas como vamos saber se a gente se entregou? Se voltarmos a ser o casal que fomos? Não posso simplesmente parar de amar Rhode.

— Você sempre, sempre amou quem quis, quando quis. Rhode, Vicken, Heath, Gavin, Song e Justin. Mas quem preencheu sua alma? A quantos se entregou? Você não compartilhou sua vida com os demais, não cresceu com eles como fez com Rhode. Agora acabou. Você precisa fazer com ele o que fez com homens que encontrou pelo caminho: manter distância.

— Não entendo. — Mal consegui dizer, sabendo lá no fundo que ela estava completamente certa. Não tinha usado todos, menos Rhode? Usei, não usei? O Fogo deu um passo para mim, e pude sentir o calor que ela emanava.

— Como o litoral mais branco em uma praia que se estende até onde os olhos alcançam. Você quer aquele oceano. Você vê aquele oceano. Mas jamais poderá entrar nele outra vez. Nunca mais.

Engoli em seco, incapaz de formar as palavras que tão desesperadamente desejava dizer. Queria convencê-la. Poderia manter Rhode a distância? Poderia fingir que não tínhamos uma história? A luz prateada em volta de minhas vítimas pulsava atrás da cabeça do Fogo, lembrando-me de tudo que fiz para merecer esse momento no platô de treino de arco e flecha.

— E eles? — perguntei, com um aceno de cabeça. — O que vai acontecer se eu ficar?

— Vê esta luz ao meu redor?

Assenti.

— Suas vítimas... Elas têm almas limpas. E ficarão com elas.

Imaginei que minha alma seria negra e endurecida como um bloco de carvão.

— E se eu voltar à Idade Média? Se eles voltarem à vida?

— Então serão deixados com as próprias escolhas. O destino das almas de cada um será deles mesmos.

Eu já havia decidido como seriam seus destinos. Estavam seguros onde estavam, seguros naquela luz. Como eu poderia largá-los em um passado de que nada sabia a respeito? Será que estava sendo egoísta? Queria proteger suas almas ou a minha? Sabia melhor que qualquer outra coisa no mundo que, se eu tinha mesmo uma alma, Rhode e eu estávamos destinados a ficar juntos.

— Qual sua escolha? — indagou o Fogo.

Olhei para Rhode. Ele não queria me encarar. Eu queria beijar sua boca, mesmo agora, com o decreto dos Aeris de que jamais poderíamos voltar a ser um casal. Apenas vê-lo ali, saber que podia estar perto dele quando estava tão convencida de sua morte... Não queria voltar. Não importava o que teríamos de enfrentar, se Rhode estivesse ao meu lado, mesmo a uma distância segura, eu faria qualquer coisa.

— Escolho ficar — declarei, fitando dentro dos olhos vermelho-coral do Fogo. — Aqui e agora, em Lovers Bay.

Em minha mente, a imagem de um pomar perfeito, cheio de maçãs, pintada em grossas espirais coloridas, dissolveu-se como se tivesse sido deixada na chuva.

— E eles vão ficar sãos e salvos? — indaguei, referindo-me às pessoas atrás dos Aeris. O Fogo assentiu, dizendo em seguida: — Você deve enfrentá-la, Lenah. — Não precisava dizer quem.

Deu um passo de volta à luz, e sua forma distinta começou a desaparecer.

A luz branca diminuiu também, e Suleen, que estava ao nosso lado, estendeu a mão aos Aeris. Ele virou a palma para a esquerda, depois para a direita, em seguida cerrou os punhos. Estava em algum tipo de comunicação que eu não entendia. O Fogo imitava os gestos. Palma para a esquerda — direita — punho fechado. Ela e as irmãs tinham quase sumido por completo, evanescendo na paisagem como se jamais tivessem estado ali.

Rhode observava Suleen, mas eu não conseguia parar de observar o movimento da respiração em seu peitoral. Fitara-o durante séculos, desejando que ambos fôssemos humanos, respirando e vivendo juntos.

Não poderão se entregar, dissera o Fogo.

Pulei para a frente, ultrapassei Suleen e caminhei em direção aos Aeris evanescentes.

— Espere — gritei. — Espere!

Joguei os braços em direção à luz, mas ela se reduziu mais, deixando nada para trás, exceto teias de aranha indistintas. Os Aeris haviam partido. O Fogo havia partido.

Rhode olhou em volta no platô, então envolvido pela escuridão.

— A gente tem de fazer alguma coisa! — exclamei para Suleen.

— Você já fez — retrucou Rhode. — Escolheu ficar.

Havia tristeza em sua voz, raiva também. Eu simplesmente não podia me separar de Rhode, não quando a escolha seria definitiva. Não poderia voltar para a Idade Média sem ele.

O gramado sob meus pés estava acinzentado, o céu acima, negro.

Engoli, sentindo um nó atrás da garganta.

— Suas centenas de anos de experiência nesta Terra devem ser sua consciência agora. Fiquem longe um do outro — aconselhou Suleen. Seu tom equilibrado quebrou o feitiço de meus pensamentos.

Rhode encontrou os olhos do vampiro. Um tremor subiu de meus calcanhares para os joelhos e coxas. Precisava pegar algo, segurar firme e quebrá-lo em dois.

Minha mente corria, como se voltasse para o mundo em que eu existia antes dos Aeris chegarem de seu plano branco e iluminarem o planalto.

Justin.

Me virei para olhar o fim do campo, onde Suleen conjurara o escudo d'água. Justin, porém, havia partido muito tempo antes. Acho que não tinha como culpá-lo. Tampouco eu ia querer ficar nesse lugar.

— Não há outro jeito, Rhode — disse Suleen.

Ele respondeu em híndi, idioma que eu não conhecia. Falava vinte e cinco línguas fluentemente, e Rhode escolheu uma que eu não podia entender.

Ele passou por mim e desceu a colina sem olhar para trás.

Estava partindo, justamente quando eu o encontrara de novo?

— O que foi que ele disse? O quê?! Rhode! — gritei, e o segui. Suleen segurou meu braço. — Não! — berrei. Fiz força para escapar, mas ele facilmente me conteve.

Assisti enquanto Rhode corria pela campina e depois pelo caminho do campus.

— Rhode! — chamei. A dor que sentia no coração me deixava péssima.

Ele não olhou para trás.

— Rhode!

Eu não pude contar a ele sobre a vampira loura. Não pude dizer: *Fique, porque eu te amo. Sempre amei. Fique, e podemos fazer isso juntos.*

Porque em um piscar de olhos, em um segundo, ele se foi.

Capítulo 3

1730, Hampstead, Inglaterra — Heath

Quando os anos de vampirismo começaram a encarcerar minha mente na loucura, senti um desejo profundo de voltar ao pomar de meus pais. Ansiava pelas suculentas maçãs vermelhas que balançavam dos galhos. Por quase três séculos implorei a Rhode que me acompanhasse de volta a Hampstead. Quando finalmente fizemos a viagem, vesti-me de preto para a ocasião. Deixei longas mechas de cabelos caindo pelos ombros; minhas costelas estavam comprimidas por um espartilho. A década de 1730 era a época dos *panniers*, armações largas presas aos quadris femininos sob as saias. As mulheres deviam ocupar o espaço, ser um espetáculo, centro da admiração. Era um tempo de opulência. Amei essa época mais que todas as outras. Podia brilhar quando a luz do sol não caía mais sobre mim. Quanto aos homens, muitos usavam perucas com talco. Mas Rhode, não. Ele sempre teve cabelos longos, escuros e amarrados na nuca. O couro das botas pretas chegava quase aos joelhos.

Éramos belos Anjos da Morte.

— 312 anos se passaram desde que pisei nesta terra — falei, olhando para Rhode.

— Digo o mesmo — respondeu ele. Um pôr do sol estupendo descia sobre a charneca, pintando os campos com uma luz alaranjada. Às suas costas, destacado por um campo, estava o mosteiro de pedra onde eu passara grande parte de minha infância. O pôr do sol de Hampstead pintava o gramado de tons vermelho-sangue. Como uma vampira, ficava aliviada ao ver que a luz do sol começaria a diminuir em breve.

— Tem certeza de que quer ver isso? — indagou Rhode.

Assenti, movendo os olhos do mosteiro para o caminho à frente. Eu passeava com frequência por aqueles campos quando era criança. Imagens da lama sujando meus dedos, dos cabelos voando atrás de mim ao vento e do solo rico ardiam em minha mente. O vento passou pelos galhos outra vez, e uma chuva de folhas cobriu o chão. A terra parecia tremer, como se soubesse que algo antinatural andava sobre ela.

Quando Rhode deu um passo, sua espada passou pela lateral da perna. Levantei a mão e gentilmente entrelacei os dedos nos dele. Mesmo usando joias em quase todos os dedos, ele escolheu passar o dedão pelo meu anel de ônix — a pedra da morte. Andamos pelo longo caminho em túnel e prosseguimos para a casa de minha família. Ao passarmos pelo mosteiro, meu olho seguiu a pedra cinza e o solo bem-cuidado. Depois de trezentos anos, aquele lugar ainda era sagrado.

Teria sido Henrique VIII quem o poupara? Seria possível que tivesse escapado da dissolução dos mosteiros no século XVI?

— Agora é uma igreja — observou Rhode, e, quando olhei com atenção, pude ver que o mosteiro de minha infância já não existia, embora a base da construção continuasse a mesma. Pude ouvir os sons de uma missa vindos lá de dentro, murmúrios e cânticos baixinhos.

Quando eu tinha 9 anos, costumava me esconder sob as janelas de parapeito de pedra, com os pés espremidos no chão desigual. Ouvia centenas de vozes, como se fossem assombrações. O cantarolar suave dos monges ecoava pelos campos, fazendo uma vibração viajar por meu peito.

Uma noite, meu pai me disse que a luz do mosteiro era a mais bonita do mundo.

— A luz de vela — comentara ele — é um farol para Deus. Um pedacinho d'Ele na Terra.

— É logo ali — falou Rhode.

Lá estava. Fitei a casa no pomar.

— Está igual — sussurrei. — Está igualzinha ao que vejo em minhas lembranças.

O mesmo telhado feito de telhas de ardósia e pedras espaçadas de maneira regular. A mesma mansão de dois andares com vista para as fileiras de árvores bem-cuidadas que se estendiam em linhas verticais, a distâncias tão grandes que o olho não conseguia alcançar. E estavam dando fruto. Verde, verde por toda a parte. Verde-limão, verde-água, verde-escuro, e grama crescida, que fazia cócegas nos calcanhares.

Segurei o tecido pesado de meu vestido, levantando-o para não arrastá-lo pelo chão lamacento.

— Não creio que tenha alguém em casa — disse Rhode, espiando a chaminé sem fumaça.

Não me importava se havia gente ou não. Pressionei as mãos no vidro, imaginando se estava frio — não podia sentir a temperatura. À medida que um vampiro envelhece, sua percepção de temperatura se esvai. Cheguei mais perto. As vigas de madeira haviam sido reforçadas com o tempo, mas tudo parecia igual. A familiaridade fez uma onda de alento se espalhar pelo meu corpo, e a sensação se sobrepôs à raiva, à dor e à tristeza que vinham me dominando como vampira. O conforto foi um presente.

— Lenah, olhe — disse Rhode atrás de mim. — São...

— Cinquenta acres — completei, virando-me da janela. Uma calma apoderara-se de mim ao olhar para ele. Imaginei que estivesse maravilhado com a propriedade.

— Não — corrigiu. — Túmulos.

Como se tivesse sido banhada da cabeça aos pés com água gelada, senti a calma desaparecer. Foi substituída pela implacável constante familiar: pesar. O sentimento mais comum aos vampiros. Pesar. Perda. Dor.

Meu olhar seguiu a direção em que ele apontava. Parei nos degraus da entrada antes de seguir para o pequeno cemitério. Rhode havia se abaixado e corria o dedo por uma gravação profunda na frente de uma das lápides.

Ao passar pela casa, olhei para meu reflexo na janela. Tantos anos antes, vira-me criança nas linhas ondulantes do vidro. Agora, naquele mesmo vidro, observei meus longos cabelos negros caindo pelos ombros. O preto do vestido se destacava contra o verde exuberante das fileiras de árvores atrás de mim. Dei outro passo para a lateral da casa e entrei no cemitério.

O dedo de Rhode acompanhava o traçado do *L* em meu nome.

Era minha lápide.

Meu Deus, a pedra estava apodrecida, mas, apesar dos trezentos anos enfrentando as intempéries dos elementos, meu nome ainda estava gravado claramente. Não havia epitáfio.

LENAH BEAUDONTE
1400 — 1417

Foi muito tempo atrás, pensei. *Há muito tempo, pertenci a este mundo. Poderia ter feito alguma diferença para minha família, meus vizinhos, os monges e para mim mesma.*

— Agora você sabe — disse Rhode em voz baixa, e se levantou. — Fizeram uma sepultura para você. — Aquele fora um de meus muitos questionamentos sobre minha morte humana.

— Queria ver — respondi com um aceno de cabeça. — Não importa a dor que me causaria.

— Seu pai morreu não muito depois de você — comentou ele.

A lápide ao lado da minha dizia simplesmente que Aden Beaudonte morrera em 1419. Ao lado da curva da pedra havia jasmins, graciosas e brancas. Plante jasmim se precisar viver, alguém me disse certa vez; não apenas existir, mas viver. Plante jasmim para nunca ficar só. Dei um passo à frente, me inclinei e arranquei três tufos de flores. Quando virei-me para a cova de meu pai, Rhode tinha se afastado e estava ao fim de uma fileira, observando outra lápide.

Deixei um dos pequenos buquês na sepultura de minha mãe; ela morrera em 1450.

— Lenah... — murmurou Rhode. Olhei em sua direção. Seu queixo estava afundado no peito, e os olhos, fixos na pedra à frente. Ele se agachou. Me aproximei e, quando estava a seu lado, li o nome gravado. Agarrei seu ombro, cambaleando. Não precisava recuperar o fôlego. Não havia um coração para bater acelerado. Houve apenas um choque quando me deparei com o nome:

GENEVIEVE BEAUDONTE
MÃE E IRMÃ
1419 — 1472

— Você teve uma irmã — concluiu Rhode, assombrado. — Ela nasceu dois anos depois de seu desaparecimento.

Uma irmã. Tive uma irmã? Encarei o nome, sem me mover. Se soubesse que ela existia, poderia ter vindo vê-la, poderia tê-la observado viver. Virei de costas, caminhei para longe das sepulturas e voltei para o pomar. A barra do vestido foi se arrastando pela lama da terra de meu pai.

— Lenah! — chamou Rhode.

O que tinham contado a ela? Que sua irmã fora levada por demônios? Que estava lá e, de repente, já não estava mais? Ela viveu até os 55 anos, uma idade avançada incomum para sua época. Viveu mais que mamãe. Minha mãe não tinha ficado sozinha. Parei ao alcançar o pomar.

Uma irmã.

Ouvi o som dos passos de Rhode sobre o gramado, e ele parou logo atrás de mim.

— Você tinha razão. Tinha mesmo de vir. Saber da sua família — disse ele, com gentileza.

Agora que o sol já havia se posto quase totalmente atrás da propriedade, sabia que, se observasse o céu, veria o começo da constelação de Andrômeda. Direcionei meu olhar de volta ao pomar. Os moradores de minha casa, sejam eles quem fossem, retornariam em breve. Estavam muito provavelmente na missa da tarde na igreja.

A mão de Rhode se juntou a minha. Quando dois vampiros se amam, seu toque produz calor. Sem amor, não sentimos nada. Naquele instante, seu toque era como a luz do sol mais clara no mais quente dos dias.

— Lenah, quase todas as lápides naquele cemitério têm o nome Beaudonte gravado. — Ele meneou a cabeça indicando a casa. — É sua família que vive lá... Ainda hoje.

Abracei Rhode com firmeza, puxando-o para mim.

— Me prometa. Prometa que, não importa o que acontecer, você vai estar sempre comigo. — Afastei-me e fitei dentro dos olhos de vampiro de Rhode. Tão gloriosos, eram da cor do céu de verão. Meu céu. — Não sabemos o que virá pela frente, mas, se souber que sempre estará comigo, posso aguentar.

— Prometo — respondeu ele. — Não importa o que aconteça.

Rhode pegou em minha mão. Ao olhar para a casa e para o cemitério além, lágrimas que jamais viriam queimaram meus olhos. Foi então que deixei a única pessoa restante em meu coração levar-me embora. Enquanto a escuridão tomava o longo caminho da saída, eu podia ouvir o canto das poucas pessoas no prado atrás do mosteiro. Distanciavam-se de nós enquanto voltávamos ao pomar. Era minha família cantando. Ainda que muitas gerações tivessem nascido, ainda eram meu sangue. Segurei Rhode com mais força e deixei que me levasse, como fizera trezentos anos antes, para dentro da noite.

Capítulo 4

Dias de hoje

O tempo não passa para os mortos. Depois de morrer, não conseguimos acompanhar a evolução do tempo. Ele é o mestre dos vivos. Para os mortos, para os vampiros, é um vespeiro. Perigoso, algo a se evitar; sempre sussurrando em seus ouvidos.

Quando Rhode fugiu de mim, no fim de nossa audiência com Suleen e os Aeris, ele me deixou pela segunda vez em nossa longa história. A primeira fora em 1740, quando minha mente começava a se desfazer como pedacinhos de renda. Ele dissera *jamais a deixarei* centenas de vezes, milhares de vezes. Vampiros gostam de contabilizar; gostam de calcular sua tristeza.

Na última vez que me deixou, enlouqueci. Na última vez que me deixou, criei um tipo bem diferente de família para mim. Fiz um coven de vampiros. Desta vez, jurei, parada naquela via do Internato Wickham, com o luar se esgueirando pelas frestinhas deixadas pelos galhos entrelaçados, que não reviveria aquela dor. Estava determinada a ser eu mesma... Fosse quem fosse.

Mas aonde fora ele desta vez? De volta ao lugar onde se escondera durante o ano em que pensei que estava morto? O que é que podia ser tão forte para mantê-lo afastado de mim?

Suas palavras consumiam meus pensamentos.

Não queria voltar, dissera ele. *Fui obrigado.*

Rhode prometera nunca me deixar. Fizera a promessa quando estávamos nos caminhos de acesso ao pomar de meu pai, centenas de anos antes.

Vans da polícia estacionavam pelo colégio. Seguranças e policiais cercavam alunos e mandavam que voltassem a seus alojamentos. As árvores balançavam, e as estrelas brilhavam lá em cima em uma dança preguiçosa.

— Ei, você!

Virei. Um guarda que eu nunca vira antes andou em minha direção no breu. Seu distintivo brilhou sob as luzes dos postes, que pareciam mais claras que o normal.

— O toque de recolher de hoje é às nove da noite, daqui a quinze minutos. Deixe-me ver sua carteirinha.

Meti a mão no bolso e estendi para ele. O homem pegou a carteirinha e ficou paralisado, inerte e abobado.

— Senhor? — falei, mas ele olhava para algum ponto distante. Não se movia.

Depois de um momento, sacudiu a cabeça rapidamente e virou-se, voltando pelo caminho enquanto se afastava de mim.

Fiquei lá, incerta do que acabara de acontecer.

Suleen surgiu da sombra de um prédio próximo, fazendo com que eu pulasse de susto.

— Venha comigo — pediu.

— Como você fez isso? — perguntei, sem ar.

Não respondeu. Caminhamos em silêncio pelo caminho ao lado da construção, passando por equipes de manutenção que trabalhavam no escuro. Não entendi o que faziam, mas centelhas voavam pelo ar, como pequeninos fogos de artifício.

— Estão trocando as fechaduras — explicou Suleen. Voltamos a ficar quietos ao cruzar o campus e nos aproximarmos da praia. Antes dos degraus de acesso à areia, havia um pedaço de fita amarela que dizia: POLÍCIA — ÁREA RESTRITA: NÃO ENTRE.

Ele levantou a fita bem ao lado de um policial que lia algo preso em uma prancheta. Passamos por baixo da faixa, e o homem não deu qualquer sinal de que nos tinha visto.

Quando chegamos à praia, já haviam removido o corpo, mas o sangue de Kate ainda empapava a areia.

Suleen e eu ficamos sob a luz da lua. O vento de verão soprava gentilmente, e admirei meu protetor silencioso. Perguntei-me por que ele havia se envolvido em minha vida por tanto tempo. E como era possível que tivesse tamanho poder. Emanava dele; era quase possível ouvi-lo.

Inspirei o aroma do mar e do sal. Quando eu era vampira, não conseguia sentir o cheiro de nada que não fosse carne e sangue. Minha visão, por outro lado, era ilimitada, necessária para a caça, o que resultou em incontáveis mortes. Era capaz de enxergar as veias através da pele de minhas vítimas, o fluxo de seu sangue. Mas toque e sensibilidade? Nenhum. E sabor?

— *Tudo que sentirás é sangue, e isso será o fruto de tua escuridão.* Assim ditam os livros sobre vampirismo — falei em voz alta.

— Vampiros têm adoração por registrar e passar à frente seu sofrimento. Usam tudo que encontrarem para isso. Documentos antigos, impressos e rabiscados nos mais estranhos dos papéis, troncos das árvores ou a pele humana — respondeu Suleen.

Fiquei em silêncio por um instante.

— Fui eu quem criou a vampira que matou Kate Pierson — confessei em seguida.

Ele assentiu.

— Como viu hoje — disse —, nosso passado não é algo imóvel. Ele nos define; e pode desfazer nosso futuro.

Soltei o ar sonoramente.

— Como é que os Aeris têm tanto poder? São mesmo capazes de viajar no tempo? Eles poderiam ter me mandado de volta ao passado?

— Acho que sim. Veja, com esse decreto em particular, o que estão tentando fazer é reparar o dano que vocês causaram. — Suleen pareceu pensar a respeito de suas palavras por um momento, depois continuou: — Os Aeris não são humanos. Não têm desejos humanos, tampouco lhe desejam qualquer mal.

— Ainda assim, estão me ferindo da maneira mais eficiente possível: me separando de Rhode.

Suleen respirou fundo, o que me deixou surpresa. Observei-o inspirar, embora jamais precisasse de ar. Sugou-o e, quando o expirou, jogou-o para fora em direção ao chão, e os grãos de areia fizeram movimentos infinitésimos, criando padrões e desenhos.

Ao terminar, um contorno apagado jazia a nossos pés. Como um fantasma prateado, o corpo de Kate estava caído de lado, a boca aberta exatamente como eu e Justin a tínhamos visto pela última vez.

O vento aumentou, mas a aparição ainda brilhava na areia.

— Disseram que eu e Rhode ainda podíamos nos falar e tocar, mas não nos entregar um ao outro. — A palavra *entregar* ficou suspensa no ar por alguns segundos.

— É, isso é a reunião de almas gêmeas. Se escolherem criar uma vida juntos, cederem ao amor apesar da advertência, você voltará ao século XV, e Rhode, ao XIV.

Minha visão se embaçou, e o mar não passava de uma indefinição de linhas aguadas; não me atrevi a encontrar o olhar de Suleen e contraí os lábios com força. As imagens de minha primeira vida humana passaram como se nadassem perante meus olhos: um cemitério com pedras antiquíssimas fincadas, uma luz nebulosa passando pelo vidro grosso e monges entoando cânticos à noite.

O corpo etéreo de Kate cintilava sob o luar brilhante. Se voltasse ao século XV, como os Aeris haviam ameaçado, ninguém entre as pessoas deste mundo que eu amava estaria lá. Não haveria Vicken. Nem Justin. Wickham não teria sido construída ainda — não existiria uma Main Street de Lovers Bay.

Kate estaria viva, entretanto. Tony também.

— Seja a pessoa que você quer ser. Delicie-se com isso — aconselhou Suleen.

— Como posso ser essa pessoa quando é tão perigoso estar aqui? — Encontrei os olhos dele e suspirei. — A vampira loura provavelmente voltou por vingança. Parecia tão satisfeita consigo mesma e o assassinato.

Foi então que me dei conta: Suleen devia ficar. Ele poderia ajudar!

45

— Fique — pedi simplesmente. — Com você aqui, nenhum vampiro vai se atrever a atacar. — Já tinha visto aquela expressão antes, mas havia muito tempo. Uma espécie de preocupação paterna. Senti uma dor emotiva queimar meu peito. Visualizei meus pais na luz branca dos Aeris. Podia apenas imaginar o que meu desaparecimento fizera a suas vidas.

— Seu pai não foi nenhuma vítima — contestou Suleen, lendo minhas emoções e talvez meus pensamentos.

Caí de joelhos, e ele ajoelhou ao meu lado.

— Você fez uma escolha naquele campo de treino, Lenah — lembrou ele.

— Eu sei.

— Então sabe que escolheu ficar aqui, neste mundo. Isso significa que precisa lidar com as consequências, mesmo que isso queira dizer enfrentar a vampira.

Não queria confrontá-la. Não sozinha.

— E os Aeris? — indaguei.

— Nenhum ser sobrenatural jamais realizou o que você e Rhode fizeram. Assim como os Aeris não interferiram em vocês, não podem interferir nessa vampira.

Um sentimento de culpa espalhou-se por mim. A única esperança que me restava era que Suleen ficasse.

— Não posso — recusou-se ele, lendo minha mente outra vez. Hesitou por um momento, olhando para o corpo de Kate, e em seguida disse: — Devo te contar por que a magia elemental é tão poderosa? Por que seu ritual evocou os Aeris?

Assenti, sem dizer nada.

— A magia elemental é a magia da vida — continuou. — Nós, vampiros, tiramos vidas. É nossa maldição. Quanto mais poderosa a magia, mais somos atraídos por ela.

— Por quê?

— A magia é obtida dos elementos. Os seres sobrenaturais evocaram-na, criaram-na com nosso poder. É por isso que, quando um feitiço é realizado, os vampiros conseguem senti-lo se estiverem próximos. Nós o desejamos como se fosse sangue. É um lembrete de que temos algum controle sobre este mundo que continua girando apesar de nós.

— Não sabia das consequências.

— Claro que sabia — respondeu Suleen, e no instante em que o disse, eu soube que estava certo. Naquela época, não me importava com o poder do ritual. Coloquei meus desejos egoístas acima de todo o resto. — E essa vampira também sabe, essa que veio a Lovers Bay. Ela deseja essa magia.

— Se você não pode me ajudar, por que está me contando isso?

— Temos uma ligação muito mais profunda do que talvez você consiga perceber.

Minha boca se abriu.

— Como assim?

— É uma história para outra hora — afirmou ele. — Saiba apenas que, quando mais precisar de mim, a encontrarei.

Suleen parou ao lado do corpo e manteve a palma acima de Kate. Moveu a mão como se estivesse simplesmente agitando o ar, e a areia voltou à forma de antes. Voltamos à via do campus, e o vampiro parou comigo à entrada do dormitório Seeker.

— Sugiro que entre — aconselhou ele.

— Posso morrer — disse eu.

Ele examinou meu rosto um instante, depois os cantos da boca se ergueram, bem de leve. Apenas o bastante para deixar um sorriso transparecer em seus olhos.

— Uma garota como você, não... — replicou Suleen.

Pisquei. Foi o suficiente. Naquela fração de segundo, já estava só. Ninguém caminhava pelo caminho. Ninguém me chamava dos prados. Tudo que havia ao meu redor era o som penetrante do silêncio.

Capítulo 5

Parei do lado de fora das portas de vidro do alojamento Seeker pela primeira vez desde que havia feito o ritual para Vicken e ido parar no hospital, quatro dias antes. Muita coisa havia acontecido depois que eu entrara no campus naquela noite. Olhei meu reflexo. Uma garota de 16 anos, quase 17. Como desejara chegar àquele ponto. Envelheceria este ano.

Reparei em minha aparência à sombra da noite. O mesmo nariz fino. Os mesmos cabelos longos que chegavam às costelas. Pernas longas e esguias, calçando coturnos pretos. O lusco-fusco iluminava minha humanidade. Antes, minha pele branca e perfeita brilhava sob a luz da lua. Sarava instantaneamente caso qualquer coisa ou pessoa a ousasse macular. Agora, entretanto, altos arranhões vermelhos marcavam minhas mãos. Virei o rosto para ver outra laceração, menor. Eram os lembretes físicos de que Justin e eu havíamos engatinhado pela vegetação rasteira da mata de Wickham enquanto Kate era assassinada.

Justin.

Suspirei, sentindo o peso das provações da noite caírem sobre meus ombros. Tinha de entrar sozinha e voltar ao quarto. Abri a porta e entrei.

O hall permanecia como no ano anterior, e a segurança conhecida estava sentada à mesa, usando o uniforme azul.

— Lenah Beaudonte chegou — disse a segurança para o walkie-talkie, e riscou meu nome de uma lista. Enquanto seguia para as escadas, passando pelo longo corredor do primeiro andar de apartamentos, pude ouvir as pessoas especulando a respeito das viaturas no campus.

Ouvi que Kate Pierson morreu.

Primeiro Tony, agora Kate.

Alguém viu Tracy?

Escutei os sussurros durante todo o percurso até o andar mais alto. Quando abri a porta de meu apartamento, encontrei um cinzeiro de vidro enegrecido por guimbas de cigarro, pratos sujos na pia e três caixas de pizza vazias na mesinha de centro. Ao lado delas estava uma garrafinha de prata conhecida, que Vicken ganhara de presente de algum conde na década de 1890. Peguei o frasco e abri a tampa, esperando encontrar, como de praxe, uma reserva de sangue. Cheirei na expectativa de sentir o aroma de ferrugem metálico, mas, em vez disso, fui surpreendida com... Uísque? Balancei a cabeça, incapaz de conter um sorriso.

Sim, agora Vicken Clough era definitivamente um mortal.

Deixei a garrafa onde estava e fui para o quarto; a porta estava aberta. Cruzei a sala de estar devagar, passando pelas pilhas bagunçadas de livros e por um maço vazio de cigarros. Quando encostei a mão na porta, ela rangeu, fazendo o ruído ecoar pelo apartamento silencioso. Na cama, onde eu havia esperado encontrar cinzas e sangue, havia lençóis enrolados e uns dois pares de calças jeans em um montinho. Saindo do quarto, vi que a decoração da sala continuava como eu a havia deixado quando saí, quatro dias antes.

A espada na parede.

O sofá vermelho.

Os castiçais de ferro decorados com espinhos.

Então ouvi uma batida à porta. Tinha de ser Justin, querendo uma explicação depois de tudo o que aconteceu no campo de tiro de arco e flecha.

Caminhei até a entrada e, ao segurar a maçaneta, notei de rabo de olho que havia algo na varanda.

— Só um segundo — pedi. Andei lentamente, na ponta dos pés sobre o piso de madeira. Meus dedos sentiram o metal da soleira da porta da varanda. Nos tijolos pretos, centenas de minúsculas partículas brilhantes cintilavam ao luar. E lá, no centro, estavam os contornos claros de um corpo; meu corpo. Tinha de ser onde apaguei após ter realizado o ritual para Vicken. As partículas estavam espalhadas irregularmente perto da porta, como se eu tivesse sido levantada dali e depois levada para dentro.

Há três maneiras de se matar um vampiro: perfurar seu coração com uma estaca, decapitá-lo ou expô-lo à luz do sol muito forte. Quando um vampiro é morto, deixa apenas o pó de sua forma sobrenatural, e lá estava o meu diante de mim, como pequenos cristais.

Bam!

— Já estou indo! — Virei, andei rapidamente para a porta e a abri.

Não era Justin.

Um jovem com cabelos que mais pareciam a juba de um leão e um queixo altivo apoiou o cotovelo no batente da porta.

— Demorou, hein? Você deve achar que eu tenho a noite toda para ficar esperando — disse Vicken Clough com um sorriso.

— Vicken! — exclamei, e joguei os braços ao redor dele.

— É, esse é meu nome. — Os músculos de seus braços contraíram-se ao me apertar. Fiquei com os pelos dos braços arrepiados ao senti-lo colado em mim e ouvir a respiração em minha orelha: inspirando e expirando. Me afastei.

— Vicken! Meu Deus. — Pousei as duas mãos nas bochechas dele. Os intensos olhos castanhos se encheram de calor enquanto me fitavam. — Olhe só para você — falei, com um suspiro maravilhado. Pressionei as costas dele e esperei, esperei que seu peito inflasse e depois descesse. Foi rápido, mas aconteceu, inspiração e expiração rápidas.

O ritual tinha funcionado. Era um ser humano vivo, que respirava. Oficialmente um ex-vampiro.

— Oi, amor — cumprimentou Vicken, recuando com um sorriso. Entrou no apartamento, se jogou no sofá e colocou os pés calçados com botas de couro preto sobre a mesinha de centro. Seus cabelos estavam deliberadamente desgrenhados. Ele recostou-se nas almofadas, cruzando as mãos atrás da cabeça. Era tudo tão a cara dele que eu queria abraçá-lo outra vez.

— Você está... — começou ele — com uma cara horrorosa.

Fitei seus ombros elegantes e a forma esguia. Parecia impossível que os Aeris culpassem a mim e Rhode por dar aquele presente ao mundo. Olhando Vicken, parecia tão fácil justificar o que fizemos. Imaginei brevemente se os elementais teriam feito uma aparição para Vicken também. Como nós, ele voltara ao mundo natural na forma humana sem consentimento. Poderiam tê-lo visitado e ameaçado mandá-lo de volta ao século XIX, quando eu ainda não o tinha transformado em vampiro.

— Vicken, você encontrou com os Aeris?

— Encontrar com os Aeris? — repetiu ele, e suas feições se fecharam. — Quer dizer que existem mesmo?

Suleen tinha razão, portanto. Os Aeris não se mostravam aos vampiros apenas porque eram malignos. Vieram por minha causa e por Rhode. Para fazer de nós um exemplo.

Expliquei a Vicken o que acontecera no campo de treino. Que Rhode fugira e me deixara sem respostas.

— Isso explica aquilo, então — comentou ele com uma risadinha.

— Explica o quê? — indaguei.

— Estava aqui em seu apartamento. Rhode entrou, pegou uma mochila e disse que precisava ir embora.

— Calma! Rhode estava morando aqui?

— Sim, é... — Vicken ficou em silêncio, depois limpou a garganta e continuou. — Enfim, tentei sair correndo atrás dele, mas, quando cheguei ao campus, encontrei um caos total. Carros da polícia, sirenes, ambulância por toda a parte. Não que eu tenha conseguido uma permissão para ficar por aí, você sabe, né? Mas o que aconteceu?

Ajeitei a postura e cerrei os punhos. Não respondi de pronto.

Rhode tinha ficado no meu apartamento durante os quatro dias em que estive no hospital, achando que ele estava morto? No ano anterior, ele havia existido. Em algum canto do mundo... Só que sem mim.

Gemi. Como era estranho ficar olhando para seu montante e nossas fotografias sem sentir a dor do luto. Era o mesmo apartamento, mas tudo parecia diferente.

— Ah! — exclamou Vicken, interrompendo meus pensamentos. Levantou-se e meteu a mão fundo no bolso da calça jeans. Os dedos estavam fechados ao redor de algo que eu não conseguia ver, então ele abriu a palma. — Isso aqui é para você.

Um anel caiu em minha mão. Meu anel de ônix.

— Encontrei na varanda depois que eu... depois que acordei — explicou. — Você não estava mais lá.

A lenda do ônix reza que a pedra pode segurar os espíritos que vagam em um mundo que não os quer mais. Imediatamente pensei em Rhode segurando minha mão em nossa longa caminhada até meu pomar, tantos anos antes. Tentei afastar as palavras que dissera no campo de treino, mas elas surgiram em minha mente mesmo assim... *Não queria voltar. Fui obrigado.*

— Desculpe por não ter estado aqui quando você precisou — falei, limpando a garganta e colocando o anel no dedo. — Justin me levou ao hospital depois que o ritual acabou.

— Coisa tão típica de um mortal... — grunhiu Vicken. — Você só precisava era de uma simples...

— Água de lavanda — dissemos em uníssono, e partilhamos um sorriso. Continuava a olhar o anel de ônix em meu dedo. Estava concentrada na superfície negra e lisa. A pedra não tinha fim, não tinha início e não brilhava. Era só escuridão.

— Ei... — chamou Vicken. — Suas mãos estão tremendo.

Estavam? Sentei-me no sofá, apoiando a cabeça nas palmas das mãos.

— É por minha causa? — continuou. — Acabei de chegar. Você não pode estar brava comigo ainda. — Nossos olhos se encontraram. — Agora é sério: o que foi? — perguntou ele.

— O caos no campus foi causado por um assassinato. Uma aluna foi morta hoje à noite. Por uma vampira.

— Alguma conhecida?

— Sim, eu a reconheci. Lembra a criada de Hathersage? Em 1910? Não consigo me lembrar do nome dela.

— Estava sozinha? — indagou Vicken.

— Até onde sei. Não vi mais ninguém.

Descansei os cotovelos nos joelhos e o fitei à espera de respostas. Ele saberia o que fazer. Havia sido um dos líderes de meu coven.

Quando Vicken não ofereceu resposta alguma, levantei-me e caminhei até a varanda. Lá fora, observei a lua jogar seus raios sobre os brilhos de meus restos de vampira... Um resquício tão estranho para uma vida tão escura, tão vazia.

Pensei em Rhode fugindo de mim, e uma pulsação de dor percorreu meu corpo. Só podia esperar que, aonde quer que ele fosse, estivesse seguro.

Vicken parou ao meu lado, encostando-se na porta da varanda.

— Não contamos a ninguém — disse ele, referindo-se ao coven e sua chegada ao Internato Wickham havia apenas algumas semanas. — Ninguém no mundo vampírico sabia que a gente vinha.

— Não — falei, enquanto as palavras de Suleen ecoavam em minha mente. — Não é sua culpa. Essa vampira foi atraída pelo ritual.

Vicken virou-se para mim, com um pensamento tomando forma em sua cabeça. Pude ver a empolgação crescendo em seus olhos.

— Ela provavelmente vai ficar esperando. Esperando para ver quem estava fazendo aquele tipo de magia.

— Pode apostar.

— Vamos — disse ele, voltando para o quarto.

— Vamos aonde? — perguntei. — Você tem ideia do tipo de noite que tive?

— Que chato. Vamos encontrar a vampira. Ver o que estamos enfrentando. Se é só uma.

— Então você ficou maluco. O ritual fez você perder a cabeça — falei.

— Uma caçada simples. Só isso. Só para avaliar com o que estamos lidando.

— Agora? Hoje?

Estava exausta até o ultimo fio de cabelo, mas algo na ideia de Vicken fez meus músculos queimarem com adrenalina.

— Por que não agora? Ela matou a garota hoje. Vamos ficar aqui de bobeira, esperando mais assassinatos?

Precisava admitir que era uma ideia melhor do que ficar sentada sem fazer nada. Tinha, porém, de ser lógica.

— Nem Song, nem Heath estão conosco. O coven não está com a gente. Somos humanos, sem retaguarda ou habilidades sobrenaturais — acrescentei.

— Não é verdade. Ainda tenho minha visão vampírica e minha percepção extrassensorial. Se tiver algum vampiro por perto, vou conseguir sentir sua presença e perceber sua intenção.

Verdade! Vicken ainda mantinha algumas das habilidades vampíricas porque tinha sido transformado recentemente. Teria a visão de vampiro e um sexto sentido. Seria capaz de intuir as emoções e intenções alheias.

— Então vamos, ande — falei, saindo do apartamento.

— Ah, não vem com essa — reclamou ele, fechando a porta. — Não saia assim, como se tivesse sido tudo ideia sua.

Nos esgueiramos até uma porta lateral e esperamos em um beco que se estendia ao lado do alojamento. Lá embaixo, perto da biblioteca, uma van da segurança rodava perto da capela.

Vicken apontou para as árvores.

— Vá — sussurrou.

Corremos pelo caminho sob o abrigo das sombras, mantendo-nos próximos aos prédios. Fizemos a curva na enfermaria e seguimos toda a sua extensão até a mata. Não conseguia ver o muro de pedra, mas eu sabia que estava lá. Os passos de Vicken acompanhavam os meus, e, quando olhei de soslaio para ele, vi um pequeno sorriso brincando em seus lábios.

— Você está se divertindo demais — sibilei. Chegamos ao muro, que era tão alto quanto Vicken. Ele colocou uma das botas entre as pedras irregulares e tomou impulso para cima, puxando-me em seguida. Descemos do outro lado da Main Street, fora da proteção das paredes do Internato Wickham.

Agora que estava ali, parada na estrada, aquilo tudo me parecia uma ideia bem estúpida. Vicken e eu não havíamos tomado cuidado algum. Poderíamos ter amarrado cordas ao redor do pescoço com um feitiço de proteção. Poderíamos ter testado uma variedade de magias para nos armar.

Respirei fundo, observando a longa vista da Main Street.

— Posso fazer isso — falei, estendendo a mão para Vicken. — Não sou tão ruim assim para usar uma faca.

— Essa é minha garota — respondeu ele, pegando algo na bota. Entregou-me um punhal em uma bainha de couro.

Continuamos colados à parede, descendo a rua, para longe do colégio, dos cafés, em direção ao cemitério de Lovers Bay.

— Além disso — continuou ele —, estamos aqui para ver o que ela quer. Para observar. Não vamos ter de lutar com ninguém se ficarmos fora de vista.

Não podia me permitir sentir medo, mesmo que ela fosse mais poderosa que nós dois. De qualquer forma, não éramos inúteis. Por natureza, vampiros não têm força ou agilidade descomunais. São apenas hiperconscientes; podem sentir o cheiro de carne em um segundo, ler pensamentos e intenções, até rastrear uma pessoa a quilômetros de distância. Vicken e eu poderíamos levar vantagem sobre um vampiro em uma corrida curta, mas, no fim, a necessidade de oxigênio nos enfraqueceria. Tínhamos apenas de permanecer fora do radar para que ela não nos percebesse ou visse.

Já me sentia melhor. Fui a rainha dos vampiros por quase seiscentos anos e os conhecia. Conhecia-os melhor que ela, que mal tinha cem anos. São seres solitários por natureza. O normal é viajarem em grupos de cinco, no máximo, um coven. Vampiros demais juntos são vampiros demais lutando pelo poder. Passamos o cemitério, em direção ao fim da Main Street. Enquanto andávamos, podíamos ver o mar no fim da rua.

— Está sentindo alguma coisa? — indaguei.

— Só seu medo — respondeu ele com um sorrisinho maroto. Mas o sorriso desapareceu depressa. Ele respirou fundo. Eu também.

Houve uma mudança no ar. Uma brisa suave subiu, trazendo consigo o aroma de...

— Almíscar — dissemos juntos. Era uma fragrância muito específica, usada em muitos feitiços.

— De onde está vindo? — perguntei. Ele apontou para o fim da rua. O vento soprou novamente, e o cheiro veio mais forte dessa vez.

Toquei o braço de Vicken.

— Quais são as chances?

— Muitas, na verdade. Foi você mesma quem disse — sussurrou ele, os olhos voando para o extremo final da Main Street. — Foi o ritual que a atraiu para cá.

Respirei o forte odor de almíscar outra vez e olhei para o céu. Logo acima de onde estávamos, brilhava uma constelação que eu conhecia muito bem.

— Pégaso — constatei. Meu velho amigo, o cavalo alado. Vicken e eu nos entreolhamos como quem partilha um conhecimento. Vampiros procuravam aquelas estrelas para saber as horas: assim podiam saber quanto tempo tinham até o nascer do sol, baseando-se em suas posições no céu. Agora nos aproximávamos da meia-noite, a hora mais poderosa para se realizar feitiços. Apesar de sermos mortais, eu esperava que Pégaso pudesse nos dar alguma força.

Com o almíscar, vieram pitadas de terra e baunilha. O aroma se enriqueceu; não era almíscar tradicional, era diferente. Já sentira a combinação antes.

— Claro — falei, como quem sabe das coisas. — Está sendo queimado sobre o fogo. Consegue sentir o cheiro da madeira?

Tinha feito o exato mesmo feitiço com Heath, Gavin, Song e Vicken quando se tornaram meu coven. O feitiço de anunciação era usado para unir um coven, enlaçando suas vidas. Para sempre.

E deve ser feito antes da meia-noite na praia.

— Vão precisar de água do mar — falei, e, com concentração renovada, corri para o fim da Main Street. — É por isso que ela matou Kate. Tinha de estar de barriga cheia para poder partilhar seu sangue com o coven — continuei, sem fôlego.

— É, eu lembro — comentou Vicken, sombrio, enquanto me seguia em direção à praia. — Olhe, se tem só mais um ou dois, a gente pode perfurar o coração deles. Acabar logo com isso. — O cheiro de almíscar já era quase insuportável. — Pegue o punhal — ordenou ele.

Tirei a faca do coturno, e meus dedos envolveram o cabo. A calçada terminava em uma cadeia de casas com cercas, separadas da rua por uma longa entrada para carros. Vicken segurou meu punho e me puxou para dentro das sombras de um pequeno estacionamento.

Seu perfil era sério enquanto ele observava o mar lá embaixo.

— Vamos — sussurrou.

Segui-o, agachada enquanto cruzávamos o estacionamento até o muro que margeava a areia. Vicken ficou abaixado e se inclinou para a frente.

— Pare — falei baixinho. — Vão sentir sua presença.

— Não se estiverem no meio da cerimônia — argumentou ele. Chegou centímetros mais para a frente a fim de espiar pela lateral do muro. O corpo ficou imóvel enquanto ele olhava para a praia.

— E aí? — indaguei, incapaz de conter minha ansiedade.

Vicken acocorou-se. Ao luar, abriu a boca e olhou para o chão antes de dizer com voz baixa:

— São cinco. Quatro homens e a mulher.

Sem deixá-lo continuar, posicionei-me a fim de poder ver. Só havia espaço para um de nós espiar a praia. Sem qualquer visão vampírica remanescente, tudo que conseguia enxergar eram cinco formas, como Vicken dissera. O fogo queimava diante do grupo, e pequenas chamas crepitavam no escuro total. Senti o cheiro de almíscar e incenso.

Estava feito. A vampira tinha um coven.

Enquanto eu assistia, ela virou a cabeça, iluminada fracamente pelo luar e pude ver seu perfil. Tinha o pequeno nariz arrebitado e a clavícula pronunciada, como se não tivesse comido o suficiente enquanto humana. Foi então que se virou para me encarar, ergueu o braço e apontou para cima, diretamente para mim.

— Corra — falei, recuando. — Vicken, corra!

Movia meu corpo o mais rápido que podia enquanto corríamos pela Main Street em direção à civilização. Minhas pernas, pobrezinhas, tremiam tanto que, não fosse pela lembrança do braço da vampira apontado para mim, eu teria caído estatelada no chão. Aqueles cabelos louros e a curva do nariz. Como tinha descoberto que eu estava aqui? Aqui em Lovers Bay?

Corra, Lenah. Pare de pensar e corra.

Se conseguirmos encontrar um grupo de pessoas, estaremos a salvo. Vampiros não se expõem a humanos em massa. Ela não desistiria, entretanto. Me vira, sua criadora.

Ah, qual era seu nome?

— Aqui, aqui! — chamou Vicken, chegando a derrapar ao parar no que parecia uma parte aleatória da rua. Começou a escalar a parede de pedra, e foi só então que me dei conta de que ele sabia exatamente onde estávamos graças a seu resquício de visão vampírica.

Verifiquei as redondezas outra vez. Por sorte, as grandes árvores faziam a curva na rua larga, e a estrada continuava vazia.

Ele estendeu a mão para mim, e, juntos, subimos o muro. Depois que meus pés tocaram o gramado de Wickham, senti-me um pouco melhor. Vicken e eu nos esgueiramos de volta ao campus em meio às árvores, mas, quando estávamos próximos à via principal, ele parou.

— Espere — pediu, mantendo a mão esticada.

Uma viatura de polícia passou por perto, fazendo com que nós dois nos embrenhássemos um pouco mais nas sombras. Seguros na escuridão, Vicken perguntou:

— Por que é que você correu que nem maluca? Eles te viram?

— Claro! Claro que viram! — exclamei, ainda tentando recuperar o fôlego.

— Vamos continuar pelos fundos dos prédios — aconselhou ele. — Temos mais chance de ficar fora de vista.

Caminhamos em direção ao Seeker.

— O nome dela era Odette — lembrou Vicken. — Não ficou muito tempo depois que você começou sua hibernação.

Podia ver a parte de trás do Edifício Curie e a estufa enquanto andávamos.

— Odette? — repeti. O nome me parecia estranho e desconhecido quando o disse em voz alta. — Não me lembro. — Recordava-me do rosto, entretanto. Jamais me esquecia dos rostos daqueles que matei. — Se o poder do ritual chamou Odette até Lovers Bay, então ela está aqui para encontrar magia elemental — concluí. — Também vai querer usá-la.

Não precisava explicar a Vicken que ela desejava poder.

— Bem, não estamos programando realizar aquele ritual em nenhum momento dos próximos dias, então quem sabe ela não vai embora quando vir que a magia não vai acontecer?

Torcia para que fosse o caso, embora não soubesse quais eram as intenções de Odette. Enquanto Vicken e eu hesitávamos nos fundos do prédio da enfermaria, isto eu sabia: a prioridade número um de um vampiro é sangue. A segunda na lista é poder. Se ela queria descobrir a fonte da magia do ritual, teria um plano. Vampiros sempre têm um.

Corremos para o prédio de comunicação, ao lado do Seeker. Esperamos enquanto dois policiais passavam, fazendo a ronda na via principal à frente. Olhei para cima a fim de avistar minha varanda. A varanda onde fizera a cerimônia.

Tentei ignorar a voz em minha cabeça, a que me assombrava desde que a mulher erguera o braço e apontara para mim daquela praia escura.

Odette vai voltar.

Capítulo 6

Apoiei a cabeça nas mãos e sentei no sofá com as pernas dobradas junto ao corpo. Observei a espada fixa à parede, analisando o reflexo delgado de meu corpo no metal. Quantas vezes já não tinha fitado a prata e me questionado como seria possível sobreviver sem meu Rhode? Quantas vezes não tive de desviar o olhar, porque aquilo era simplesmente demais?

Foi então que conheci Justin, que me trouxe de volta das profundezas do desespero para a luz.

Dois dias se passaram desde que Vicken e eu descobrimos os vampiros na praia. Não nos aventuramos mais a sair do campus depois do cair da noite. Não importava o quanto eu estudasse a espada, olhando seu espelho infinito à procura de respostas; não encontrava nada. Por que Rhode ficara tanto tempo longe de mim depois de ter sobrevivido ao ritual que realizara para me tornar humana?

Tudo que sabia com certeza era que nossas almas nos haviam ligado à Terra.

Ao longo de dois dias, fui várias vezes ao campo de tiro de arco e flecha e voltei ao apartamento. Procurei respostas nos locais onde os Aeris haviam estado. Mas não consegui coisa alguma passando horas sentada no gramado. Ao longo de dois dias, perguntei a mim mesma: onde ele está? Onde se escondeu durante aquele ano em que acreditei que estava morto? Não encontrei respostas, e Rhode não retornou.

> Dois dias
> tornaram-se
> duas semanas...
> ... duas semanas
> tornaram-se
> dois meses.

O verão passou em um piscar de olhos. Em meu apartamento, vi o tempo passar lendo e refletindo, mas, quando nos aproximamos do começo do ano letivo, encontrei-me contando os dias no calendário para o recomeço das aulas. No dia 31 de agosto, decidi fazer uma viagem. Os alunos de Wickham retornariam dali a pouco tempo, e eu não vira Justin ou seus irmãos no campus durante as férias.

Nenhuma carta. Nenhum e-mail.

Tentei telefonar para Justin, mas minhas ligações não foram atendidas.

Três dias antes de as aulas começarem, de manhã cedo fui a Rhode Island, até a casa dos pais de Justin. Minha intenção era dar uma explicação. Ele merecia. Pratiquei meu discurso durante todo o trajeto de uma hora. Quando finalmente estacionei no local, baixei o vidro. Uma brisa suave invadiu o carro, acariciando minhas bochechas. As grandes casas ainda dormiam na manhã de verão. Nem mesmo o sistema de irrigação estava funcionando.

Fiquei na entrada da garagem da família de Justin, olhando para sua casa. A última vez em que estivera ali tinha sido no Halloween. Agora as árvores pareciam exuberantes, cheias e pesadas com folhas. Associei, àquele lar, biscoitos recém-saídos do forno, refeições caseiras e mãos macias tocando minha pele. A qualquer instante, esperava ver uma luz se acender na janela da cozinha. A mãe de Justin sempre madrugava. Será que sabia que não nos falamos o verão inteiro? Será que me convidaria para entrar e daria as boas-vindas?

Como eu poderia explicar quanto me sentia mal com tudo aquilo? OK, vamos ensaiar só mais uma vez.

— Justin — falei alto para mim mesma —, você não entende. Quando vi Rhode, fiquei... surpresa.

Ouvi o som de um trinco; a porta da frente se abriu. Ergui o queixo para encarar Justin, sem camisa e usando calças de moletom com o nome WICKHAM escrito na lateral da perna. Ele espremeu os olhos.

Era minha chance. Precisava dizer a ele.

— Lenah? — chamou Justin, e subiu na ponta dos pés a fim de poder me enxergar sobre um arbusto de hortênsias.

Mudei o peso que estava concentrado no pé esquerdo para o direito. Meu coração não conseguia encontrar um ritmo confortável. Não podia gritar *desculpe!* do outro lado do gramado. Comecei a andar na direção dele, mas não precisei continuar.

Ele bateu a porta.

— Veja só o que não entendo — começou Vicken no entardecer seguinte. Receosos em sair depois de escurecer, tínhamos ainda umas duas horas antes do pôr do sol. Planejamos nossos dias daquela maneira o verão inteiro. Pouco depois das 18 horas, estávamos na loja de ervas de Lovers Bay, no fim da Main Street. — Por que a gente precisa ficar aqui nesta porcaria de lugar? Escondidos em plena luz do dia na eventualidade de encontrar algum vampiro que você tenha transformado há cem anos? Caso você tenha esquecido onde tudo aconteceu, temos uma casa em Hathersage. Na verdade, foi lá que matamos uma infinidade de gente.

— É, a nossa casa que muito provavelmente foi invadida por vampiros em nossa ausência — respondi.

— Temos dinheiro — argumentou Vicken. — Vamos para Paris. Beber um vinho. Relaxar.

— Você sabe muito bem por que não podemos — respondi, e ergui uma jarra de jasmim seco. Pode ser útil. Coloquei um punhado dentro de um saco de papel. — Não vou embora daqui, agora que assassinaram Kate. Especialmente porque me sinto responsável.

— Vai ver foi tudo coincidência. Faz anos que você realizou o ritual. Aqueles vampiros provavelmente vieram visitar a cidade, comeram sua amiga, que não teve muita sorte na vida, e foram embora. Vamos também. A gente acha Rhode sem a ajuda de ninguém. Não vai ser muito difícil. — Vicken soltou um grunhido. — Olhos azuis, cara fechada, atitude moralista...

— A gente fica — insisti, e amontoei os itens no balcão. Não mencionei a Vicken que não queria deixar Lovers Bay porque havia criado raízes no lugar. Era meu lar agora.

— Sabe, não é só porque você foi rainha durante algumas centenas de anos que continua sendo.

A dona da lojinha desaparecera atrás da cortina para pegar alguns pés de tritão. Coloquei uma nota de vinte dólares sobre o balcão, esperando sua volta.

Vicken examinava alguns cristais na prateleira mais baixa da vitrine, mas em seguida subiu o corpo lentamente e sussurrou quase entre dentes:

— Pele alva, tão delicada. Na forma humana é mesmo tão pequena, e é tão fácil quebrar seu pescoço.

Uma sensação de formigamento me dominou. Lancei um olhar a Vicken. Ele fitava algum ponto além do balcão, os olhos esbugalhados.

— Vou extrair o sangue dela, bem devagar — disse ele. A entonação era diferente, feminina e quase reptiliana. Falava por outra pessoa; era isso que acontecia quando se usava a percepção extrassensorial vampírica. — Vai ser mais fácil pegar Lenah sozinha — sibilou.

Ele deu um passo para trás.

— Lenah — chamou com sua voz de sempre. — Vá. Agora.

A mulher atrás do balcão tinha longos cachos louros que cascateavam com perfeição pela blusa. Não era a dona da loja. Sua pele era anormalmente lisa e pálida. Os olhos eram vidrados, de uma cor de jade antinatural.

Odette.

Houve um arranhão no vidro, produzindo um som agudo. A mão branca adornada com unhas afiadas feito facas era como uma garra ao redor do dinheiro. Ela correu as unhas escarlate pelo tampo brilhante e limpou uma gota de sangue do canto da boca.

— Estavam à vontade, estavam?

Lambeu os lábios e fez uma careta ao sentir o gosto.

— Blergh. Ela era obesa. Vou ficar cheia durante dias — disse ela, e, com um movimento elegante de pernas, pulou e parou em cima do balcão. — Ora, ora... — exclamou, olhando para Vicken e eu.

Enquanto eu segurava a sacola de papel firmemente em minha mão, fomos andando de costas em direção à porta.

— Lenah Beaudonte. A rainha. Recuando diante de mim?

Havia sangue escorrendo de seu pescoço, como se fosse vinho pingando da lateral de um cálice.

Vicken pegou um punhal e colocou-se na minha frente. Odette pulou para o chão a poucos centímetros da arma, e seu olhar deslizava de mim para ele.

— Muito bem, Srta. Beaudonte. Vejo que seu ritual funciona mesmo. Ele é um humano dos bons.

O sangue martelava em minhas orelhas e garganta. Vicken mantinha o braço estendido, segurando o punhal com firmeza.

Do chão atrás do balcão ouvi um gemido. A dona da loja ainda estava viva.

— Se quiser morrer, então, por favor, é só chegar mais perto. — Vicken convidou a vampira.

Ela deixou a cabeça pender para o lado e sorriu de forma assustadora, ignorando-o.

— Sempre admirei sua grandeza, Lenah — disse ela, lambendo o sangue do queixo. — E sua maldade. São lendárias no mundo dos vampiros.

Um nó em minha garganta não me deixava engolir.

— Sua amiga Kate, era esse o nome? Ela rastejou, tentando fugir de mim. Chorou e gritou. Foi tão divertido — sibilou a vampira.

Vicken investiu contra Odette, levando a mão à frente para mergulhar a lâmina em seu coração. Ela fez um movimento com a perna, e a arma voou em um arco pelo ar, batendo sonoramente no chão.

— Droga! — cuspiu ele, pulando para o chão a fim de reaver sua faca.

Com o queixo fundo no peito, os olhos da vampira perfuraram os meus. Ela abriu a boca, as presas se revelaram.

Quando meu coven se dirigiu a mim todos aqueles meses antes, quando matei meus seguidores no ginásio, nunca entendi. Foi apenas ali, naquele instante, enquanto o sangue era bombeado para dentro de meu coração, que compreendi o que significava humanidade. Estava repleta dela. Aquela vampira precisava de sangue. Eu seria a próxima. Ela queria extrair toda a minha força vital; eu conhecia aquele sentimento muito bem. Como eu mesma um dia fora sedenta por chupar o sangue através de dois buraquinhos, drená-lo em goles ritmados enquanto a vida era lentamente sugada de minha presa.

Deixei a sacola de ervas cair e ergui a mão, pronta para me defender. Virei-me de lado para evitar ser um alvo maior que o necessário. Ela correu para mim, estendendo o braço e investindo para a frente até bater em meu peito. Caí contra a parede atrás de mim. Pequenos frascos marrons e pretos tilintaram e bateram uns nos outros. Alguns caíram em mim, derramando seus conteúdos, outros quebraram em pedacinhos no chão. Meu peito pulsava com a força daquela mão.

Em vez de vir em minha direção, Odette pegou Vicken e puxou-o do chão, passando o braço por seu pescoço, como se fosse um gancho. Os olhos dele fixaram-se nos meus. Ele debatia-se para se defender do aperto poderoso. Tinha os punhos cerrados. O punhal estava esquecido no chão, inútil.

Fiquei de pé em um pulo e agarrei os dedos da vampira. Puxei, mas eles não se moviam. Era como uma criança lutando contra um torno de metal. Tentei outra vez. Como podia ser tão forte?

Odette sorriu, as presas ainda à mostra.

— O que é isso? — gemi.

— Que pergunta — zombou ela. Apertou com mais força, e Vicken fez uma careta de dor. Ela me empurrou com a mão direita, mas foi como se uma bigorna me atingisse no estômago. Caí de costas nas prateleiras de garrafas de novo, que foram arremessadas, quebrando-se ao meu redor. Atingi o chão e sacudi a cabeça para desembaçar a visão.

A força da vampira enfraquecera meus músculos. Quando os toquei, eles se retesaram, fazendo com que a dor se espalhasse pelo meu corpo.

— Lenah, me dê o ritual. Agora! — ordenou Odette. O rosto de Vicken começava a ficar vermelho. Meus olhos voaram para o punhal. Levantei-me do chão no instante em que Vicken erguia um joelho.

Ele pisou com força no pé de Odette, que, pega de surpresa, o soltou. Vicken saiu pulando e procurou a faca, desajeitado. Em vez de voltar a capturá-lo, ela mergulhou no ar para me caçar. Abaixei, evitando as unhas como garras, mas escorreguei no óleo derramado das garrafas de aromaterapia. Fui ao chão com um baque.

Ela pisou em meu peito e mostrou os dentes.

Começou a pressionar com mais força. Com certeza quebraria minhas costelas. Meu peito parecia tão sem ar. Ela pressionou ainda mais, logo abaixo do pescoço. Tossi, incapaz de respirar. Precisava respirar!

Vicken pegou o punhal.

— Vou matar os seus amigos um por um — sibilou ela entre dentes. — Kate foi fácil. Com o restante vai ser doloroso e lento.

Vicken mergulhou a lâmina no ar, mas não foi tão rápido quanto a vampira.

Odette pulou de cima de mim e correu porta afora. Vicken a seguiu, faca na mão, mas ela já havia desaparecido. Eu procurava desesperadamente recuperar o fôlego, inspirando grandes lufadas de ar quente. Agarrava meu peito e massageava a pele onde a bota fizera pressão.

Kate foi fácil. Com o restante vai ser doloroso e lento.

— Vicken! — Tossi, rolando para deitar de barriga para baixo e pegar meu pacotinho de ervas do chão. Levantei da bagunça de frascos e inalei uma mistura de aromas, como figo e patchouli. Ele correu o mais rápido que podia, no entanto não era páreo para uma vampira que não precisava de ar. Quando saí da lojinha, trôpega, Vicken estava no meio da rua. Tudo que podíamos ver eram os cabelos louros e a forma esguia desaparecendo no crepúsculo ao fim da Main Street.

Caminhei lentamente para me juntar a Vicken. Ele piscou, sondando a rua para ver se não havia outros vampiros nas redondezas. O único movimento vinha das nuvens que passavam rápidas acima de nossas cabeças. Vicken fungou algumas vezes e olhou para mim.

— Você está cheirando mal.

— Percebi — respondi. Minha blusa estava empapada de óleos essenciais.

— A gente devia voltar e ver o estado da dona da loja — lembrei. — Se bem que, se alguém chegar e nos flagrar, vamos ser considerados suspeitos.

— Eu vou — disse Vicken. — Não tenho medo de toda essa palhaçada humana. — Ele curvou-se e guardou o punhal de volta na bota. — Aquela vampira era rápida.

Não tinha uma mira clara para jogar a faca. — Parecia querer se justificar.

— Preciso te lembrar que ela não conseguiu nos matar? — falei.

— É, não conseguiu — concordou ele, e segurou o próprio ombro. O corpo contraiu-se. — Mas tentou me levar com ela.

— Ela quer o ritual.

— Percebi isso também — disse ele, e fungou na minha direção. — Espere aqui, onde consigo te ver. — Hesitou. — E te cheirar.

— Então, faça o tal movimento de novo — pediu Vicken, dando uma tragada em um cigarro. Estávamos na praia de Wickham e imitei o que Suleen havia feito dias antes naquele verão. — Ele gesticulou, e o corpo dela simplesmente apareceu assim? — indagou Vicken.

— Não foi bem isso. Era o contorno. Como se fosse um fantasma.

Aquele momento já parecia ter ocorrido milhares de anos antes. Agora a faixa amarela e os policiais tinham ido embora. Alguém rastelou a areia. Rastelou, limpou, levando consigo todo e qualquer indício de que alguém havia sido morto ali.

— Eu te disse — continuei —, éramos indiscerníveis para as pessoas ao nosso redor. Invisíveis.

Vicken ficou de pé, deixando o cigarro cair na areia quando uma viatura da segurança de Wickham passou pela entrada da praia. A janela do carro se abriu, e um guarda gritou para nós no escuro:

— Toque de recolher daqui a vinte minutos!

— Obrigada! — respondi. Depois de um instante, disse a Vicken: — Ela estava com aquela expressão. — Relembrava o andar de Odette na praia. — Aquele olhar de fome de poder. Quando a loucura está começando a tomar o controle.

Parei de caminhar quando Vicken acendeu outro cigarro. Ele encarava o mar, de costas para o campus.

— Ei, meninos! Quinze minutos para o toque de recolher!

No caminho, um segurança diferente, robusto e de barba, apontou para nós.

— Ninguém pode ficar fora depois das nove — lembrou o guarda.

Quando os alunos voltassem alguns dias mais tarde, encontrariam tudo bastante alterado. Vicken e eu saímos do campus naquela manhã e encontramos peões de obra instalando um pesado portão de metal. Ele ficaria entre as duas torres góticas da entrada. Ao retornarmos à tarde, um segurança que fazia turno de 24 horas ocupava uma cabine na entrada. Essa permanecera vazia durante todo o ano anterior.

Agora, na praia, havia um vigia.

Juntei-me a Vicken ao pé da água.

— Como é que vamos nos proteger de cinco deles? — indaguei. — Não sou mais exatamente uma vampira com habilidade de manipular a luz do sol.

Ele ficou quieto por um momento e, em seguida, disse:

— É isso, não é? — Assentiu para sim mesmo. — Vamos ter de contar com a boa vontade do sol.

— Depende. Ela era forte o bastante para te segurar, te imobilizar. Não sabemos que tipo de poder possuí. E estava zanzando por aí antes do pôr do sol hoje.

— O sol já estava quase se pondo. E ela pode mesmo ser muito forte. Não temos ideia dos poderes que tem. Vamos ter de deixar as coisas rolarem até a gente ter uma noção de com que estamos lidando. Vou tentar descobrir mais coisas.

— Tome cuidado. Tem certeza de que sua PES não diminuiu nem um pouquinho? — perguntei, torcendo para que as características vampirescas não o tivessem deixado depois da transformação. Ele meneou a cabeça. Como Vicken, tudo o que me restara de meus poderes depois do ritual eram a visão e a percepção extrassensorial. Não havia como dizer quando desapareceriam para ele, mas as minhas foram se enfraquecendo à medida que os dias passavam. Quanto mais tempo durassem, mais vantajoso seria para nós. Afastamo-nos da praia e voltamos para o Seeker.

Quando retornei ao meu quarto, e Vicken, a seu alojamento, acendi uma vela branca sobre a mesinha. Joguei-me no sofá e assisti à chama bruxulear e dançar. A luz tornou-se apenas um borrão dourado. Encostei a cabeça para trás no sofá, e, enquanto observava o fogo, seu ritmo dançante atraiu o sono. À medida que ficava sonolenta, visões de Justin batendo portas e gritando comigo na frente de vários espectadores pairavam em minha mente. Outras imagens atormentadoras vieram: Justin acelerando a lancha a fim de passar por cima de Rhode, que ficava caído, desamparado na costa.

Então as imagens mudaram.

Andava por um caminho bem conhecido. Estou em Wickham; os prédios de tijolos, cobertos por neve suja. Não há alunos. As janelas parecem escurecidas, o refeitório, vazio. Caminho pela longa trilha que leva à praia.

— Que lugar é esse? — pergunto ao campus deserto, e, de repente, não estou mais só. Suleen está a meu lado. Andamos na neve em direção à praia. Quando olho para o litoral, um barco a remo quebrado está abandonado, todo em pedaços queimados na areia.

Os vidros do dormitório Quartz estão escuros, abandonados. Ninguém entra ou sai dos alojamentos, tampouco corre com copos de café para as aulas. Wickham está sombria, morta. Uma cidade-fantasma.

— É o futuro? — pergunto.

— Esta é Wickham se Odette conseguir o ritual — confirma Suleen. — Ninguém tão maléfico pode usar um ritual tão poderoso e com intenções ruins sem repercussões. Ela destruirá... tudo.

Paro, inspirando o amargo ar de inverno.

Levantei o tronco no sofá, sobressaltada, pousei as mãos nas coxas e tentei recuperar o fôlego; a ponta do nariz estava um gelo. Era como se tivesse andado lá fora em um dia de neve.

— Suleen? — chamei alto. — Suleen?

Virei para olhar ao redor do cômodo, mas era apenas um sonho. E eu continuava só.

Capítulo 7

Um mar de tecido preto. Camisetas pretas. Vestidos pretos. Saias pretas. Botas pretas.

Eram quilômetros de preto. Eu sabia que tinha vestido tudo que havia naquele armário no ano anterior, mas...

— Será que tem alguma coisa aqui que não seja preta? — perguntei ao guarda-roupa. Todos tinham motivos para me olhar: deixara o colégio por seis meses no fim do último ano; meu melhor amigo, Tony, morrera; e estava agora de volta ao internato sem qualquer explicação. Me perguntei o que Tracy e Claudia diriam enquanto segurava uma saia na mão. Sem dúvidas, ouviria perguntas e muitas histórias a respeito de Kate, a terceira garota das Três Peças, que agora estava morta. Tirei uma blusa e calças jeans pretas do armário. O ar estava preso no peito. Será que Tracy e eu continuaríamos amigas este ano, sem Tony por perto?

Suspirei e tentei afastar o sonho da noite anterior. O reinado de Odette, se ela conseguisse o ritual, transformaria

Wickham em um inferno abandonado. Um inferno sem aqueles que eu amava, sem Justin ou Rhode.

Alô, pensei, segurando a blusa diante de mim. *Sou Lenah Beaudonte. Visto preto o tempo inteiro e, um dia, fui mensageira da morte.*

Soltei outro suspiro e fui fazer uma xícara de café.

Quando saí para o campus, coloquei um par de óculos escuros. Por um brevíssimo instante, esperei que Tony estivesse me aguardando, como fizera tantas vezes no ano anterior. Esperava ver o alargador em sua orelha, o carvão entre os dedos e o boné de beisebol virado para trás. Poderia ter visto meu belo amigo japonês se o imaginasse com um pouquinho mais de vontade.

Mas ele estava morto.

O colégio, por outro lado, estava vivo apesar da nova presença da segurança. O campus vibrava com estudantes dos anos mais avançados passando apressados de um edifício a outro. Alguns saíam do refeitório agarrados a canecas e xícaras, outros seguravam caixas com um café da manhã rápido para viagem. Eu caminhava sob a sombra dos galhos, embora já não temesse o sol. Fitava as palmas das mãos, as linhas da vida que conhecia tão bem. Perguntei-me rapidamente, embora soubesse que jamais obteria resposta, por que eu fora capaz de fazer a luz do sol sair de minhas mãos durante minha segunda vida de vampira. Quem tomava esse tipo de decisão, e por que esse poder havia sido dado a mim?

Seguindo para a reunião, pensei no enorme poder que controlava quando podia manipular a luz. Engoli meu café e parei no meio do caminho, dando-me conta de algo. Se tivesse permanecido vampira, ainda seria uma das mais poderosas no mundo. O desejo por poder, a embriaguez que senti um dia como vampira, palpitou profundamente dentro de mim por um instante, depois esmoreceu.

Voltei a andar. Vicken levantou-se de um banco a cerca de dez passos da via principal. Vê-lo ali, com uma mochila sobre os ombros, me fez abrir um sorriso. À frente, o porto cintilava no sol da manhã.

— Vou fugir dessa reunião — disse ele, sem emoção na voz.

— Não pode — respondi. — Eles controlam presença.

— Presença?

— Tem chamada — expliquei.

— Nunca devia ter deixado Rhode me convencer a entrar nesse saco de colégio de gente pirada.

Parei. Uma centelha de surpresa se acendeu em meu peito. À mera menção do nome, imaginei uma série de cenários envolvendo Rhode. Rhode em Hathersage passando pelos corredores desertos, Rhode me vigiando de longe, me protegendo. Será que ele estava se perguntando se estou bem?

— Então — falei. — Quer dizer que foi Rhode quem te convenceu a estudar em Wickham?

— Não foi bem convencer, mas você está lembrada de que não vou à escola desde que as pessoas andavam a cavalo ou de carruagem?

— Quando foi que você falou com Rhode?

— Neste verão. Logo depois de você ter encontrado os Aeris — respondeu Vicken, embora eu não tenha exatamente acreditado nele. Parei de andar e olhei para a frente fixamente. Juntos à entrada do Hopper estavam Claudia e Tracy, Roy, o irmão de Justin, e alguns jogadores de lacrosse que eu não conhecia. E, parado ao lado do irmão, estava Justin.

— O que foi? — Vicken quis saber, a vigilância tornando seu tom diferente. Talvez estivesse um pouco mais disposto a recorrer ao punhal que de costume. — Ah... — rosnou quando viu para quem eu olhava. Justin envolvia Claudia em um grande abraço. Quando se afastou, ela secou os olhos e vi que chorava. Aquela união existia antes de minha chegada ao colégio, antes de obscurecer a soleira de suas portas. Agora estavam juntos, os ombros caídos, parecendo menores de alguma forma. Não em número, mas em energia.

— Gostava do perfume dela, o rosa do frasco retorcido — comentou Vicken de repente. Fechara os olhos por um instante, se concentrado. Os cabelos selvagens emolduravam seu rosto em ondas volumosas. — Ela vai sentir falta daquele cheiro — disse, embora as palavras não fossem suas.

— O quê? — perguntei baixinho.

— Sua amiga Tracy. Queria que Kate estivesse aqui. Porque... — Hesitou. — Porque é melhor ouvinte que Claudia.

Observei o grupo por um instante. Tracy fitava Claudia, embora não falasse.

— E a sua outra amiga loura, ela... — Uma nova hesitação. — Quer a amiga para ir ao shopping, passear, sente falta da presença dela. Mas não entendo. Faz mais de dois meses desde que ela morreu. Por que é que não se acalmaram ainda?

Eu compreendia o luto dos mortais, ainda que Vicken não conseguisse.

Sentiria falta de ver Kate se jogando em uma carteira ao nosso lado, oferecendo um chiclete antes mesmo de dar bom dia. Sentiria falta até de sua bisbilhotice eterna em minha vida amorosa, fazendo perguntas inoportunas. Não éramos próximas, sabia disso, mas, mesmo assim, sua morte deixou para trás um fantasma em minha mente.

— Dois meses não são nada — falei, pensando em Tony. O falecimento dele, diferente do de Kate, deixou um buraco em meu coração, e não tinha certeza de se um dia iria se fechar. — A tristeza pela morte pode pairar durante anos.

Havia sido tão fácil entender a morte quando éramos vampiros. Em nossa existência humana, entretanto, o falecimento de uma pessoa amada era um evento marcante, que para sempre serviria de referência em nossas histórias — um parâmetro.

Um marco no coração.

— Bem, vamos receber aquela presença de uma vez e ir para a aula — chamou Vicken.

— Presença? — repeti, desviando o olhar de Justin e amigos.

— Você sabe... a chamada.

Ele desenterrou um pedaço de papel do bolso enquanto eu olhava furtivamente o grupo de pessoas que já considerara meus amigos.

— Tenho literatura mundial primeiro — disse Vicken, espremendo os olhos para o horário.

Justin caminhou com determinação até nós, e me preparei, tirando os cabelos de cima dos ombros. *Você merece isso. Aceite. Você merece o que ele está prestes a te dizer.* Ele começou a andar mais depressa. Na verdade, seus pés o traziam cada vez mais rápido em nossa direção. Foi apenas no último instante que Vicken tirou os olhos do pedaço de papel e levantou o rosto.

Quando os corpos se chocaram, Vicken foi jogado pelo ar e caiu no chão, estatelado de costas. Justin ajoelhou-se sobre ele e socou-o no rosto com força devastadora. Reagi por instinto. Chutei Justin em cheio no quadril, o que o desarmou, liberando Vicken. Uma plateia consideravelmente grande havia se formado quando me abaixei para puxar o braço de meu amigo, ajudando-o a se levantar. Vicken colocou-se de pé meio trôpego e limpou o olho direito. O sangue brotava da pele abaixo. Já estava inchando.

— Me dê um espelho! — pediu.

— Hora estranha para se preocupar com vaidade — respondi.

— Quero ver isso! — disse ele, incrédulo. Balançou a cabeça como se fosse um disparate que eu não entendesse a importância daquele momento.

Vicken virou-se para Justin.

— Belo soco, amigo.

A Srta. Tate, a professora de ciências, veio correndo do Edifício Hopper. Tinha os olhos tresloucados e apontou para Justin. Obviamente assistira ao acontecido.

— Você! — gritou. Ele sacudiu a mão; os dedos deviam estar doendo. — Venha já comigo — ordenou a mulher.

— E você — dirigiu-se a Vicken —, para a enfermaria. — A professora apontou para uma aluna do segundo ano, Andrea, e mandou que o acompanhasse.

Justin aproximou-se perigosamente de mim e Vicken. Poderia facilmente tê-lo socado outra vez. Eu jamais o vira tão calmo... ou tão zangado.

— Isso... — disse ele com a voz tão baixa que apenas nós dois pudemos ouvir. — Isso — repetiu — foi por Tony. — Virou-se para seguir a Srta. Tate, mas manteve os olhos fixos em Vicken.

Senti um nó no estômago e esperei a reação. Um músculo no queixo dele tremeu, mas foi tudo. A professora apontou novamente, dessa vez para Hopper. — Justin! — gritou. — Vá!

Seus olhos voltaram-se para mim. Estavam frios e distantes agora, tão cheios de raiva, tão decepcionados comigo. Vicken desviou o olhar quando se virou para seguir a mulher. Observei-o partir com dor no coração. Era diferente da dor que sentia em relação a Rhode. Queria meu velho Justin de volta. O que sorria para mim, me provocava, ajudava a entender o mundo humano.

Andrea estava ao lado de Vicken, pronta para cruzar o prado com ele até a enfermaria. Olhou para Tracy e Claudia, como se perguntasse: *Quem é esse cara?*

Vicken se aproximou dela.

— Pode falar com sinceridade, está mais para roxo? Ou vermelho? — perguntou. — Na verdade, será que você tem um espelho aí, querida?

Claudia e Tracy vieram em minha direção. Usavam maravilhosos óculos de sol; os de Claudia eram de um amarelo-canário. Desejei por uma fração de segundo que pudesse brilhar como elas, como sempre brilhavam. Quando chegou mais perto, porém, percebi como parecia triste. Os olhos estavam vermelhos e inchados de tanto chorar.

— Uau! — exclamou ela. — Já teve até briga por sua causa. — Sorriu e suavizou o peso do luto que se instalara em seu rosto.

— Não foi por minha causa — retruquei.

— Claro que foi — replicou Tracy com seriedade. — Quem era aquele? — perguntou, com um aceno de cabeça para Vicken.

— Meu... primo — gaguejei. — Vicken.

— Bem bonitinho — disse Claudia, e foi um alívio ver um resquício de sua antiga personalidade.

— A gente devia entrar — aconselhou Tracy. — Já está na hora da reunião da manhã.

Enquanto as seguia, olhava em volta, procurando Rhode no campus virtualmente vazio. Era inútil, eu sabia. Ele não voltaria. Estava levando nossa promessa aos Aeris a sério; e eu tinha consciência de que devia fazer o mesmo.

Dentro do Hopper, um burburinho geral ecoava pelo auditório. Os alunos se agrupavam, conversando a respeito das férias. Passei pela porta e parei. Tanta gente. Uma centena de pessoas — talvez mais. O que aprendi a respeito do comportamento humano seria testado naquele instante. Entrei no lugar, e um silêncio tomou conta da multidão. Os mais novos não tinham muita noção de nada, então só me encaravam. Meus colegas que haviam presenciado os acontecimentos do ano que passara pararam suas conversas e se viraram para mim.

Tracy e Claudia sentaram-se na terceira fileira, seu lugar cativo, embora agora a carteira de Kate estivesse vaga.

Minhas mãos curvavam-se nervosas e cerravam-se em punhos. Por que Justin tinha de socar meu único aliado?

Rhode... Disse para mim mesma, mas saiu como um grunhido.

Passei por alguns alunos que reconheci do ano anterior. Estavam calados. Minha autoconfiança, parecia, dissipara-se com minhas presas.

Detestava o desejo humano de fofocar. Depois que passei por eles, recomeçaram a falar.

Aquela é Lenah. Deu um fora em Justin Enos. Que idiota, né?

Aquelas eram as melhores amigas de Kate Pierson.

Lenah era a melhor amiga de Tony Sasaki.

É, ela tem de ser a garota mais imbecil do mundo para dar um fora em Justin.

— Vem sentar com a gente — chamou Claudia, tirando a mochila da cadeira vazia. Coloquei o cabelo atrás da orelha e segui agradecida até as duas garotas, esperando que ainda fossem minhas amigas. Essas meninas que haviam existido por dezesseis insignificantes anos. Mas tinham sido gentis comigo quando precisei, e o continuavam sendo agora. Sentei e ouvi Claudia contar sobre o curso de vela que fizera nas férias.

— E você, Lenah? — perguntou Tracy. — Foi para sua casa na Inglaterra?

Estava para explicar que tinha passado o verão no internato quando a Srta. Williams, a diretora supercontroladora de Wickham, deu tapinhas no microfone para testá-lo.

— ...no segundo em que pensarem em sair dos dormitórios. Deverão estar em duplas, no mínimo — ditou a Srta. Williams. — Sair do campus? Em duplas, ou perderão o privilégio.

Sempre admirei sua grandeza, Odette sibilara.

E sua maldade...

— A segurança é mais importante que nunca. Perdemos um bom terço das matrículas por conta das mortes acidentais de Tony Sasaki e Kate Pierson — disse com uma carranca.

— Então é nossa responsabilidade assegurar a comunidade do Internato Wickham de que vamos permanecer vigilantes e comprometidos com sua proteção.

Tracy olhou para baixo e enxugou os olhos, mas mantive os meus fixos à frente, fingindo não perceber. Claudia segurou a mão da amiga.

— Kate Pierson — continuou a diretora — morreu fora do campus. Portanto, ainda que sintamos sua falta, por favor, não façam uma interpretação equivocada dos fatos. Esses incidentes não estão especificamente relacionados, tampouco são dirigidos aos estudantes propriamente. Vamos, porém, manter nossas precauções de segurança.

Mortais mentem a respeito de qualquer coisa para se proteger.

Suspirei, me desligando um pouco da voz dela. Rodei o anel de ônix algumas vezes, sentindo a prata roçar meu dedo. Vicken e eu não tínhamos chance se lutássemos contra mais de um ou dois vampiros sem Rhode. Precisávamos dele. Seus anos de experiência podiam nos ajudar agora. E, por mais que me agradasse pensar que sabia muito a respeito dele, era claro que não sabia tanto. Muitas coisas que era capaz de fazer. Tantas que manteve ocultas de mim.

Não, pensei e tirei os cabelos dos ombros. *Não vá por esse caminho — o da pena, pelo qual você depende de Rhode. Ele se foi. Ele se foi, e tudo que você pode fazer é esperar que ele retorne.*

Mas ele estava vivo. E isso ecoava em minha mente. Onde estaria?

Depois que a reunião acabou, o burburinho recomeçou imediatamente. A maior parte das pessoas discutia a respeito da nova política de saída do campus e apontava para os seguranças postados na entrada do auditório.

— Estou tão feliz por você ter voltado! — exclamou Claudia, me abraçando. Inspirei o cheiro de sabão fresco e um perfume picante. Não conseguia não olhar para além do ombro de Claudia, para Tracy, que nos observava com um resquício de lágrima nos olhos. Claudia se afastou e também tinha os olhos marejados. — Ainda mais agora, com toda essa história de Kate, sabe? Mas prometa uma coisa. Você não vai a lugar nenhum, né? Não vai sair fugindo como no ano passado?

— Não — prometi a Claudia, que segurava minhas mãos. — Vou ficar. — As mãos eram quentes e seguravam firmemente as minhas. Se ainda fosse vampira, estaríamos a uma distância perfeita para puxá-la para mim e morder seu pescoço.

Olhei seus pulsos. Para investigar suas veias. Era tão chocante que ainda sentisse o desejo de fazer isso. Um horror silencioso me dominou. Soltei minhas mãos imediatamente. *Preciso me afastar*, pensei.

Parece que é difícil perder os antigos hábitos. Não era assim que se dizia?

A sensação passou, e me abaixei para pegar a mochila. Era uma mortal. Não vampira. Não era como Odette. Segui Tracy e Claudia até a porta do auditório.

Vire-se, uma voz em minha cabeça sussurrou. Talvez fosse intuição, ou a rainha dos vampiros enterrada lá no fundo. *Vire-se, Lenah. Olhe atrás de você.*

Virei lentamente e congelei. Parado no alto da escada nos fundos do auditório estava... Rhode.

Um talho profundo, que criava uma casquinha de ferida escurecida, atravessava horizontalmente sua testa. Correndo os belos lábios de cima a baixo havia outro corte, tão escuro que não pude dizer com certeza se ainda estava sangrando. Do lado direito, o olho e a bochecha pareciam contraídos e inchados.

Meu queixo caiu.

— Venha, Lenah — chamou Claudia da entrada.

Mas não podia desviar os olhos. Dois segundos se passaram, e Rhode fez as honras por mim, descendo as escadas para longe de meu alcance.

— Rhode! — exclamei, correndo para a porta dos fundos.

— Lenah! — chamou Claudia outra vez, mas ignorei e corri em direção ao pátio para seguir Rhode.

— Rhode! — gritei desta vez. Ele se virou; óculos de sol escondiam seus olhos. Eu podia ver meu reflexo horrorizado na lente reluzente.

Perto dele daquela maneira, conseguia ver *de fato* o estrago. Um hematoma roxo acompanhava o dorso largo do nariz. O matiz escuro na pele o deixava com aspecto de doente. Pouco abaixo da curva da testa havia um corte profundo que provavelmente precisava de pontos, mas já era tarde. A pele tinha criado casca e se enrugado, muito provavelmente deixaria uma cicatriz. Os lábios, os belos lábios, estavam partidos bem no meio, e marrons com as casquinhas.

Levantei a mão para tocar sua testa, mas ele se afastou. Senti a dor explodir no meio do peito e abaixei o braço. No reflexo dos óculos, vi minha boca retorcida e os olhos espremidos pela luz do sol.

— O que foi que aconteceu com você? — perguntei.

— Nada — respondeu ele. — Falei para a diretora que bati com o carro.

O olho direito estava tão roxo que não consegui evitar: ergui um dedo para tocar a pele mutilada. Ele recuou outra vez.

— O que aconteceu não é de sua conta — reforçou Rhode. — Tenho de ir para a aula.

Rhode passou por mim em direção ao prédio de ciências, onde, se eu tivesse sorte, teríamos aula na mesma sala.

Capítulo 8

Uma fila de alunos se esgueirou para fora de suas salas de aula até o corredor. Geologia era uma aula popular do terceiro ano; havia três seções do cômodo cheias de estudantes do último ano do ensino médio e alguns poucos alunos do segundo, selecionados a dedo. Fiquei na ponta dos pés para ver se conseguia avistar Rhode na primeira fila, mas tudo que consegui discernir foi o cabelo negro cortado rente à cabeça. Meu coração palpitou quando lembrei como, em outras épocas, seus fios passavam da altura dos ombros, como seda negra. Ah, como amava sua cartola e o ângulo de suas presas. Na época, as presas eram parte de nosso físico. Pensar na ponta afiada dos dentes de Odette me fez pressionar os dedos no pescoço, como se o protegesse.

— Ah, que bom, Lenah — disse a Srta. Tate.

Baixei a mão. Aparentemente conseguira chegar à porta da sala de ciências.

Rhode estava sentado na fileira da frente, o queixo baixo, anotando algo no caderno. A Srta. Tate olhou para a lista de chamada, apontou uma caneta para Rhode e disse:

— Rhode Lewin, você fica aí. Vai se sentar com... Justin Enos. — Era o planejamento da arrumação da sala para o ano letivo. — Ele vai te colocar no ritmo. — Falando mais para si mesma que para os outros.

Péssima, péssima ideia.

A professora entregou a ele uma folha de papel.

— Fiquei sabendo de seu acidente de carro. Está se sentindo bem?

— Estou melhor, sim, obrigado. — Deixou a caneta na mesa e pegou a folha com dedos trêmulos. As mãos, as duas, estavam envoltas por curativos grossos: um ao redor do pulso, outro ao redor dos nós dos dedos. Fiquei paralisada quando ele olhou para cima. Sob o roxo e os hematomas pretos estavam os olhos azuis que conheci e amei ao longo de metade de um milênio. Senti um nó no estômago e inspirei sem conseguir sugar muito ar. Não desviamos o olhar, e seus olhos fixos nos meus eram o suficiente para fazer minha cabeça girar. Só para me deixar muito confusa, Rhode suspirou, fechou os olhos e quebrou o feitiço.

— Lenah — chamou a Srta. Tate. — Você está em seu lugar antigo. Temos uma aluna do segundo ano que entrou para esta aula, e, quando ela chegar, vocês vão sentar juntas. — Assenti e tentei não encarar Rhode ao caminhar até minha carteira.

Odiava a cadeira vazia ao lado. Era a de Tony. Estava prestes a sentar quando a professora voltou a falar:

— Ah. Hmm.

Justin e dois outros alunos entravam na sala. A Srta. Tate olhou para a lista. — Pensando melhor, Justin, você senta com Lenah. E, Margot... Na verdade, vamos colocar os dois novatos juntos; você senta aqui com Rhode. Caroline... —

Prosseguiu com a outra menina que acabara de entrar. — Você senta lá atrás com...

Parei de escutar o festival de nomes. Evitando meus olhos, Justin se sentou, e, quando colocou os livros sobre a mesa, percebi que estava com os dedos enfaixados. Ele pegou o livro didático e ficou movendo o joelho para cima e para baixo sem parar, porque estava cheio de energia, ou ira, ou quem sabe cafeína.

Engoli em seco, constrangida com seu silêncio. Voltei a girar o anel de ônix, uma e outra vez, e, quando finalmente abri a boca para falar, a Srta. Tate pediu ordem à turma.

— Vamos passar o plano da aula de hoje. Vamos começar com a revisão de alguns pontos básicos.

Justin encarou a frente da classe atentamente. A dor que senti no fundo do estômago me deixou surpresa. Por que não falava comigo, nem olhava para mim? Por um instante, esperei o toque familiar, a mão quente em meu joelho ou no fim das costas, mas ele não encostou em mim.

— Ok, hoje vamos analisar os níveis de pH de amostras d'água aqui de Lovers Bay. Sei que é muito elementar, mas acho que precisamos voltar a treinar algumas habilidades básicas antes de seguir em frente com nosso processo de experimentação.

Olhei para Justin outra vez e vi que ele havia pressionado os lábios.

— O que foi? — perguntou com frieza, e piscou algumas vezes, mantendo os olhos à frente. Demorei alguns segundos para entender que falava comigo.

— Ah. Nada — respondi, e voltei a fitar o caderno. — Eu só...

— O quê? — repetiu ele, dessa vez com um lento movimento de cabeça. O verde em seus olhos era severo, frio. — Quer me humilhar um pouco mais?

— Te humilhar? — sussurrei, e olhei de soslaio para a Srta. Tate, que escrevia no quadro.

— Seu namorado está bem ali. Devia estar sentada com ele — rosnou.

— Só quero...

— Se você vier falar comigo de novo, Lenah, sobre qualquer coisa que não seja a tarefa da aula, vou sair da sala.

— Me passe o papel de tornassol.

O tom de Justin era gélido. Entreguei a ele em silêncio.

— Sete — constatou ele. — O que é que o seu está mostrando?

Verifiquei a coloração e registrei os resultados. Assim que acabamos, ele juntou os papéis, deixou a tarefa sobre a mesa da Srta. Tate e saiu rapidamente. Na frente da sala, Rhode colocava suas canetas e o caderno com cuidado na bolsa. A mandíbula estava trincada e se contraiu ao colocar a mochila no ombro. Segui-o para fora.

— Rhode — chamei baixinho depois que já estávamos no corredor. — Rhode! — repeti, um pouco mais alto. Ele andava depressa. Já estava farta de ser tratada como a mulher invisível. — Se você não se virar agora, vou gritar assassino.

Ele se virou e olhou para mim.

— Tinha uma vampira na lojinha de ervas — comecei. — Aqui em Lovers Bay. Reconheci a mulher de Hathersage. A criada que matei antes de minha hibernação. E ela sabe — acrescentei — do ritual. — Estava a algo como 30 centímetros dele e observei sua reação. — Vicken e eu queríamos te contar antes, mas não tinha como a gente se comunicar.

— Vocês se machucaram? — perguntou ele, mantendo a mesma atitude, os braços cruzados, a postura ereta.

— Ela já matou uma amiga minha — falei simplesmente.

— Disse que ia voltar para pegar o ritual.

Era como se Rhode conversasse comigo contra a vontade. Estava respeitando as ordens dos Aeris de que ficássemos afastados, mas com certeza podia falar comigo, não?

— Ela afiou as unhas para ficarem pontudas. — Engasguei, imaginando minha carne sendo aberta com um golpe de seus dedos. Rhode levou uma das mãos envoltas em gaze ao queixo, assentiu uma única vez e manteve os olhos nos pés. — Criou um coven. Vicken e eu vimos a cerimônia.

— De cinco? — indagou ele.

Fiz que sim com a cabeça, mas não me contive. Tinha de saber.

— O que houve com você? — perguntei. — Está péssimo. Que tipo de briga fez isso? Foi por causa do ritual?

— Não, e já disse que não foi nada.

— Está mentindo! — exclamei, nauseada.

— Preciso ir — disse ele, mas antes de ficar totalmente de costas para mim, acrescentou: — Seria bom a gente se encontrar hoje à noite. Para falar sobre esse coven. Vou pedir a Vicken para te avisar quando e onde.

Rhode deu uns poucos passos e fiquei ouvindo o eco dos saltos no chão.

Senti a raiva ferver dentro de mim.

— Sabe de uma coisa? — falei para ele, só um pouco mais alto que o fazia normalmente no dia a dia. — Sempre foi assim.

Ele parou, ainda de costas para mim. Estávamos a sós outra vez, agora que a aula seguinte tinha começado. Acrescentei:

— Durante séculos, foi você quem ficou no controle, e eu não sabia de nada.

Rhode virou-se para mim, os olhos de um fixos nos do outro.

— É verdade — continuei, a voz fraca. — Eu tinha outras distrações, mas era sempre você quem tinha o poder. Eu te amava, então não me importava.

Rhode se aproximou até estarmos separados por poucos centímetros. Perto assim, podia ver os pelos que cresciam no queixo e os hematomas esmaecidos percorrendo a linha de seu maxilar; machucados que não notara anteriormente.

— Não me importo com poder — sussurrou ele. Pareceu se dar conta da raiva profunda que o tomava. Inspirou fundo. — Sempre, sempre o que estava em meus pensamentos era você — disse, num sibilo irado.

— Você me manteve no escuro — desafiei. — Se eu soubesse dos pormenores do ritual, talvez pudesse ter ajudado. E aí não estaríamos os dois presos aqui, amaldiçoados pelos Aeris, sem jeito de ficar juntos.

No fundo de meus pensamentos, me perguntava por que Rhode dissera que jamais voltaria a Wickham e por onde andara no ano em que esteve desaparecido. Isso me perturbava. Que razão podia ser tão forte a ponto de mantê-lo afastado? Outro segredo, outra verdade que ocultava de mim.

— Já te disse, não sabia que enfrentaríamos esse tipo de repercussões por causa do ritual — explicou ele.

— Você me disse muitas coisas, Rhode. Fez promessas e não cumpriu. — Uma imagem do túmulo de minha irmã ornado por jasmins me correu pela memória.

— Tipo o quê?

— Não preciso ficar te relembrando. A questão é que, se eu tivesse ajudado com o ritual, se você tivesse me dito o que estava fazendo, poderíamos ter achado outro jeito. Talvez a gente podia ter feito as coisas de uma forma diferente. Você não teria de fingir que estava morto. — Ousei dizer.

— Preciso mesmo ir — retrucou ele. Olhou para minha boca, e minha raiva se dissipou. Tão rapidamente evaporou no ar e para longe de mim. Estávamos tão perto, e nossos lábios, a um beijo de distância. Seus olhos, cercados pelos machucados ensanguentados, me fitavam.

Jamais havíamos nos tocado. Não como mortais.

Se apenas se inclinasse, ele me beijaria, lábios com lábios, pele com pele, e saberíamos como era o toque. Com sensibilidade humana. O que desejamos por centenas de anos. Os Aeris não se importariam. Se importariam? Apenas um beijinho inofensivo...

— Você não está sentindo nada? — perguntei.

Olhei para ele, perscrutando seus olhos. Fitava as manchas roxas, me perguntando se ainda doíam.

— Não? — insisti.

No fundo do estômago sentia um turbilhão de emoções, girando e rodopiando, atraindo-me para ele. Continuei a fitá-lo, absorvendo-o. Meus pés estavam enraizados no chão, mas meu corpo balançava bem de leve. Estava queimando, a sensação maravilhosa do sangue correndo pelas veias e pelo coração. Estiquei o braço e o observei fazer o mesmo. A mão, tão diferente da pele fria, lisa de um vampiro, era agora a mão desgastada de um humano. Ficamos assim por um instante, quase nos tocando, desfrutando da eletricidade entre nós. Deixei todos os poros, todas as células receberem a sensação do calor.

— Estou — respondeu Rhode enfim, e deixou o braço pender.

Não pode ser assim para todo mundo, pensei. *Não é todo mundo que sente amor desta maneira.*

Finalmente dei um passinho para ele, mas fui impedida.

— Não podemos — disse Rhode.

Não queria voltar. Fui obrigado. Suas palavras ecoavam dentro de mim. Desviei os olhos, e o espaço entre nós se abriu. Olhei para o chão.

— Você devia partir. De vez. — Dei um passo para trás. — Se te atormenta tanto ficar perto de mim. Se você nem queria voltar, como disse, então vá. — Mesmo ao dizê-lo, eu sabia que não eram palavras sinceras. E Rhode não seria enganado tão facilmente.

Ele piscou lentamente.

— Você sabe que não posso ir. Não agora.

A raiva ferveu dentro de mim outra vez. Engoli com força. Ele chegou mais perto. Eu podia sentir seu cheiro: de sabão, desodorante, e de sua pele também. Tinha uma fragrância doce, de humanidade. Trincou a mandíbula, como se lutasse contra o choro, e, quando nossos olhares se encontraram, vi que seus olhos... estavam vítreos.

— Lenah — disse, atraindo meus olhos para os dele —, eu fico porque existe uma diferença extraordinária entre pensar em você e vê-la na forma mortal. Fico por aquele momento do dia em que você abre um sorriso. Ou para te observar passar a mão pelo cabelo. Porque preciso, preciso... — Seu fôlego vinha entrecortado. — Preciso estar perto de você, de qualquer jeito que puder.

Não tinha palavras. Queria dizer algo, qualquer coisa. Dizer que sentia exatamente o mesmo, mas não pude pará-lo antes de virar as costas.

Foi então que...

Fui engolfada pelo cheiro pungente de maçãs maduras. Maçãs por toda a parte. Como se estivesse acima de um engradado de madeira que continha dúzias de maçãs vermelhas e reluzentes da colheita de setembro. Sacudi a cabeça a fim de afastá-lo, mas o aroma era tão forte que fiquei tentada a fechar os olhos para poder escapar apenas por um instante. Imagens inundaram minha mente. Uma colcha de retalhos de lembranças de minha vida passou por meu cérebro, incontrolável.

Rhode e eu somos vampiros. Estamos nos beijando na grande colina ao pé de nossa mansão de pedra. Estou usando um belo vestido negro de cauda longa. Restam poucos instantes antes do pôr do sol. Somos vampiros. As mãos dele pressionam minhas costas com força, puxando-me para perto. Minha pele tem um brilho de porcelana. Os lábios exibem um tom rosado, e posso ver a ponta de minhas presas. Por que posso me ver? A mão de alguém segura uma bengala. Conheço a bengala e a cabeça de coruja no cabo feito de ônix.

Abri os olhos, sacudi a cabeça e me concentrei na respiração. *Inspire e expire, Lenah*, pensei. *Inspire e expire.* Lentamente, as imagens se dissiparam com o cheiro das frutas. O som de Rhode indo embora me trouxe de volta ao presente.

Preciso estar perto de você.

Minha respiração não conseguia se normalizar para acompanhar meu ritmo.

Rhode seguia pelo corredor, suas palavras ressoando em minha cabeça, e o perfume de maçãs pairando no ar.

Capítulo 9

— Hoje é dia três de setembro. Temos vinte e sete dias antes do começo do mês da Nuit Rouge — explicou Rhode aquela noite.

Como havia prometido, Vicken me chamara até a biblioteca depois do jantar. Me sentei à janela de uma salinha de estudos. Dos fundos da biblioteca, tínhamos vista para a grande colina que levava ao platô de treinamento de arco e flecha. Tentei não seguir a ladeira com os olhos, especialmente porque não tinha planos de voltar lá outra vez. Duvidava que um vampiro fosse escolher aquele lugar para observar, tão exposto. Não havia árvores atrás das quais se esconder, nem o obrigo de sombras. Vampiros gostavam de espiar e estudar suas vítimas. Conhecendo suas fraquezas, podiam matá-las com facilidade. Pressionei o peso do corpo no vidro, deixando que esfriasse minha pele. Costumava fazer isso quando era vampira para me certificar de que ainda mantinha comigo algum vestígio de sensibilidade.

Virei para encarar os dois homens de meu passado. Vicken estava encostado na parede, de braços cruzados sobre o peito, a testa, franzida, e ele mantinha o olhar em Rhode, que ocupava a mesa, descansando o cotovelo enfaixado sobre o tampo.

— E qual é a importância da Nuit Rouge? — inquiriu Vicken.

— É nessa noite que a ligação entre o mundo sobrenatural e o mortal fica mais fraca — expliquei. Podia sentir o olhar de Rhode sobre mim. — É por isso que nossa festa da Nuit Rouge era sempre especialmente sangrenta. Nunca notou que você se sentia mais forte naquelas noites? Mais... animalesco?

Vicken levou o que falei em consideração com uma careta.

— É. Acho que você está certa.

— Até o dia primeiro de outubro, não é provável que Odette vá conseguir atacar no campus — disse Rhode.

— Ela agiu na praia — argumentou Vicken.

— Tecnicamente, está fora do território do colégio — retrucou Rhode. — O ritual foi realizado aqui mais de uma vez. Pode ter sido o que atraiu Odette inicialmente, mas pode ser uma proteção para nós também. Pode ser que a energia continue pairando por aqui, como se fosse um escudo. Pelo menos até o dia primeiro de outubro, quando a Nuit Rouge vai beneficiá-la com alguns poderes adicionais.

— Maravilha. Então, enquanto isso, somos prisioneiros nesse hospício — respondeu Vicken.

Passei a mão pelos cabelos, massageando o couro cabeludo para relaxar um pouco. Finalmente encontrei os olhos de Rhode. Senti um choque no peito, como se ele tocasse algo dentro de mim, muito perto do coração.

Queria contar a ele sobre a morte de Tony e sobre como Justin me defendera. Queria explicar como era ser capaz de manipular a luz do sol. Rhode, porém, não perguntara a respeito do coven. Não questionara como eles tinham morrido. Recordei-me de que continuava sem ideia de seu paradeiro no ano anterior. Não revelara nada.

— Vamos, então? — disse ele. — Acho que falamos sobre tudo.

Vicken apagou as luzes da sala de estudos, indicando o fim da reunião. Rhode deu uma olhadela para mim enquanto caminhávamos para o pátio diante da biblioteca.

Quando seus olhos machucados fixaram-se nos meus, parei, sentindo outra vez o cheiro de maçãs. Era diferente dessa vez. Agora o aroma era igual ao de quando era uma criança. Levei as mãos aos olhos e as esfreguei, trazendo o cheiro de cidra no inverno. No escuro de minha mente, vi a sala de geologia daquela manhã.

Estou sentada na carteira de Rhode, na primeira fileira. Olho para a porta e sinto o peito se contrair. Vejo a mim mesma entrar na aula. Toda de preto, os cabelos castanhos caindo pelos ombros.

Como posso entrar no lugar e estar sentada ao mesmo tempo? É a visão de outra pessoa. A mente de outra pessoa!

Linda, *diz uma voz. Voz grave, de homem.*

Alguém olha para mim. Estou ciente da dor nas mãos, a sensação de rachadura todas as vezes que movo os lábios Estive em uma batalha.

Valeu a pena, *a pessoa pensa. O corpo inteiro está moído. Mas tem algo mais. Enquanto passo, ele inspira fundo, esperando sentir um cheiro conhecido. Segura firme o caderno para não levantar a mão e me tocar. Apenas olhar já dói.*

Isto é um tormento. Este amor, ele pensa, é tão profundo que não pode ser desfeito.

Quando compreendi, a descoberta me arrasou: estou dentro da cabeça de Rhode. Estes são seus pensamentos!

Pisquei, inspirando os odores familiares do campus: o refeitório, a grama cortada e, claro, o mar. O cheiro doce das maçãs desaparecera como se jamais tivesse existido. Demorei um instante para repassar em minha mente tudo o que acabara de presenciar. Pude me ver em geologia exatamente como Rhode me via. Sorri para a grama verde aos meus pés. Ele acha que sou linda. *Este amor é tão profundo que não pode ser desfeito.*

Com o clique mecânico de um isqueiro e uma nuvem de fumaça de cigarro, Vicken puxou meu cotovelo. Ele não temia meu toque, mas Rhode, sim. Ao perceber aquilo, outra explosão de alegria me percorreu. Rhode queria me tocar, mas resistia. Pude sentir o conflito dentro dele durante a visão. A esperança tomou conta de mim outra vez, como tinha acontecido no corredor naquela mesma manhã.

Fico porque tem uma diferença extraordinária entre pensar em você e vê-la na forma mortal... Porque preciso, preciso, preciso estar perto de você, de qualquer jeito que puder.

— Vamos nos amar sempre — falei em voz alta.

— Ai, Deus. Vamos logo — rosnou Vicken.

Cruzamos o pátio e chegamos à via principal.

— Aonde estamos indo? — perguntei.

— À torre das estrelas no topo do Curie. — Ele chamava o prédio de ciências pelo nome oficial.

Vicken deu uma tragada quando um grupo de garotas do segundo ano passou.

— Ei... Vicken! — chamou uma delas, com um sorrisinho e um tom sussurrante de voz. — Você não devia fumar — acrescentou, com uma risadinha.

Ele caminhou para trás por alguns momentos a fim de manter o contato visual.

— Fiquei sabendo que pode me matar — disse ele, com um sorriso do Gato de Cheshire da Alice.

Outra rodada de risadinhas, e revirei os olhos quando nos aproximamos do Curie.

— Uma delas está com ciúmes. Acha que estou super a fim de você — comentou Vicken, e revirei os olhos outra vez.

— Você vai apagar esse cigarro alguma hora dessas? — perguntei.

Ele deu outra tragada.

— Gosto de aproveitar inteiramente as coisas que são ruins para mim.

— Sabe — falei, quando ele soltou a última baforada de fumaça —, ao contrário do que acontecia quando você vivia sua vida antiga, isso aí vai te matar mesmo.

Vicken expirou com raiva e apagou o cigarro no tijolo do prédio.

— Seu amigo Justin também. Isso aqui está doendo de verdade — disse, apontando para a mancha vermelha e roxa sob o olho direito. — Fico tocando nela. Sabe, é fácil esquecer a dor física quando você não sente nada há mais de cem anos. Incrível. — Levou a face para perto de mim. — Toque. Quero saber se é diferente quando alguém pressiona.

— Você é doente — falei, e passei a carteirinha de identificação pelo scanner: apenas uma das muitas medidas adotadas no Internato Wickham desde as mortes de Tony e Kate.

105

— Eu é que sou doente? — retrucou Vicken, seguindo-me para dentro do edifício. — Será que preciso te lembrar daquela vez que você matou um luau inteirinho sozinha? — Calou-se, e subimos os seis andares de escada. — Não me entenda mal — continuou, tomando fôlego. — Foi incrível.

Depois de uma hora, a lua brilhante derramou sua luz leitosa através do teto de vidro e sobre o chão do observatório. Abrimos as claraboias do teto e, em vez de usar o enorme telescópio, Vicken e eu admiramos as constelações a olho nu, deitados de costas. Ainda que o sol só tivesse se posto algumas horas antes, a cada momento que passava, o céu escurecia e mais estrelas piscavam na noite.

— Sabe, só para puxar conversa, Rhode pode ter entrado numa briga aqui — comentou Vicken. — Não em Hathersage, que nem você está pensando.

— Está bem — respondi. — Então por que é que Odette não falou em Rhode na lojinha? É claro que não sabe que ele sobreviveu.

— Você está especulando.

— Como é que você sabe que ela tem alguma coisa a ver com ele? Ela não teria dito? Não teria mencionado Rhode?

Uma estrela cadente cruzou o céu. Apontei para ela, e Vicken fez o mesmo. Juntos, contamos em latim...

— *Unus, duo, tres...*

Esperando... esperando... Outra estrela cadente passou pela escuridão. A alegria de ver aquela luz resplandecente riscando o céu acima de nossas cabeças desvaneceu rapidamente quando as palavras dos Aeris ecoaram em minha mente.

Vocês são almas gêmeas. Suas vidas estão destinadas a se enlaçar.

— Deixe comigo — disse Vicken. — Vou descobrir o que aconteceu. Já fui um soldado! Sair por aí bisbilhotando não vai ser nenhum mistério. Está difícil não ver o Cara de Batata ao Murro ultimamente.

Ri.

— Cara de Batata ao Murro?

— Isso aí.

— Você ficou mais engraçado como humano — falei.

Vicken esperou um momento e perguntou com um sorriso largo:

— Quer tocar meu machucado?

— A resposta continua sendo não.

Virou-se de lado e foi se arrastando para a frente como se fosse uma foca fora d'água.

— Ande, Lenah. Toque aqui.

— Não! — exclamei. Estava tão perto que podia sentir o cheiro do tabaco em sua pele.

— Ande logo. Está com medo?

Bati nele com força.

— Uma marquinha mínima de sangue! — exclamou Vicken, e rimos histericamente até que ouvi outro tipo de risada ecoando degraus acima. Congelei. Risadinhas agudas de garota seguidas de uma voz conhecida. Sentamos, e me torci a fim de olhar para a porta. Justin acabava de entrar no observatório com uma aluna do segundo ano que reconheci: Andrea.

— Se não fosse por minha acompanhante — disse Vicken com um sorriso maroto. Ela retribuiu.

Os olhos de Justin passavam de Vicken para mim.

— Vem, Andrea. Esse lugar está ocupado — disse ele.

— Não, não está! — exclamei, ficando de pé depressa.

Vicken se escorou na parede e acendeu outro cigarro.

— Ah, deixe-os ir. O cara é um chato — comentou atrás de mim, cruzando um tornozelo sobre o outro. — Aliás, ele subiu até aqui para ver se conseguia tirar a roupa dela.

Lancei um olhar a ele.

— PES — respondeu Vicken, dando de ombros.

— Apague esse cigarro — rosnei.

Desci as escadas atrás dele. Justin já me odiava, mas agora pensava que eu estava com Vicken!

— Espere! — chamei, e corri em direção ao pátio.

Andrea e Justin estavam à porta; a expressão dela era assassina.

— Só vai demorar um segundo — garanti. — Pode dar licença?

Olhou para Justin, os olhos esbugalhados, esperando que ele dissesse não. Quando não falou nada, ela bufou.

— Você é patético — disse a garota, com uma virada dramática, indo embora.

— Andrea! — chamou ele, mas a menina já estava do lado de fora, reunindo-se com os demais alunos. O toque de recolher não demoraria muito.

Justin fez menção de segui-la.

— Você pode, por favor, me ouvir por um instante? — pedi.

Ele se virou para mim com um longo suspiro.

— Não tenho nada com Vicken — falei enfaticamente.

— E eu disse que tinha? — retrucou Justin, com um tom que me feriu como se fosse um tapa no rosto.

— Não — respondi baixo. — Não disse.

— Na colina, você me deixou para ficar com Rhode — continuou ele. — Mas acho que não seria nenhuma surpresa se estivesse com Vicken agora. É difícil acompanhar.

Não tive coragem de dizer que a ordem na verdade tinha sido: Rhode, Vicken e depois ele.

— Vicken e eu somos só amigos — falei.

— Então você é amiga de um assassino. Ele ajudou seu coven a matar Tony!

— É mais complicado que isso — defendi.

— É, bem, não me parece tão complicado assim — afirmou Justin. — Tenho de ir.

Parecia ser uma frase popular ultimamente.

Mas ele não foi. Olhou para o chão e depois para mim.

— O que você quer de mim? E o tal Rhode? — perguntou. — Vocês não são almas gêmeas? Unidos pelo ritual? Sei lá o quê.

— Não estou com Rhode — falei, depois de uma pausa. — Não estou com Vicken. Não estou com ninguém.

As narinas dele se abriram, e as bochechas ficaram vermelhas. Piscou algumas vezes, e tive dificuldades para ler sua expressão. — E você não ama o cara? — perguntou. — Rhode?

— As coisas mudaram — respondi, com um meneio de cabeça, e era verdade. Por mais que ele me consumisse, por mais que fosse amá-lo para sempre, tudo estava diferente agora. Eu tinha de seguir em frente.

— Parece uma coisa difícil de mudar — argumentou Justin.

Deixamos os sons do campus ressoarem ao redor. As pessoas conversavam e riam. Celulares tocavam, e, em algum canto próximo, automóveis zuniam pela rua.

— Olhe — comecei —, não quero que você me odeie. Sei que mereço...

— Não te odeio — interrompeu Justin, e tirou os olhos do chão para fitar os meus. — Só não quero mais saber de você. Quero viver minha vida sem rituais, covens e vampiros assassinos matando meus amigos. Gosto de namorar garotas que, você sabe, continuam vivas.

As palavras me cortaram. Tive a impressão de que jamais sentiria a alegria e o conforto de estar em seus braços novamente. Lembrei como tinha sido poderosa a sensação de seu calor depois de ter permanecido fria durante séculos. Calor, toque, ternura... Assim era Justin. Era uma lembrança de que podia estar verdadeiramente viva e sentir amor. Ele me ajudara a seguir em frente no ano anterior. Eu queria que me ajudasse agora. Ajudasse da maneira como só ele podia.

Mas Justin se virou e foi caminhando pela via principal atrás de Andrea.

— Espere! — chamei. — Por favor.

Ele parou perto do poste de luz.

— O quê? — Mantinha as costas viradas para mim.

— Desculpe — pedi, depois hesitei. Escolhi as palavras em pensamento, mas nenhuma delas parecia certa. — Por tudo — terminei.

Justin balançou a cabeça, mas voltou a me encarar.

— Desculpe, Lenah, mas não é o bastante.

— Só quero que você saiba... — Dei um passo na direção dele e ergui as palmas para dizer *fique*. — Não, deixe eu recomeçar. Quero que você tente imaginar alguém em sua vida que conhece desde sempre. Roy, digamos, seu irmão mais novo.

Justin franziu o cenho, mas assentiu.

— Aí, um dia, ele desaparece. A forma como segurava a xícara de café, ou ria, ou tocava seu rosto, é tudo parte de sua memória agora. Ele não existe mais, para sempre. Quero que você tente imaginar essa dor.

— Tony morreu, Lenah. Kate morreu. Sei como é essa dor.

Atrevi-me a dar outro passo.

— Os humanos aprendem a viver outra vez depois de sofrer uma perda, mas, para um vampiro, o luto é constante. É o que nos torna perigosos. E quando Rhode morreu, ou pensei que tivesse morrido, você estava lá, naquele momento em que eu era humana pela primeira vez. Você me tirou daquela maldição. Me curou.

Justin evitou meus olhos encarando o outro lado do campus. Esperei uma resposta, dizendo que estava tocado, que entendia. Ele apenas expirou, porém, e colocou as mãos nos bolsos.

— Sei que me ouviu falando com Rhode aquele dia no campo de tiro. Fiquei surpresa quando o vi. — Eu tentei explicar.

— Aposto que sim — respondeu, ainda olhando para longe.

— Não é que eu não ame...

Os olhos dele se levantaram para mim.

—... ame você — terminei.

Justin sustentou o olhar, mas não respondeu. Não declarou *também continuo te amando*. Esperei mais alguns segundos.

— Tudo bem — falei, e me virei. Saí apressada pela via.

— Espere! — pediu Justin atrás de mim. — Lenah, espere!

Não esperei, contudo. Continuei andando, sentindo a vergonha me dominar em ondas. *Não acredito que contei como me sentia e ele não teve reação nenhuma. Reação zero!* Era tão fora do comum. Andei e andei até que me vi quase de volta ao Seeker.

Parei, quase ao lado da biblioteca, quando um desejo de entrar me arrebatou. Tinha uma hora até o toque de recolher.

Queria ir para a sala de áudio, onde poderia me sentar e ouvir o que quisesse, bastava apertar um botão. Onde podia ficar sozinha. Talvez pudesse escutar Mozart. Assisti a seus concertos em pessoa várias vezes. Quatro, para ser exata.

Fugi das palavras de Justin. Esperava que a sala de áudio me ajudasse a esquecer a expressão em seus olhos. Entrei no prédio, passei o corredor principal em direção aos cômodos pequeninos nos fundos. Tinha trabalhado naquela biblioteca no ano anterior e conhecia bem seu acervo. Olhei pela janela retangular para a sala aonde queria ir. Estava vazia. Abri a porta e entrei.

Não havia mais CDs. Em vez disso, um computador repousava sobre uma pequena mesa. Passara o ano anterior aprendendo a lidar com eles. Sentei e cliquei em um ícone pequeno que dizia: MÚSICAS NOVAS. Alguém as classificara também: românticas, clássicas, New Age, death metal. Death metal?

Passeei por elas por alguns instantes, contemplando, maravilhada diante das centenas de opções. A mão de alguém passou por cima de meu ombro. Pulei sobressaltada quando gentilmente roçou o topo de meus dedos e pousou no mouse. Sequer ouvira a porta bater! A mão era quente e tinha um bronzeado dourado.

— Escolhe essa daqui — disse Justin baixinho. Deu um clique duplo, e uma balada, uma canção bem suave com vocal feminino, ecoou pela salinha.

— O que você está fazendo? — perguntei em tom baixo quando ele me puxou da cadeira.

— Dançando com você.

A imagem dele colocando as mãos nos bolsos invadiu minha mente.

— Mas pensei que estivesse bravo comigo — argumentei.

Os braços fortes me puxaram gentilmente, e seu toque era firme ao redor de meus ombros. A palma descansava no centro de minhas costas, e levantei o queixo para ele. Abaixo do colarinho de sua camisa havia uma tira de couro preto. O brilho de um pingente prateado se fez perceber pela camiseta quando Justin se moveu, mas ele me abraçou mais apertado. Perguntei-me que tipo de pingente era aquele e o que mais teria mudado durante as férias, mas ele me puxou ainda mais. O som do violão encheu a sala, e a melancolia do piano serpenteava por mim. Nossos olhos se encontraram, e seu olhar gentil me impeliu a falar.

— Sinto muito mesmo. Por Rhode, por... — Hesitei. Parecia estranho me desculpar por quase morrer ao realizar o ritual. — Bem, como eu disse, sinto muito. Por tudo.

Ele me fez ficar em silêncio com suavidade e encostou o nariz em meu ombro. Envolveu-me mais forte e começamos a rodopiar.

— Por Tony...

— Shhh! — Fez novamente, e desta vez fechei os olhos. Estava de volta ao baile de inverno com Justin, dançando sob as luzes brilhantes. Neste mundo moderno, as pessoas dançavam com tanta intimidade. Corpo com corpo, peito com peito. Podia sentir o desejo dele no calor entre nós. Perto assim, a música me deixou consciente de seus anseios. A vampira em mim queria sentir o coração de Justin. E, quando fechei os olhos e escutei a música... senti.

Imagine se fosse Rhode. O que ele diria sobre a dança moderna? Não havia passos coreografados como os que tínhamos na era medieval. Apenas dois corpos, juntos, em movimento. Se fosse Rhode, suas mãos se movimentariam por minhas costas, chegando à base do pescoço. As de Justin deslizaram sob meus braços. Senti arrepios me percorrerem. Ele me puxou para ainda mais perto, de forma que meus lábios beijaram a curva de seu pescoço.

Sim, ele está aqui. Rhode está aqui. Não é Justin, é Rhode.

Rhode me apertou junto de seu corpo enquanto a serenata musical ressoava pela sala. Engoli em seco e cedi à fantasia. Rhode e eu giramos ao redor daquele cômodo, suas mãos graciosas fluindo por toda a extensão de meu corpo, de cima a baixo. Seu calor, calor humano me dominava. Ele me puxou mais para perto, de modo que não havia mais espaço entre nós. Beijou meu pescoço, fazendo meu corpo estremecer.

Amor. Que palavra estranha. Como era infinito. Como definira minhas crenças por tanto tempo. Pois passamos por décadas, de mãos dadas, sempre, sempre caminhando com a lua. Nos deliciávamos com cada matiz do pôr do sol.

— Te amo tanto — sussurrei.

— Também te amo — respondeu uma voz estranha.

O sotaque americano me arrancou do sonho. Pisquei algumas vezes, me agarrando aos fiapos de fantasia, mas sabendo, quando levantei o queixo, que fitaria os olhos de Justin, não os de Rhode.

Continuamos a dançar, ainda que a magia tivesse se desfeito em mil pedacinhos.

— Pensei que não ia ter volta para a gente quando você viu Rhode — confessou.

Não posso ter Rhode. Nunca mais vou tocar na mão dele. Acabou.

Voltei a me concentrar em Justin.

— Pensei que ia ser mais fácil ficar bravo com você — continuou.

— Não estou acostumada a essa sua versão zangada — respondi.

— Não dá para eu parar de amá-la, Lenah. Não dá — disse ele baixinho. — Continuo tentando. Mas não dá.

Fitei-o nos olhos enquanto a música diminuía seu ritmo para as últimas notas.

Posso fazer isso dar certo. Não posso? Justin e eu?

Era tão mais fácil que a rejeição infinita de Rhode. Nada sobrenatural nos dizia que não podíamos ficar juntos. Nada nos impedia.

Justin segurou minha face e passou o polegar pela maçã do rosto. O que era o amor, de qualquer forma? Era calor e alento. Amor era para os vivos. Justin podia me ajudar a sentir que estava viva outra vez. Sabia que podia. Sentira isso no ano anterior.

Não queria voltar. Fui obrigada. As palavras de Rhode ecoaram em minha mente.

Justin inclinou-se para a frente e beijou a ponta de meu nariz.

— Quer voltar agora? — perguntou ele. — Falta meia hora para o toque de recolher idiota da Williams.

Apagamos as luzes da sala de áudio. Ele roubou mais um beijo antes de estender a mão e me levar para casa.

Capítulo 10

A chuva da madrugada deixara o gramado brilhante na manhã seguinte. Enquanto eu seguia para o Curie, a Srta. Tate dobrou a esquina voando e chegou ao pátio.

— Lenah — disse, parando à minha frente. — Que bom que te encontrei. Precisamos falar sobre seu projeto semestral. — Ela discursou por um momento a respeito de minha parceria com Justin e a importância do trabalho em equipe. Tirei alguns papéis da pilha de pastas que a Srta. Tate carregava e segurei-os para ela.

— Ah, obrigada — agradeceu, seguindo em sua diatribe. Escutei por alguns instantes, mas o vento me distraiu. Era mais forte que uma brisa. Estava munido de uma intenção. Serpenteou por entre as árvores e tirou meus cabelos de trás das orelhas, como se agisse por conta própria. Alisei as mechas para baixo o mais rápido que pude. A voz da Srta. Tate se perdeu, e deixei de prestar atenção no que dizia.

As folhas acima de nós balançavam outra vez. A água na fonte caía num fio antinatural. Não precisava da percepção extrassensorial de vampiro para saber. Sempre teria aquela consciência. Podia sentir no ar.

Estava sendo observada.

Sondei as sombras. Qualquer pista seria útil. A curva de um sorriso ardiloso, ou olhos imóveis como a morte.

— Ok, Lenah? — perguntou a Srta. Tate.

— Certo. Claro — respondi.

Ela sorriu, embora eu não fizesse ideia do que era aquilo com que tinha acabado de concordar. Estudei a área à frente, mas sem a visão vampírica era impossível enxergar para além do outro lado do campus. Quando me virei para seguir a professora até o Curie, me dei conta de que tinha esquecido de vasculhar, atrás de nós, a mata que circundava o colégio. Era o lugar perfeito para alguém se esconder a fim de vigiar uma vítima desprevenida.

— Lenah, vou precisar desses papéis na aula de hoje — disse a professora, da entrada escura do prédio.

Meus olhos se demoraram nas árvores e na luz do sol da manhã que iluminava os espaços entre os galhos. Não tive tempo para procurar olhos vigilantes.

Entrei no edifício com uma certeza absoluta no estômago.

Estava sendo caçada.

Deslizei para a carteira ao lado de Justin, tentando me livrar dos arrepios que ainda cobriam minha pele. A mão dele continuava enfaixada, e pensei momentaneamente em seus braços me envolvendo na sala de áudio.

— Não consigo tirar da cabeça o que aconteceu ontem — disse ele.

Levou a mão para baixo da mesa, colocou-a sobre meu joelho e o apertou. Sorri para ele. Talvez não seria tão difícil ficar com Justin. Ele sabia como me acalmar. Talvez a garota do ano anterior ainda existisse, a menina que queria ser humana, que precisava da ajuda de Justin para sentir-se assim. Não era como Rhode. Rhode, que era muito melhor em seguir a determinação dos Aeris do que eu jamais seria.

— Acho que ela vai pular direto para a matéria — comentou Justin. — Ontem foram testes de pH, hoje alguma coisa de sedimento ou algo do gênero. Não sei nem falar essa outra palavra aí.

O experimento era complicado, muito complicado. Justin e eu nos levantamos para pegar os instrumentos necessários à tarefa. Me certifiquei de que não encontraria os olhos de Rhode, tampouco olharia na direção em que estava. Era tudo de que precisava, olhar para ele e ter outra conexão estranha que não pudesse controlar. Não tinha certeza do que havia induzido o aroma avassalador das maçãs, as memórias e a janela para sua mente.

— Quem sabe não dá para a gente jantar junto hoje? — propôs Justin baixinho.

— Ah! — exclamei, odiando que desejasse que fosse um convite de Rhode. Em minha mente, havia um cômodo escuro iluminado por velas. Rhode e eu estávamos sentados a uma longa mesa de carvalho e erguíamos cálices cheios de vinho. Jamais fiz uma refeição com ele. Imaginava o que devia gostar de comer no mundo moderno.

— Lenah? — chamou Justin. — Pizza?

— Claro — respondi, substituindo minha fantasia por mesas de linóleo e talheres de plástico. Comida oleosa do refeitório estudantil e guardanapos, exatamente como nas dúzias de noites do ano anterior.

Senti o espaço vazio entre minha carteira e a de Rhode. Sabia muito bem que aquelas velas, as da sala de jantar escura em Hathersage, tinham sido queimadas até o fim havia muito tempo.

Rhode devia odiar pizza dos dias modernos, podia apostar. Faziam sujeira demais.

Justin pegou uma caixa de slides. Quando se levantou, vislumbrei o colar de couro outra vez. Fiquei na ponta dos pés para tentar ver melhor o pendente de prata.

— Andrea não está falando comigo — comentou ele, com um sorriso levíssimo.

— Sinto muito por isso — respondi, e voltamos à mesa.

Justin me entregou um conta-gotas e um pouco de iodo. Com uma piscadela, ele disse:

— Eu, não.

Tentei tirar um cochilo naquela tarde, só para ser acordada por sirenes que faziam alarde no campus. Joguei as cobertas para longe e corri para a janela, a fim de olhar para a cena se desenrolando lá embaixo. Policiais dirigiam alunos às laterais das vias. Do outro lado do pátio, professores mandavam os estudantes ao refeitório, para que ficassem longe do Hopper.

O som de mais uma sirene chegou em ondas, crescendo estridente no instante em que a viatura fez a curva e parou em frente ao Hopper. Tentei não pensar na morte de Tony naquele mesmo lugar. Avistei Vicken e Rhode parados ao lado do prédio. Os olhos azuis de Rhode chamaram os meus.

Com um aceno casual de cabeça, pediu que eu descesse. Em segundos, segui suas ordens. Como se pudesse dizer não.

— O que aconteceu? — indaguei. Havia centenas de alunos no gramado. As pessoas dentro do refeitório estavam às janelas circulares, pressionando as mãos no vidro.

— Preciso ir à sala de artes — argumentou uma estudante para um policial. Segurava um portfólio sob o braço. — O retrato que estou fazendo é para amanhã.

— O Edifício Hopper vai ficar interditado por algumas horas — explicou o policial, saindo do caminho para dar espaço a um segurança.

— Morreu mais alguém? — perguntou outro aluno.

— Voltem aos dormitórios, por favor — ordenou o homem.

— É óbvio que alguém morreu! — exclamou o aluno. As pessoas já sacavam os celulares.

Uma terceira viatura estacionou. A sirene estava desligada, mas a luz azul do giroflex rodava e rodava. Vicken puxou a manga de minha blusa, e andamos pela lateral do Hopper, para longe do tumulto.

— Uma das janelas dos fundos do ginásio está aberta — disse ele com um aceno de cabeça. A parte de trás da construção se encontrava com o pé da grande colina que levava ao platô dos treinos de arco e flecha.

— Vamos — chamou Rhode.

— Discretamente — disse Vicken, pensando como o soldado que fora um dia. — Devagar.

Um a um, demos a volta até os fundos do Hopper. Quando chegamos às janelas do ginásio, falei:

— Odette. Tem de ser. Ela nos avisou na lojinha de ervas. Disse que ia voltar. E senti a presença dela de manhã.

— Sentiu? — perguntou Rhode.

— Senti alguém me vigiando. Só posso presumir que era ela.

— Bem, só tem um jeito de ter certeza — concluiu Rhode. — Precisamos de indícios, pistas.

— Pistas — repeti. Passei a mão pelo peitoril da janela. A vidraça corria horizontalmente, tinha pelo menos 90 centímetros de altura, mas era estreita. Eu passaria facilmente, mas Vicken e Rhode teriam de me esperar abrir uma porta para eles. Alcancei a maçaneta interna, abri a janela um pouco mais e deslizei para dentro do ginásio.

Aterrissei no chão, o lugar estava às escuras. Dei alguns passos e olhei para trás pela janela.

— Vá — sussurrou Rhode.

— Ela não devia ir sozinha — disse Vicken.

— Vou ficar bem — respondi, e caminhei na ponta dos pés em direção às portas duplas. Empurrei-as de leve, apenas o suficiente para espiar os dois lados do corredor. Depois de virar uma esquina no primeiro andar, chegaria na seção administrativa do Edifício Hopper. O escritório da diretora ficava ali, junto da diretoria de admissões. Apressei-me sem fazer barulho, finalmente virando ao final do corredor. Vozes ecoavam das salas da administração.

Quando se é vampiro, é de extrema importância se manter confiante. Com o passar dos anos, ganha-se mais e mais autoconfiança. Mas era difícil encontrar aquele sentimento como uma mera humana. Segui em frente meio abaixada, atenta aos meus passos com as botas pesadas. Fui me esgueirando em direção às vozes ao final do corredor. Meu corpo já não era tão ágil quanto costumava ser, agora que meus órgãos eram repletos de sangue que corria. Continuei na ponta dos pés e parei em frente à porta do escritório.

— Está morta. Temos certeza absoluta disso? — A voz inquisitória da Srta. Williams ecoou para fora do cômodo.

— Receio que sim. Está morta há pelo menos meia hora — respondeu uma voz.

— O que é que vou dizer aos alunos? — perguntou a diretora, fraca.

— Nossa equipe terá de fazer uma investigação completa, senhora. O melhor seria se conseguisse substituir as aulas da Srta. Tate e mudar os escritórios para outro prédio.

Minha mão caiu de onde estava na parede. Não tinha percebido que havia fechado o punho.

A Srta. Tate? Minha professora de ciências!

— Não entendo — disse a Srta. Williams, sua voz falhou. Houve outro momento de silêncio e em seguida o som de alguém assoando o nariz. Passos se juntaram perto da porta, e ela voltou a falar, a voz nasalada e mais próxima: — Por que deixaram um papel com aquela mensagem com o corpo? O que significa?

— É um enigma — respondeu outra voz que não reconheci. — Será levado com o resto das provas.

— Que provas? Você disse que não tinha encontrado impressões digitais.

— Parece que ela foi assassinada como os outros dois. Perfurações. Perda do sangue. Teremos de fotografar o corpo e mandar para os médicos legistas investigarem.

— Assim você faz tudo parecer um filme de terror gótico, detetive.

— Acontece de vez em quando. Algum maluco que assistiu a *Drácula* um pouco mais do que devia.

Os passos ecoaram outra vez. *Ai, não.* Estavam saindo. Olhei pelo corredor. Uma porta. Corri, abri a portinha e pulei para dentro de um pequenino armário de faxina. Afundei no chão, pressionando as costas na parede de cimento e aproximando os joelhos do peito. Prendi a respiração, o coração pulsando nas orelhas.

— Srta. Williams, vamos precisar que mantenha esta área interditada. Vamos marcá-la com faixas de polícia e colocar nosso pessoal de vigia pelo resto da noite.

— E ela veio mesmo de carro até o campus? Sangrando? — A diretora quis saber.

— Tem sangue por todo o carro, mas não sabemos os pormenores ainda, senhora.

Eu precisava ver o corpo para ter certeza. Torcia para que não o levassem imediatamente.

As vozes foram se perdendo à medida que o grupo caminhava pelo corredor para sair do edifício. Mantive os braços perto do corpo, a fim de evitar uma vassoura ou um balde mal posicionados. Abri uma pequena frestinha da porta e dei uma espiada. Um guarda vigiava o escritório. Eu teria de entrar de fininho, pela porta do escritório contíguo.

O policial estava postado com as pernas ligeiramente afastadas, unindo as mãos atrás das costas. Precisava apenas que olhasse para o outro lado por alguns instantes. Que fosse distraído por algo, *qualquer coisa*. Esperei. Enquanto o tempo passava, sabia que Rhode e Vicken ficariam impacientes e viriam me procurar.

Ah, olhe logo para o outro lado, seu idiota.

Uma garota gritou do lado de fora, e o policial virou-se para olhar pela janela. Perfeito! O grito se transformou em risada no instante em que engatinhei para fora do armário. Tive de deixar a porta aberta ao sair. Corri pelo corredor até o escritório ao lado. Fiquei de pé, esperei um instante e pressionei as costas na porta de acesso à outra sala. Tentava respirar silenciosamente, esperando para ver se o policial tinha me ouvido. Diferente de Odette, eu deixaria impressões digitais, portanto, outra vez, mantive as mãos coladas às laterais do corpo. Sabia não fazer barulho. Se colocasse o peso em toda a planta do pé, em vez de apenas na frente, faria menos barulho. Tinha de entrar. Precisava ver se tinha sido Odette quem matara a Srta. Tate.

Tirei uma das botas e a meia. Usei-a para girar a maçaneta tão silenciosamente quanto era possível. Calcei o sapato outra vez e entrei engatinhando no cômodo. O policial estava lá, mas perto do corredor.

Jamais sentiria medo dos mortos. Jamais. Foram os saltos dos sapatos da professora que vi primeiro. Estava no chão, deitada de lado. Tinha vindo até o campus e morreu ali, naquela sala.

Os buracos da mordida de um vampiro continuam deixando o sangue vazar por horas, mesmo depois de a pessoa morrer. Ao me ajoelhar ao lado do corpo, pude sentir que estava frio sem necessidade de o tocar. Calor corporal é emanado de um corpo vivo. Este jazia inerte, duro. E lá se viam os dois furinhos no pescoço dela, o sangue ainda escorrendo grosso, depois de ter sido sugado pela mordida do vampiro. As últimas gotas do sangue da Srta. Tate. Não demoraria a parar. Quanto mais denso o sangue, por mais tempo ele vaza da vítima.

Seus olhos estavam fechados; alguém devia ter feito isso. Ali, no chão perto do cadáver, havia um pequeno pedaço de papel branco. A mensagem que a Srta. Williams mencionara.

Com letra arredondada e de estilo antigo, dizia:

Como a lambida de uma chama, a morte pode ser
* rápida.*
Ou gravada lentamente a faca.
Infinitamente.
Sobre a pele.

Engoli um grito. Ao fim da mensagem, havia mais uma linha.

Você sabe o que quero.

— Parece até um poema! — exclamou Vicken. — Que beleza. Quero dizer... Se você curte poemas ameaçadores sobre assassinato e morte.

— Ela está fazendo isso de propósito — disse Rhode.

— Claro que está. É exatamente o que eu faria. É doentio.

— Uma a uma, ela vai abater as pessoas que sabe que são próximas a você, Lenah — continuou Rhode. — Deve estar te observando há dias — explicou.

Eu andava de um lado a outro perto da janela do ginásio.

— O segundo verso é a ameaça de mais mortes. Tortura prolongada. Ela não vai parar nunca — argumentou ele.

Vicken cruzou os braços.

— Então o que a gente faz? Não dá para entregar o ritual.

— Claro que não — respondi. — Pense nas consequências. — Eu as vira em meu sonho com Suleen.

— Temos que nos juntar ao resto da escola. A Srta. Williams convocou uma reunião no refeitório — avisou Rhode.

Outro assassinato deixava o colégio um passo mais perto de fechar as portas. Com certeza seriam obrigados a fazê-lo se outros ocorressem. O único lugar aonde poderíamos ir era Hathersage, e isso significaria deixar Lovers Bay.

Caminhamos para a frente do edifício, passando pelo carro da Srta. Tate. Um investigador tirava fotografias dele. Policiais já direcionavam os estudantes ao refeitório, para a reunião. Tracy e Claudia caminhavam juntas na frente da massa.

— Tem uma coisa — lembrou Vicken, parando perto do automóvel. — A Srta. Tate não foi morta no colégio. Você disse... — Ele olhou para mim — ...que ela veio dirigindo até aqui, sangrando. Ela fugiu.

— Ou foi solta — retorquiu Rhode.

— De qualquer forma, o poder do ritual ainda está funcionando. Odette não pode entrar no colégio. Ainda não — argumentou Vicken.

— Por aqui, por favor — chamou um policial. Entramos no refeitório e no mais puro caos.

Capítulo 11

— Repito, esse acidente aconteceu fora do campus. Fora do campus. Não há relação entre o acidente da Srta. Tate e a segurança de nossa escola. Agora, se me deixarem continuar...

As vozes se levantaram outra vez, mas a Srta. Williams gritou ao microfone.

— Silêncio! Agora, só os alunos do terceiro ano terão o privilégio de sair do campus e precisam registrar entrada e saída. Se saírem, precisam estar em grupos de pelo menos duas pessoas. O acidente da Srta. Tate foi fora do terreno da escola, então parece ser uma ocorrência desligada do Internato Wickham e dos outros acidentes infelizes. Independentemente, precisamos insistir nesse sistema de duplas não importa aonde forem. O colégio continua sendo o ambiente mais seguro para nossos alunos.

O refeitório explodia em vozes e perguntas.

— Por que ela veio dirigindo para o colégio? — gritou alguém.

— Por favor, por favor, eu não sei. — A diretora levantou as mãos, e o lugar ficou em silêncio. As janelas por onde se servia comida estavam fechadas devido à reunião de emergência. Grelhas de metal e balcões vazios nos cercavam. — Lovers Bay, em Massachusetts, nunca viu tamanho nível de violência, e tenho certeza de que esse será o último incidente.

— Se foi mesmo acidente, por que é que a gente precisa andar em duplas? — indagou alguém na multidão, e o cômodo estourou em zombarias e perguntas outra vez.

— Quero respostas! — pediu uma menina do primeiro ano, e caiu no choro.

— Silêncio! — gritou a diretora pelo microfone. Algumas pessoas cobriram os ouvidos com as mãos. — Um sistema de duplas é o melhor para a segurança dos alunos dentro e fora de qualquer campus, e não é diferente em Wickham.

Olhando ao redor, finalmente identifiquei Justin. Estava sentado com o time de lacrosse do outro lado do refeitório.

— Este colégio continua sendo o lugar mais seguro para todos vocês! — exclamou a mulher.

— Acho que não, hein? — disse alguém da plateia.

— Compreendo que alguns de vocês queiram voltar para casa, e não podemos impedi-los. Como vamos assegurar a suas famílias, o acidente de carro da Srta. Tate fora do campus foi, sem dúvida, isso mesmo: um acidente.

— Ela está mentindo — sussurrei para Vicken.

— Todo mundo aqui consegue perceber isso — respondeu ele. — A descrença total chega a ser esmagadora.

— O que mais? — perguntou Rhode.

— Bem, eles podem ver que ela está arrasada. A maioria parece com raiva. Eles sabem que tem alguma conexão entre os incidentes. Perderam a confiança.

— Você não ia se sentir assim também? — sussurrou Rhode.

A reunião terminou com a maior parte dos alunos permanecendo no refeitório a fim de falar a respeito da Srta. Tate. Alguns choravam, outros perguntavam o que deviam fazer com o dever de casa. Uns queriam saber quem seria o novo professor de ciências.

Eu não conseguia chorar.

Não queria chorar. Vira a marca da morte.

Fiquei sentada ali, esperando sentir algo, alguma tristeza. Tudo que consegui sentir, porém, foi raiva. Raiva e ira direcionadas a mim mesma. A Odette. A Rhode e a nossas lembranças que eu não entendia.

— Lenah!

Levantei o rosto. Olhei para Rhode.

— O quê?

Ele acenou para Claudia e Tracy, que estavam ao meu lado. Era claro que vinham tentando conseguir minha atenção.

— Como você está? — perguntou a primeira.

Dei de ombros.

— Bem, acho.

Cheguei para o lado para que se sentassem junto de mim, mas Claudia sentou-se com Vicken, e me perguntei se o teria feito de propósito. Senti um aroma doce vindo dela, como baunilha. — Que cheiro bom — falei. — Conheço esse cheiro.

— É o perfume que Kate usava.

Imediatamente voltei a concentração para o tampo de fórmica.

— Ah. — Foi tudo que consegui dizer.

— Você não era meio que próxima da Srta. Tate? — perguntou Tracy. Ela ergueu a sobrancelha, e me dei conta de que falava comigo.

— Na verdade, não — respondi, e pensei no ano anterior. Não era próxima da professora, embora tivesse sido a primeira adulta com quem eu havia passado algum tempo desde a época de meus pais. E isso havia acontecido 592 anos antes.

— Ela já é a terceira pessoa a morrer — comentou Claudia.

— Contar isso é mórbido... — afirmou Tracy, tomando um gole do refrigerante. Ela pensou por um momento e depois acrescentou: — Ou apropriado. Acho que é nesse tipo de escola que estamos.

— Legal... — respondeu Claudia.

— Essas mortes são coincidência, nada mais, nada menos — afirmou Rhode, depois se levantou e foi embora. Tracy seguiu-o com os olhos até que ele alcançou a porta do refeitório e saiu de vista.

— Você não está muito falante — disse Claudia para Vicken.

— Não me preocupo com muita coisa — respondeu ele.

Claudia suspirou pesadamente. Balançou a cabeça.

— Não quero ver a Srta. Tate quando forem... — Sua voz desapareceu, e ela estremeceu. — Quando forem tirá-la do prédio.

— Nem eu — falei, lembrando a visão do corpo sem vida e os saltos dos sapatos da professora.

— Quer sair do campus com a gente? — convidou Tracy. Levantou e desamarrotou a camiseta azul. Admirei a cor em destaque contra sua pele.

— Agora? — perguntei.

— É, agora — respondeu Claudia com seriedade. — Quero ir a algum lugar cheio de gente. Ao cinema ou coisa do tipo.

Péssima ideia. Escuro.

— E se dermos uma volta de carro? — sugeriu Tracy.

Claudia levantou-se também e cruzou os braços.

— Não dá para acreditar que você esteja tão calmo com tudo isso — disse para Vicken.

Ele saiu da mesa.

— O que é que eu devia fazer, lourinha? — Jogou as mãos para o alto e fingiu correr em círculos. — Gritar? — Deixou as mãos penderem e levou um cigarro à boca. — A morte chega para todos nós. Só que para alguns chega antes. — Saiu do refeitório e deixou o cheiro da fumaça pairando atrás dele.

— Lenah — disse Justin, juntando-se a nós. Imediatamente pegou minha mão. Inspirei o cheiro conhecido do algodão da camiseta e o abracei forte. Demorei um momento nos braços dele, deixando sua força me dominar.

— Quer vir com a gente? — perguntou Claudia a Justin. — Dar uma volta de carro. Fora do campus.

Justin franziu o cenho.

— Não dá para mim. O treinador quer se reunir com o time.

Afastei-me e encontrei seu olhar. Podia sentir a pergunta na cabeça dele. Com a presença de Claudia e Tracy ali, Justin não podia perguntar o que eu sabia que queria perguntar. Odette era a culpada?

Um grupo de líderes de torcida passou por nós. Tinham os braços enlaçados sobre os ombros e seguravam as mãos umas das outras. Uma delas, no meio, lamentava-se.

Claudia puxou a manga da minha blusa.

— Vamos sair daqui. Não estou aguentando mais isso — pediu.

— Tome cuidado — disse Justin, e me deu um beijo rápido.

— Vou ficar bem — garanti. — A luz do dia está do meu lado.

Sabia que Rhode não ia gostar que eu inventasse de sair do campus logo após o assassinato da Srta. Tate, mas ir a um lugar público me parecia seguro. Mesmo que apenas para dar uma volta, estaríamos no carro de Claudia, e eu poderia sugerir algum lugar cheio de gente se as duas quisessem parar.

— Só preciso pegar minha carteira — falei, e voltamos ao Seeker.

Enquanto subia as escadas com as meninas, me dei conta de que elas nunca tinham ido ao meu quarto. Nem mesmo no ano anterior, quando Tony ainda estava vivo. Tracy vinha logo atrás de mim. Tão perto que eu podia ouvir sua respiração.

— Já volto — falei.

— A gente não pode entrar? — perguntou Tracy. — Você é mesmo a Garota Supersecreta ou coisa do tipo, Lenah.

Certo. Devia ter pensado nisso.

— Claro que podem entrar — convidei.

Parei à porta, para destrancá-la; o alecrim e a lavanda balançavam em seu lugar de sempre.

— Fofo — elogiou Claudia, passando as pontas dos dedos de leve nas flores. — Flores secas. Sempre coloco meus arranjos de baile para secar, ou guardo uma flor todas as vezes que ganho um buquê.

Abri a porta, e as garotas entraram. Fizeram "oh's" e "ah's" ao verem a espada, os móveis e todo o espaço que eu tinha. Foi Tracy quem levantou o dedo para tocar a lâmina.

— Não faria isso se fosse você — avisei. — É incrivelmente afiada.

— Por que você tem uma espada?

— Herança de família — expliquei. *Temos mesmo de sair daqui*, pensei.

— O que é isso? Ita fert...

— *Ita fert corde voluntas*. É latim — respondi. — Significa *o coração manda*.

— O coração manda — repetiu Trace depois de um segundo. — Gostei.

Juntas, olhamos para a espada com a qual já me acostumara. Ali, ao lado de alguém que jamais a vira antes, refleti sobre como era realmente magnífica.

— O que é aquilo espalhado em sua varanda? — perguntou Claudia. Me virei. Ela estava com as mãos no vidro da porta. Ergueu o queixo para ter uma visão melhor.

Lá, ainda colados teimosamente aos azulejos, estavam meus restos vampíricos. A maior parte do brilho tinha sido levada pelas tempestades de verão, mas algumas partículas ainda cintilavam sob o sol do meio-dia.

— É um projeto de artes? — pressionou ela.

— Não tenho certeza do que é isso. — Decidi que me fazer de boba era a melhor saída. — Vamos, então?

Antes de me dar conta, estávamos a caminho. Abri a janela da BMW de Claudia, sentindo a brisa de fim de verão entrar pela janela do banco de trás e jogar meus cabelos no rosto.

— Feliz. Feliz. Feliz. Não estou pensando na Srta. Tate. Estou feliiiiiz — disse Claudia, e aumentou o volume da música. Uma explosão alta de guitarras, pianos e vozes múltiplas retumbou próxima a minhas orelhas. A vocalista cantarolava a respeito de amor e chiclete. Definitivamente não era Mozart. Tracy, notei, estava excepcionalmente quieta, olhando para fora da janela no banco do carona.

Depois de alguns minutos, Claudia sugeriu.

— Que tal irmos ao shopping? A gente pode passear um pouco ou coisa do tipo.

É. Decisão inteligente. Brilhante. Toneladas de gente.

Por mais que parecesse bobo no momento, foi bom sair do internato em setembro, enquanto eu ainda podia ir ao shopping como uma adolescente comum. Antes da Nuit Rouge começar.

Claudia fez uma curva e acelerou quando entramos na estrada. Tive de me segurar para não bater na porta.

— Então — disse ela —, me conte de Vicken. — Voltei a me segurar com tanta força quanto podia enquanto Claudia fazia outra curva.

— Belo olho roxo — respondeu Tracy com sarcasmo. Era a primeira vez que falava na viagem inteira.

— Ele não parou de me pedir para tocar nele — comentou Claudia, mas seu tom não era de nojo. Era, se podia me atrever a dizê-lo, empolgação?

— Estamos mesmo falando de Vicken? — perguntei, surpresa. *Assassino. Excelente espadachim. Você teria dado uma bela refeição para ele.*

— Ele é escocês? — perguntou ela.

— É, de Girvan, perto do litoral — esclareci.

— Ele não é seu primo de primeiro grau ou coisa do tipo?

— É. É filho do irmão de minha mãe — menti.

— Pergunte logo de uma vez! — exclamou Tracy, jogando o cabelo para o lado. — Ele está saindo com alguém?

— Acho... que não — respondi, levemente horrorizada pela ideia de Claudia e Vicken juntos. Paramos no estacionamento do shopping. Ela encaixou o carro em uma vaga com tamanha rapidez que tive certeza de que íamos bater.

Milagrosamente, porém, não encostamos em nenhum outro carro. Na verdade, as meninas já estavam saindo do carro antes mesmo que eu soltasse a respiração.

Pareciam falar em outra língua. Conversavam sobre estilos de moda de que eu não sabia nada.

Cardigans. Peplums.

Sapatos plataforma, eles estão na moda?

E o que é que você acha de salto de madeira?

Tinha sido Rhode quem arranjara todas as minhas roupas do ano anterior. Apenas as vestia, aceitava. Não prestava atenção à moda desde a era vitoriana. Estava um pouco mais informada agora, mas ainda era quase inútil quando se tratava de acertar nas escolhas.

— Lenah! — chamou Claudia, e puxou meu braço para dentro de uma loja. — Você tem de provar isso. Essa cor ia ficar linda em você.

Ela apontou para a vitrine. O manequim estava com uma blusa cor de tangerina de caimento fluido, combinada com calças jeans azuis. O tecido era fino e suave; a cor me trouxe uma lembrança. Uma noite na casa de ópera, um belíssimo vestido laranja. Como vampira-rainha, minha tática mais fácil para atrair vítimas era seduzi-las com coisas finas. Quando se aproximavam para elogiar minhas roupas ou joias... Bem...

Claudia pegou uma blusa das araras e a jogou para mim. Pouco depois, cheias de outras peças, todas três entramos no provador. Claudia e Tracy experimentavam os itens e saíam das cabines, desfilando os modelitos. Eu jamais me exibira para ninguém com roupas modernas. Pedir aprovação parecia bobo, mas aparentemente era a coisa certa a se fazer.

— Lenah! Quero ver a blusa! — pediu Claudia.

Sentindo-me uma boba, saí do provador vestindo a peça e me virei para as duas.

— Ah! — O queixo de Claudia caiu. — Você está incrível! — elogiou. — Devia comprar!

— A cor fica mesmo bem em você — concordou Tracy.

Ali, no shopping, quase pude esquecer a mensagem de Odette. As mortes da Srta. Tate e de Kate. Consegui me distrair com a possibilidade de vestir aquelas roupas. Até considerei voltar ao colégio e usá-las na frente de Rhode.

Depois, provei um vestido rosa bem justo, moderno e revelador, de alcinhas. Amei. Estava torcendo que as meninas gostassem também. Queria que as damas do início do século XX, com seus espartilhos e crinolinas, me vissem agora. Saí da cabine e olhei para o provador. As garotas admiravam vestidos pretos semelhantes ao rosa que eu vestia. Justin ia gostar por ser tão justo. Notaria que usava uma cor diferente de preto e diria "você é linda". Ele me fazia lembrar de que era importante participar deste mundo moderno, exatamente como Suleen me aconselhara.

Rhode não tinha me visto em roupas contemporâneas antes. Eu ficava imaginando se ele sequer notava meu corpo, agora que não estava espremido pelo espartilho nem puxado para trás pela crinolina sob o vestido.

Uma mulher alta admirava seu reflexo no espelho triplo ao fim do corredor. Cabelos louros e longos caíam perfeitamente por suas costas. Ela sorriu para si mesma e passou a mão pelo abdome para alisar o tecido do vestido.

Ah, não.

Sua pele era impecável. Impecável demais. Aqueles cabelos dourados. Unhas vermelhas. Afiadas até se tornarem pontas perigosas e horrendas.

Odette.

Voltei imediatamente para a cabine.

Levei a mão à boca para sufocar o grito. Estremeci, incerta de como fazer meu corpo parar de tremer. Como era possível? Como ela conseguia suportar a luz forte do meio do dia? Olhei para baixo e dei um passo involuntário em direção ao espelho na parede. Uma perna longa deslizou por baixo da separação entre provadores. Como uma gata, ela se achatara e esgueirara para dentro de minha cabine. Em um segundo, estava à minha frente. Espremendo as costas contra o espelho, eu conseguia ouvir minha respiração em fôlegos rápidos e curtos.

Sua boca se curvou em um sorriso zombeteiro, vermelho de batom.

— Saia daí, Lenah! — chamou Claudia.

Minhas amigas...

— Só um minuto — respondi.

Odette deu dois passos em minha direção. Eu podia ver o brilho de mármore da pele sob as luzes fluorescentes. Parecia uma estátua viva. Deixou a cabeça pender para o lado.

— Surpresa em me ver, Lenah? — sibilou. — Pensou que ficaria a salvo no meio do dia? Pensou em espairecer em um lugar cheio de gente? A luz do sol não me assusta. Nem um pouco.

Bateu a mão na parede, bem perto do espelho.

— O que foi isso? — perguntou Tracy.

— Você acha que essa roupa deixa minha bunda esquisita? — indagou Claudia.

— Que nada — respondeu a outra.

Continuei com as costas contra a parede. A única forma de escapar seria abrir a porta da cabine e correr. Mas então Odette poderia matar Tracy e Claudia instantaneamente.

— Não tenho medo de você — menti.

Ela sorriu, mas o sorriso mudou rapidamente. Os dentes brancos brilharam sob a luz, as presas descendo, pontudas e afiadas. A fome vampírica que fazia as presas se mostrarem a dominava. Ela fingiu investir contra mim e riu baixinho, recuando. A risada foi abafada pela música do provador e a tagarelice de Tracy e Claudia a respeito de uma blusa.

— A grande Lenah Beaudonte. Como esperei. Como torci para ser eu a primeira a te fazer sangrar. Sabia que dancei com Heath? Aquele membro de seu coven que era enorme e sabia falar latim? É... na década de 1920. — Inclinou-se para a frente, deixando a boca perto de minha orelha. — Enquanto você dormia a seis palmos do chão.

Estremeci.

Como um animal, ela investiu novamente, desta vez batendo com as duas mãos dos lados de minha cabeça. Ela inspirou fundo, passando o nariz pela base de minha garganta. — Seu cheiro me diz que seu sangue me deixaria acesa.

Tomei um pouco de fôlego. Deixá-la acesa?

— Não se faça de boba. O ritual a imbuiu com a arma da luz do sol. Foi assim que matou seu coven.

— Não é verdade — neguei. — Não foi assim que aconteceu.

— Shhh! — Fez ela, e pude ver as pontas das presas outra vez. — Suas mentiras não são bem-vindas aqui. Mas você já foi uma vampira poderosa, não foi? — sussurrou. Levantou uma unha pontuda para o céu. — Adivinha só quem é agora?

Deixou a unha afiada como lâmina apontada para o teto e olhou de soslaio para mim.

— Claro, eu não me chamava Odette quando era humana. Você se lembra de mim? Matou minha mãe, meu pai e meu amor.

Imagens da massa de vítimas flutuando atrás dos Aeris me bombardearam. Seus pais e amante estavam no meio daquilo. Queria lhe dizer que estavam seguros e que ficariam assim para sempre; jamais voltariam a ser vítimas, jamais estariam sujeitos ao medo e terror. Tinham almas brancas agora.

Odette bateu com as mãos na parede outra vez, bem no instante em que Claudia ria alto do outro lado da porta. Adorava aquela risada. Tinha de protegê-la.

Precisava pensar em um plano. Concentrei a atenção na unha afiada. Se gritasse por ajuda, havia o risco de que ela as machucasse. Se chutasse a porta da cabine, poderia correr, mas ela era mais rápida.

— Lenah! — chamou Claudia. — Sério agora, você está levando uma eternidade aí dentro.

Odette movimentou o pulso, e ouvi o som de algo se rasgando. Minha pele. Ela me cortara, e o sangue escorria pelo ombro. Não era um corte profundo, mas a pele se abrira sem resistência. Queimava, e o sangue pingava do braço. Ela se inclinou para murmurar em meu ouvido, tão perto que senti os lábios frios na pele.

— A loura idiota. Depois a professora. Você sabe o que quero. — Riu outra vez. Depois me pegou pelo pescoço e me tirou do chão, segurando-me contra o espelho. Mal conseguia respirar. Tossi, e ela afrouxou um pouco o aperto.

— Quero aquele ritual — disse por entre dentes cerrados. A carne acima da minha clavícula queimava enquanto sangrava.

— Ele não vai te tornar humana — grunhi.

Um sorriso zombeteiro se espalhou pelo rosto dela, deixando-a com a aparência de um bizarro palhaço de circo. Suas narinas se abriram, e ela sussurrou:

141

— É isso que acha que quero? Não me ouviu, não? Sou sua substituta.

Seus olhos se enrijeceram. Naquele instante, pude ver a verdade no fundo deles. Era uma espécie de familiaridade indescritível, uma visão que eu conhecia bem: o mar ou um campo em que estive um dia. Vi uma jovem mulher aterrorizada cuja vida havia sida arrancada de suas mãos cedo demais.

Quase cuspi as palavras quando ousei fitar seus olhos de um verde antinatural.

— É o tormento, não é? O tormento infinito.

Ela vacilou.

— O quê?

— Se você lançar suas intenções naquele feitiço, só vai trazer ruína. Libertar a magia negra sem querer. Consigo ver seu coração. Vejo a necessidade que tem de poder. Poder alivia a dor, não é?

A voz de Claudia veio por cima da porta.

— Vamos ver se tem essa aqui para você, Lenah. Qual é seu tamanho?

— Responda — ordenou Odette, e, com uma das mãos, me segurava contra o espelho. Com a outra, pegou uma provinha do sangue em meu ombro e lambeu.

— Pequeno — respondi, sentindo meu estômago se revirar ao assistir Odette engolindo meu sangue.

— Vou pegar uma para você — disse Claudia, e dois pares de pés saíram do provador. Odette me jogou contra o espelho outra vez. Minha cabeça bateu no vidro, e pequenos pontos de luz explodiram diante de meus olhos.

— Me dê agora, ou, quando suas amigas voltarem, você vai estar morta.

Tentei engolir, mas tossi de forma estrangulada. Eu ia morrer. Já havia morrido antes.

Quando outro ponto de luz estourou diante de meus olhos, uma imagem veio à minha cabeça. Rhode e eu estávamos no pomar de meus pais. Não como éramos antes, mas com nossa aparência do presente, no mundo moderno. De mãos dadas, caminhando para a casa. A chaminé soltava fumaça. Havia uma maçã na mão de Rhode. Seria possível? Seria o futuro?

Minha respiração zumbia nos ouvidos. Tentei puxar o ar, mas uma quietude sinistra começou a engolfar o resto do mundo.

— Ok! — grunhi. Ela me liberou imediatamente, e tombei como se fosse um saco de batatas. Minhas mãos bateram no carpete, e o som voltou aos meus ouvidos. Foi aí que, como em uma coreografia, ouvi Tracy e Claudia voltarem ao provador.

— Escreva — ordenou Odette. Encontrei um pedaço de papel na carteira e comecei a escrever. *Estou te dando o ritual. Estou dando.* Continuei repetindo a mim mesma para que ela lesse minhas intenções. *Este é o ritual, não quero dá-lo a você, mas vou fazer isso mesmo assim.*

Tentei esconder a mentira o mais fundo que podia em meu coração enquanto escrevia. Tinha de convencê-la.

— Lenah, aqui — chamou Claudia, e uma blusa azul passou por cima da porta do provador. Odette a pegou e segurou-a junto ao corpo, admirando-a.

Terminei e estendi o papel.

Isto é real, real, real. Real. Não pensaria nada além.

Antes de voltar para sua cabine por baixo da divisória, ela lançou-me um sorriso consciente, que me assombraria.

— Dá para ver por que ele gosta de você — disse, fazendo a cabeça pender para o lado. — Tão frágil.

Com isso, voltou para o outro espaço. Observei seus pés se moverem enquanto ela juntava as coisas. Ouvi os passos suaves que deu ao abrir a porta e caminhou pelo corredor. Exausta, fui deixando as costas deslizarem pela parede até me sentar no chão.

— Você morreu aí dentro, foi? — brincou Claudia.

— Não. — Mal consegui responder. — Só estou vestindo minha roupa de novo.

Meu reflexo era uma visão triste. O cabelo se grudava na testa molhada de suor, e o corte horizontal acima da clavícula estava em carne viva e vermelho. Parara de sangrar, mas o sangue era espesso na abertura. Entretanto, seria fácil cobri-lo com a blusa.

Ela era diabolicamente incrível, como provavelmente Vicken a adjetivaria. Eu precisava admirar seu estilo. Com certeza, Odette teria dado uma boa adversária se eu ainda fosse vampira. Tinha de me levantar. De me vestir. As meninas não podiam me ver assim. Minhas mãos tremiam quando as apoiei no carpete para me erguer.

Não sabia quanto tempo ela levaria para descobrir que eu tinha lhe dado um ritual falso. Semanas? Dias?

Coloquei minhas roupas, ajeitei o cabelo da melhor forma possível e saí trêmula da cabine. Evitei o espelho triplo. Mas não havia por que olhar; Odette se fora.

— Estou com fome — disse Claudia.

— Vamos comer — sugeriu Tracy. — Não quero voltar ainda.

Pagamos nossas compras, e as segui para fora da loja em silêncio. Tentava não mover o braço direito, pois o corte

latejava. Quando voltamos ao shopping fortemente iluminado, meu tremor diminuiu, mas apenas de leve.

Fiz todos os movimentos necessários para pedir meu
almoço, mas continuava a reviver o momento na cabine do
provador. Odette podia sair à luz do dia, o que significava
que era poderosa. Mas como? Como podia ter conseguido
tanto poder enquanto precisei de 180 anos para suportar o
sol? Como podia ter ganhado força tão rápido? Disse que
matei sua família, mas matei muita gente. Tecnicamente,
tinha matado até mesmo ela própria, quebrando o contrato
de sua vida humana. Os Aeris haviam me lembrado disso.

Nós nos sentamos e almoçamos, mas continuei olhando
cada rosto que passava. Todas que tivessem cabelos louros.
Essa vampira não estaria só. Era poderosa. Fantasiava ser
minha substituta.

— O que aconteceu com Rhode? — perguntou Claudia. À
menção do nome, fiquei alerta, de volta ao meu lugar à mesa.
Voltei a me concentrar na comida e mastiguei um pedaço
de alface. — De quem foi a culpa do acidente de carro? A
cara dele está um horror.

— Ele deve ser a pessoa mais reservada do mundo —
comentou Tracy. — Tentei conversar sobre isso na aula de
matemática, mas ele me ignorou.

— Ele também não me conta — confessei, odiando a ver-
dade do fato. Estava acostumada a saber tudo a respeito de
Rhode, mas não mais. — Não somos tão próximos quanto
Vicken e eu.

— Mas ele contou para Vicken — falou Claudia. — Estão
sempre juntos no jantar.

— Fiquei surpresa que ele tenha sobrevivido — disse
Tracy, ainda no assunto do acidente de Rhode. Enfiou um

145

garfo cheio de salada grega na boca. — Ele ainda está todo machucado.

— Os olhos dele são incríveis — comentou Claudia.

Encarei uma loura de rabo de cavalo por um instante, mas logo relaxei. Era apenas uma garota fazendo compras. Tracy me cutucou.

— Desculpe — pedi, e dei outra mordida no sanduíche.

— É, eles são muito azuis. — Pareceu ridículo quando disse.

—... você está tão calada — observou Tracy.

— Desculpe — pedi outra vez. — Só estou um pouquinho cansada.

— Então, o que é que está rolando entre você e Justin? — continuou.

Abri minha boca para participar da conversa e...

Lá estava ela.

Odette passava pelo grande corredor do shopping que seguia paralelo à praça de alimentação. Minha mão, que segurava o sanduíche, ficou parada à altura dos olhos. Fitei--a, incapaz de me conter. Embora usasse um boné masculino escondendo o rosto, seus longos cabelos louros cascateavam pelas costas. Era deslumbrante. Sua beleza enfeitiçaria a maioria dos humanos, mas eu sabia por que ela protegia a face da luz fluorescente. Destacaria o tom antinatural da pele e as pupilas dilatadas.

Ela virou o rosto para mim.

Seus olhos deslizaram pelas pessoas na praça até alcança-rem diretamente, deliberadamente... os meus. Abriu a boca, o olhar se manteve em meu sanduíche recheado de alface, frango e tomate. Depois, com uma careta horrível, Odette deu um sorriso desdenhoso. E...

Piscou.

Capítulo 12

— Vicken! — Bati na porta do quarto dele três vezes. Na quarta, o monitor do dormitório colocou a cabeça para fora do próprio apartamento; era um professor-assistente alto, que ensinava fotografia.

— Tem gente aqui preparando planos de aula, Lenah — censurou ele, e bateu a porta.

A porta à minha frente se abriu rangendo, e Vicken surgiu, coçando a cabeça e bocejando.

— São seis da tarde — falei. — Você estava dormindo?

— Tenho algumas centenas de anos de sono para recuperar se você não se importa.

Entrei, e ele pegou uma toalha da mesa para colocá-la sob o vão da porta. Abriu uma janela, ligou o ventilador e acendeu um cigarro. Eu andava de um lado a outro no quarto acarpetado.

— Odette me atacou — revelei.

Vicken levantou a cabeça, fazendo os cabelos caírem sobre os olhos.

— Onde?

— No shopping. Estava fazendo compras com as meninas, e lá estava ela, experimentando um vestido de festa. Vicken... — Passei a mão pelos cabelos e segurei os fios pela raiz. — Eu dei um ritual falso a ela.

— Você fez o quê???

— Tive de fazer isso. Ela ia me matar.

Vicken deu uma tragada, me contemplou pela cortina de fumaça ao soltar uma baforada, depois apagou o cigarro, que mal tinha fumado, no peitoril da janela. Jogou-o dentro de uma lata de refrigerante vazia.

— Vamos — disse ele.

Juntos, caminhamos até o fim do corredor. Eu esperava descer as escadas, talvez para outro dormitório além do Quartz. Nunca tinha me perguntado onde Rhode estaria morando no campus. Ao fim do andar ficava o número 429. um apartamento simples como o de Vicken. Era o quarto de Rhode. Havia algo estranhamente cômico no fato de Rhode morar em um alojamento depois de ter servido como um cavaleiro durante o reinado de Eduardo III.

Vicken bateu e, enquanto esperávamos, me fitou, encontrando meus olhos com uma piscadela encorajadora. Ouvimos passos do outro lado, e Rhode abriu a porta. Seu olhar se alternou entre nós. Os machucados tornavam seu olho direito mais fechado e menor que o outro.

— O que houve? — perguntou ele.

— Nada que dê para discutir no meio do circo de sempre, meu amigo — respondeu Vicken, gesticulando para os outros quartos.

Rhode abriu a porta, e entramos. Acho que eu esperava encontrar opulência. Esperava que sua vida em Wickham imitasse a nossa em Hathersage. Mas como seria possível? Não haveria mesas de boticário, nem mobília fina. Estávamos nos escondendo agora. À exceção de um telescópio apontado para fora da janela e das roupas guardadas no armário, o quarto de Rhode nada tinha de pessoal; era apenas um lugar onde descansar a cabeça. Quando Vicken fechou a porta, de esguelha vi alecrim e lavanda presos do lado de dentro.

Claro. Isso permaneceria.

Rhode sentou-se à mesa.

— Odette me atacou. Dei um ritual falso a ela. Itens bem complicados. Vai demorar dias até encontrar tudo. Fava de santo Inácio. Madeira de cascavel.

— Boas escolhas. Ingredientes inofensivos. Mesmo com a pior das intenções, não vão produzir muito efeito.

Senti o amor me inundar com o apoio de Rhode. Fez meu peito formigar. Ele levantou os olhos para os meus, e o gosto ácido de maçãs e da terra fértil da casa de meu pai estavam na ponta de minha língua. Dei alguns passos desajeitados para trás, tentando quebrar a conexão. Se desviasse o olhar, talvez impediria que a memória me engolfasse. Inspirei fundo, mas no ar havia mais frutas, uma lareira também. A madeira crepitando, soltando fumaça, e o cheiro da chuva. Recuei, pisando nos pés de Vicken.

— Ei! Tome cuidado aí! — exclamou ele.

A boca de um vampiro. Lábios separados, prontos para matar. Onde as duas presas desceriam, há dois buracos negros. Um vampiro sem presas? Quero correr, mas sei que não posso.

— Lenah? — A mão de Vicken segurou meu braço. — Está tudo bem?

— Ela me segurou pelo pescoço! — exclamei, sacudindo a cabeça. — E me cortou. — Afastei a gola da blusa para mostrar a ferida.

— Vai precisar limpar isso — aconselhou Rhode. Suas mãos agarravam a cadeira com ainda mais força.

— Bem, imagino que, quando Odette descobrir que os ingredientes são falsos, a retaliação será rápida — falei. — Mas ela disse outra coisa... — Hesitei quando a lembrança fez arrepios viajarem pelo meu corpo. — Ela disse que dava para ver por que ele gostava de mim.

Rhode virou-se para a mesa e levou uma das mãos enfaixadas ao queixo.

— Ele? — repetiu.

— Um membro do coven dela? — sugeriu Vicken, encostando-se e apoiando na parede um dos pés.

— Você nos deu um pouco mais de tempo, mas não uma solução — disse Rhode.

Tentei não me deixar magoar, mas aquelas palavras doíam.

— Caso você não tenha ouvido direito da primeira vez, ela tentou me matar — afirmei, enquanto as bocas abertas e sem presas da memória de Rhode passeavam por minha cabeça. Antes que ele pudesse responder, acrescentei: — Ela quer poder. É a única coisa que alivia a loucura. É seu único objetivo.

Rhode pousou o braço no encosto da cadeira; um machucado circular marcava seu pulso. Não pareciam mordidas de vampiro... se fossem, haveria furos. Quando percebeu que meu olhar havia se desviado de seu rosto, baixou o braço.

— Ela não está atrás de humanidade. Quer realizar o ritual na esperança de que isso vá dar poder a ela. Poder para reinar sobre os elementos. Com o poder elemental, conseguirá evocar bestas, controlar seres mais fracos. Com ele, ela pode... — Lembrei-me do sonho outra vez. Vi o Internato Wickham abandonado, a praia deserta. — Pode fazer o que quiser.

— Não podemos fazer nada até ela aparecer de novo — concluiu Rhode. — E ela vai aparecer. Enquanto isso — disse, olhando para Vicken —, você e eu podemos ser um alvo. Qualquer pessoa próxima de Lenah. Eu andaria sempre com um punhal se fosse você.

Vicken ergueu a perna, colocando a bota no tampo da mesa, e Rhode espiou lá dentro. Presumi que olhasse a faca.

— Você tem de fazer a mesma coisa — disse para mim.

— E por que você acha que um simples punhal vai funcionar? — Levantei o queixo. Ele estava tão no controle, dizendo-me o que fazer, dizendo que me amava, mas mantendo distância. Era de enfurecer.

— Não dá para sair carregando uma espada o dia todo, dá? — respondeu ele. — E você não tem mais luz do sol saindo das mãos.

Senti a ira se agitar dentro de mim. Luz do sol. Então ele sabia algo do ano anterior.

— Ok, vou pegar um punhal também — falei, colocando a mão na maçaneta. Meu coração começava a martelar. — E vou tirar aquela droga de espada da parede para decapitar o próximo vampiro que chegar perto de mim.

— É esse o espírito! — comemorou Vicken, e seus olhos se alternaram entre mim e Rhode. — Dadas as circunstâncias — murmurou, baixinho.

Lancei um olhar furioso a Rhode.

— Por que está tão zangada? — indagou ele.

151

— Porque você fica com todo seu conhecimento guardado aí dentro. Me diz, Rhode... Estava aqui no ano passado, ou não? Ficou se escondendo nas sombras e me observando lutar por minha vida? Viu meu melhor amigo, Tony, morrer pelas mãos de um coven que criei quando você foi embora? Sabe tudo sobre partir, não sabe?

Ele abriu ligeiramente a boca.

Comecei a me distanciar. Quase não conseguia acreditar em como era bom dizer aquelas palavras em voz alta. Ele parecia impessoal e arrasado, com todos os seus segredos e machucados. Entretanto, ainda queria saber exatamente quem ou o que o tinha espancado até se tornar uma polpa sangrenta.

— Lenah, espere — pediu Rhode.

Virei-me para encará-lo, cruzando os braços.

— Você age como se não importasse. Como se fosse só alguma inconveniência o fato de eu ter lutado para continuar viva em um provador de roupas. Mas não se preocupe, Rhode, vou ficar atenta — prometi, zombando de seu tom instrutivo. — Vou ser uma boa menina e ter um punhal sempre a mão.

A expressão dele se enrijeceu.

— Não entendo você — disse, com um meneio de cabeça.

Queria que me abraçasse, como tinha feito ao longo de centenas de anos. Em minha mente, por um instante, estávamos na casa de ópera no século XVIII. Sua boca roçava minha nuca, suas mãos passeavam lentamente por minha cintura. Mas eu não podia dizer nada daquilo em voz alta.

Pisquei para afastar a lembrança.

— Sei o que tenho de fazer — falei, virando-me e saindo do quarto. Minha fúria continuou a aumentar enquanto eu descia correndo as escadas do dormitório Quartz. Não precisava de punhal algum. Não voltaria a ficar acuada e com medo em um provador. Ninguém me diria como viver, nem que armas usar, muito menos Rhode.

Vocês são almas gêmeas. Ninguém pode mudar isso.

Não queria ser alma gêmea de ninguém se as coisas tivessem de ser assim. Precisava estar no controle de algo. Não importava o que fosse. Qualquer coisa que mantivesse Odette afastada de mim. Por isso faria um feitiço de barreira e me protegeria do meu jeito.

— Espere! — Ouvi uma voz atrás de mim. — Espere!

Parei à entrada do dormitório e me virei.

Vicken corria para me alcançar.

— Não... — disse, arfando — faça magia alguma. — Ele descansava as palmas das mãos nas coxas.

— Se você parasse de fumar — provoquei —, ia achar mais fácil recuperar o fôlego.

Ele se empertigou, vendo algo no reflexo atrás dele.

— Droga! — praguejou e caminhou até as janelas da frente. — Está sumindo.

— O que é que está sumindo?

Olhou para mim e disse, com a mais profunda repugnância:

— Meu olho roxo! — Abriu a porta e, depois de mostrarmos nossas carteirinhas, subimos até meu quarto.

Balancei a cabeça.

— Desde quando você é o pombo-correio de Rhode? Por que não posso fazer magia?

— Se fizer algum feitiço... — disse, virando o corpo para sair do caminho de dois alunos que subiam as escadas — ... quero dizer, show de mágica — falou alto para disfarçar. Subimos mais. — Se você fizer algum feitiço — sussurrou —, pode liberar magia suficiente para atrair energia e ainda mais vampiros. Eles conseguem sentir, lembra?

Recordei as palavras de Suleen a respeito da magia, mas, se Rhode estivesse certo e ainda tivéssemos proteção até o começo da Nuit Rouge, então estaríamos a salvo no campus. Disse isso a Vicken.

— De qualquer jeito — acrescentei — vou fazer uma coisinha especial hoje à noite. Um feitiço de barreira.

Entramos no apartamento, e fui direto até a cozinha. Meus dedos se demoraram nas pequenas latas pretas de ervas e especiarias que Rhode deixara para mim quando me transformei em humana pela primeira vez e vim estudar em Wickham. Parecia impossível que ele fosse a mesma pessoa. Até então, porém, mantivera sua distância de mim. Seguira as ordens.

De volta à sala, fiquei de joelhos diante de meu velho baú de viagem, e os trincos fizeram um clique quando o abri. Dentro dele, escondidos, estavam alguns itens de que precisaria para fazer o feitiço. Meus dedos pairaram sobre um pequeno pano de cetim. Tirei-o do caminho, assim como esferas de cristal velhas, punhais guardados em bainhas com gravações e outras quinquilharias de minha vida de vampira. Das profundezas do baú, pesquei um dos poucos livros que Rhode me deixara. Era de 1808 e tinha um título simples: *Incantato*.

Abri e folheei as páginas grossas até encontrar o feitiço certo.

— Feitiço de barreira. — Li alto e voltei para colocá-lo sobre o balcão da cozinha.

Peguei a sálvia e uma antiga concha de vieira grande o suficiente para abrigar todos os ingredientes. Depois de olhar o texto, juntei dente-de-leão seco, tomilho, sálvia, lavanda e uma maçã. Equilibrei o livro na curva do braço e salpiquei as ervas secas ao redor do perímetro do quarto.

Vicken estava à porta da cozinha, de braços cruzados, me observando.

— Sabe qual é... — perguntei, continuando a jogar as ervas pelo apartamento — a origem do Mito do Convite?

— O quê? Aquilo de um vampiro ter de ser convidado a entrar em uma casa? — perguntou ele, e sentou-se no sofá.

— É papo-furado.

O aroma da mistura chegou até meu nariz em ondas de tomilho doce e lavanda suave. Resquícios das ervas caíram sobre as páginas abertas do livro.

— Me passe seu punhal — pedi, e ele obedeceu. Cortei a maçã ao meio e a deixei virada para cima. Quando cortada pela metade, seu centro forma um pentagrama, uma estrela de cinco pontas, forma conhecida no mundo sobrenatural por conceder poder aos que fazem encantamentos. Também podia representar os quatro elementos: terra, água, fogo e ar; a quinta ponta é para todos os elementos combinados, às vezes chamados de espírito. Pensar no pentagrama me lembrou os Aeris, seu poder. Virei a maçã para que encarasse o cômodo.

— Os vampiros criaram o Mito do Convite — continuei — para manter afastadas as bestas horríveis de verdade. Os metamorfos, os metade humanos/metade animais, os seres mais repulsivos de todos os tipos. Aí você bebe um pouco de sangue, e, de repente, é a pior coisa que já existiu! — Meu olhar cruzou com o dele, e dei um sorriso maldoso. — Mas sabíamos que existiam criaturas piores que vampiros. Que entram em seu quarto por alguma janela aberta, roubando seu ar. Criaturas que quebram ossos... por prazer.

Encontrei uma vela cinza no baú e acendi o pavio. A cor cinza era usada apenas em situações muito específicas — um tom entre o bem e o mal. Ficava no meio. Não brinque com velas cinza.

A chama tremeluziu, e, com o livro aberto diante de mim, li o encantamento de forma sóbria. Embebi o momento com todas as minhas intenções. Queria nos proteger.

— Estou segura e protegida aqui neste espaço — entoei o feitiço, e baixei o livro, colocando-o sobre a mesa. Peguei a vela cinza entre as mãos e circundei o quarto outra vez. — Estou segura e protegida aqui, com sangue nas veias, com essas ervas. Não deixe que qualquer vampiro ou besta sobrenatural entre por esta porta. Estou segura e protegida aqui.

Fiz o círculo completo cinco vezes no perímetro do quarto. Quando terminei, coloquei a vela sobre a mesinha de centro. Tentei ignorar a clavícula latejante.

— Temos de deixar a vela queimar — falei. — E você não pode sair até acabar. Não podemos perturbar a energia.

— Não somos mais vampiros. Como sabe se consegue evocar esse tipo de magia?

Observei a chama bruxulear no ar.

— Acho que vamos ter de pagar para ver — concluí. — Se funcionar... Bem... — Hesitei, e Vicken me esperou terminar. — Bem, se funcionar, aí a gente pode tentar outras coisas.

— Outras coisas?

Lancei um olhar ao livro. Quantas vezes o usara em Hathersage? Milhares? Sem sombra de dúvida, seu uso mais comum era para atrair um inimigo até mim.

— Você sabe. A gente pode tentar fazer feitiços mais fortes.

156

— E por que a gente tentaria isso? — indagou ele. Pensei na advertência de Suleen na praia. Quanto mais tempo passasse desde que me tornara mortal, mais fraca seria minha conexão com o mundo sobrenatural.

— Não vai dar para saber se funciona, a menos que vampiros entrem aqui e tentem te matar.

— Só tem uma forma de saber — falei, e peguei o controle remoto da TV.

Devagar. Pele contra pele. O brilho fraco de um lampião. Dois corpos juntos. Uma coxa descansa junto à minha — lábios sussurram ao pé de minha orelha.

Vampiros amam com a alma inteira. Não apenas com os corpos. Não podem sentir. A sensibilidade embota, não deixando coisa alguma para trás além da casca humana. Lá dentro, a alma torturada é levada à loucura pelo entorpecimento. Quando dois vampiros se juntam, dois vampiros que se amam, eles podem tocar almas.

Mas não neste sonho.

Rhode e eu estamos em uma cama de palha. As vidraças são antigas, a chama da vela se reflete no vidro grosso. A madeira é escura, quase preta.

A mão de Rhode está atrás de minha cabeça, seus lábios roçam os meus.

Neste sonho... Posso senti-lo como uma mortal sentiria.

Nossos corpos irradiam calor neste quarto antigo. A madeira na lareira queima e faz minha pele suar. — Rhode — sussurro, e ele se afasta de minha orelha. Fita meus olhos... com um azul apaixonante. Esqueço por uma fração de segundo como estamos próximos. — Queria sentir você — digo.

— Não está sentindo? — murmura, e leva o rosto ao meu. — Nunca — diz. — Nunca mais posso ficar longe de você de novo.

A palavra você ecoa. Apenas duas sílabas.

Você. Você. Você... E a imagem desaparece na escuridão.

A cama de palha muda, e o calor do corpo de Rhode junto ao meu já não existe mais. De súbito, o espaço aumenta, e estou flutuando no ar; talvez esteja pairando, voando acima da cama lá embaixo.

— Você não entende.

Era a voz de Rhode. Vou me aproximando do chão, o ar sustentando meu peso como se eu fosse um pássaro. Flutuo ainda mais baixo e estou sob um teto preto. De pé, parada em um cômodo. Não mais o quarto — outro lugar. Rhode se ajoelha no chão, a cabeça abaixada.

— Você não consegue ver. — Ele diz para outra pessoa. — Não posso fazê-lo. Não posso. O que está pedindo é demais. Suas exigências são demais.

Viro-me para ver com quem fala, mas ao redor há apenas sombras.

— É demais — repete Rhode.

Estou ciente de meu corpo mortal deitado sobre uma cama. A cama de palha? Não. É mais confortável. Estou dormindo em minha cama no Internato Wickham.

Quero acordar. Acorde, Lenah. A luz branca dos Aeris que vem me assombrando faz um clarão diante de meus olhos. Lá... Lá está aquela boca de vampiro outra vez, a que não tem presas. Buracos negros no lugar onde deveriam estar os dentes afiados. Acorde, Lenah!

Acorde!

Meus olhos se abriram.

Inspirei fundo, e o ar frio entrou por minha garganta. Pela porta aberta do quarto, a televisão passava o noticiário da manhã. A vela cinza já queimara até o fim havia muito. Vicken caíra no sono, e tudo que conseguia ver dele eram as botas pendendo da extremidade do sofá. Roncava em um ritmo regular.

Expirei e sentei. Uma pequeno traço de suor corria por minha testa. Sequei-o e passei a mão pelos cabelos, o pulso acelerado. O corte na clavícula queimava, então me recurvei um pouco e toquei a ferida sensível. *Rhode*, meu coração chamou. Rhode.

Rhode, porém, estava do outro lado do campus, sem mim.

Saí da cama, queria encontrá-lo; queria seus olhos queimando nos meus. Aquilo que queria e o necessário, contudo, haviam se tornado duas coisas drasticamente distintas. Parei, segurando uma blusa. Apesar do calor e proximidade partilhados com Rhode naquele sonho, ele me rejeitaria se o surpreendesse em seu quarto. Precisava agora de alguém que me confortasse. Que aceitasse meu toque quando eu o oferecesse.

Precisava de Justin.

Capítulo 13

Quando saí pela porta lateral recém-quebrada (graças a Vicken, mais cedo naquela semana), nuvens de tons entre o azul-escuro e o preto se acumulavam no céu cinzento. Faltava pouco para o nascer do sol, uma hora no máximo. Sabia que não devia vagar pelo campus sozinha. O corte latejava enquanto eu caminhava, um lembrete de que estava desrespeitando as regras. Levei os dedos à clavícula e senti a aspereza do sangue coagulado e da casca que se formava.

Olhei em volta para ver se havia alguém no caminho que ia do Seeker para a baía, depois olhei para trás, na direção do estacionamento. Fora a guarita dos seguranças, havia apenas uma van estacionada perto do Hopper. Sondando outra vez a área à frente, corri para a lateral, cuidando para me manter colada às paredes dos prédios e no abrigo da escuridão que restava.

Sabia que o quarto de Justin tinha mudado em seu terceiro ano na escola, e que ficava agora no primeiro andar do Quartz, de frente para a mata e o mar. O vento sussurrava em meio às árvores, balançando suas folhas laranja e douradas. Um arrepio percorreu todo o meu corpo e olhei para a trilha para a praia, momentaneamente esperando ver Suleen lá embaixo, me aguardando. Mas estava vazia.

Quando exatamente Suleen achava que seria importante aparecer? Antes ou depois de eu ser morta por uma vampira faminta? Disse que viria quando mais precisasse dele. Que tal agora?

Um carro passou pela escola na Main Street, deixando o som da aceleração para trás. Meus cabelos se levantaram quando uma rajada de vento correu o campus. Não. Não podia ser. Ninguém estaria me vigiando agora. Com certeza o ritual falso manteria Odette e seu coven ocupados.

Corra, Lenah...

Não queria olhar para trás, para a via que levava ao Seeker. E se um dos membros do coven estivesse nas sombras? Alguém que ela mandara para me observar. Disse a mim mesma para andar mais depressa. Se houvesse alguém atrás de mim, me pegaria pelos ombros. Um pouco mais rápido agora. Tomava fôlegos curtos; o refeitório ficava logo adiante.

Mais rápido, Lenah. Eles podem vir a qualquer momento.

Passei pela estufa, pelo prédio de ciências e olhei para trás. Se um guarda me apanhasse ali, eu perderia meus privilégios, e precisava de toda liberdade possível naquela situação com Odette.

Corri em direção ao dormitório Quartz, contornei meio agachada os fundos da construção e pressionei as costas contra a pedra. Na mata, uma luz amarelada caía em faixas verticais ao longo dos troncos das árvores. As janelas do primeiro andar se estendiam pelo edifício. Eram longas, como as do ginásio, e se abriam com uma maçaneta de metal.

Quarto de Justin. Quarto de Justin... qual era? Sim. Lá estava. Apesar de as janelas serem todas iguais, suas cortinas estavam abertas. Ali dentro, pude ver vários tacos de lacrosse e um pé na ponta da cama.

Bati duas vezes no vidro, parada na lateral da janela a fim de não assustá-lo. Ouvi um movimento no interior e um pequeno grunhido. Bati outra vez.

— Meu Deus!

Ouvi passos. A janela rangeu e se abriu. Apareci na moldura. Os cabelos de Justin estavam desgrenhados do sono. Não vestia camiseta, apenas calças de moletom. Até mesmo àquela hora da manhã, sua aparência era incrível.

Absolutamente incrível.

— Hum! — exclamei, dando um passo para trás na grama que separava os fundos do alojamento da mata. Ele se debruçou na janela.

— Lenah? O que você está fazendo aqui? — A voz soava gentil, alegre.

Na aurora, puxei a gola da camiseta fina para o lado, expondo o corte longo que acompanhava a clavícula.

— Caramba! — exclamou ele. — Entre.

Me debrucei para dentro do quarto, segurando o parapeito. Quando tomei impulso para me erguer, a ferida latejou e quase caí no chão do lado de fora outra vez. Justin me segurou e me puxou para dentro.

— Sente, sente — disse ele, e me guiou até a cama. Em minha mente, surgiram lembranças de nossos corpos entrelaçados sob as cobertas daquela cama no ano anterior. Justin ajoelhou-se diante de mim por um instante. Puxou a blusa para baixo a fim de examinar o corte.

— Ai — sussurrou. Encontrou meus olhos. — Seria melhor se você tirasse isso e me deixasse limpar para você.

— A camiseta?

Levantou-se, e meu olhar se demorou em sua abdome definido. Levantei os olhos para o peitoral e depois para seus olhos, passando pelo colar que usava. Vi, na luz da manhã, o pingente. Era um disco de prata que ficava na base da garganta. Conhecia o símbolo.

— Uma runa do conhecimento — constatei, e me levantei. Toquei o pingente com a ponta dos dedos.

— É, comprei no outro dia — respondeu Justin.

— Por quê?

— Comprei no centro — disse ele. — Dizem que ajuda a entender as coisas. Quando aquele cara do turbante criou a barreira de água... eu só... Não sei. Tinha de tentar entender as coisas. Entender você.

— Me entender?

— Você, o ritual, Rhode. Por que você continua viva. — Levantou-se e caminhou até o fim do quarto. — De qualquer forma, tenho um kit de primeiros-socorros em minha mala de lacrosse.

Fiquei comovida pelo gesto e deixei o assunto de lado. Justin buscara deliberadamente um objeto que o conectaria ao meu lado escuro, não mundano. Tive certeza naquele instante de que fizera a escolha certa procurando-o naquela manhã. Estava dando seu melhor para me compreender.

Ele foi para o canto, e olhei pela janela, para a mata. Na escuridão das árvores, podia me ver como vampira. Caminhando de lá em direção ao alojamento, usando um longo vestido vermelho, meus cabelos compridos cascateando fluidos sobre os ombros. As presas pingando sangue.

— Lenah! — chamou Justin, ajoelhando-se diante de mim novamente. Quando olhei de volta, o fantasma do passado havia desaparecido, e a mata estava deserta. — Sua camiseta — disse ele.

— Ah! — exclamei e a tirei, expondo o sutiã. Justin se inclinou, de joelhos, e aplicou algo com um pano branco em batidinhas leves ao longo da clavícula. Contraí-me ao sentir a ardência. Justin soprou a pele e continuou com as batidinhas. Levantou o rosto para o meu.

— Quer que eu pare? — perguntou.

— Não. Só está ardendo um pouquinho — murmurei.

Ficamos assim por um momento. Em seguida Justin se levantou um pouco mais. Os lábios se aproximaram mais e mais até estarem colados aos meus, e nossas bocas seguiam os movimentos uma da outra. Meu coração se acelerou, e queria que ele continuasse a me beijar. Assim poderia fingir que jamais fui aquele monstro na mata. Ele começou a subir na cama, e me deitei. Quando seu corpo pressionava o meu, afastou-se de súbito. Levei os dedos aos lábios, surpresa, e engoli em seco.

— Seu corte — disse ele. — Ainda está feio. Deixe-me tentar outra coisa.

A paixão que vibrava entre nós evaporara.

Ele voltou a enterrar o rosto na mala. Fui para o chão, e ficamos sentados em lados opostos. Ele abriu uma garrafa diferente, e um cheiro muito familiar me arrebatou. Coloquei a mão no pulso de Justin, e ele abaixou o frasco.

— É minha mãe quem faz — explicou.

— Isso... — falei, tirando a garrafinha dele e cheirando — é lavanda e aloe vera. Uma combinação da era medieval.

— Bem, deve funcionar — concluiu ele, aplicando o líquido às batidinhas outra vez. Podia ver as partículas de meu sangue, lembrando ferrugem, impressas no paninho. Justin jogou-o no lixo. — A gente se machucava o tempo todo quando era pequeno. Mamãe inventou isso. Trouxe comigo para o colégio para os machucados de lacrosse.

Depois, ele ergueu dois dedos cobertos de uma pomada espessa e passou pelo corte.

— É antibacteriana. Assim você não pega uma infecção.

Depois de poucos minutos, tinha coberto várias partes da ferida com gaze e esparadrapo.

— Não vou perguntar como você se cortou — disse ele, me puxando de volta para a cama e se juntando a mim.

— Você já sabe — sussurrei. — Você viu a mulher matar Kate na praia. Não podia te contar no refeitório, mas foi ela quem matou a Srta. Tate também... Não muito tempo depois de a gente ter se falado fora do Curie.

Lágrimas encheram meus olhos e pisquei até me livrar delas. A voz falhou quando falei:

— Ela provavelmente me viu com você, o que te torna um alvo, e eu...

— Não tenho medo dela — declarou Justin, e me fitou nos olhos. — Não tenho. Já vi o que um vampiro pode fazer.

— Eu precisava vir até aqui para vê-lo. Sabia que ia entender — falei, piscando de novo para afastar a ameaça das lágrimas. Ele me puxou para perto, e descansei o rosto em seu peito.

Uma trovoada alta explodiu do lado de fora, e nós dois pulamos, sobressaltados. Ele se apressou em fechar a janela.

— O que ela quer? Ela ficou te vigiando esse tempo todo? Eu devia ficar perto de você para o caso de ela voltar...

Justin continuou falando, mas me deitei na cama e fechei os olhos. Queria contar-lhe a respeito da sensação estranha que tivera quando falei com a Srta. Tate, mas acho que estava cansada demais. Me perdi em seu calor, e ele se deitou junto de mim. Me abraçou, e, quando abri o olho de leve algum tempo depois, eu estava aconchegada em seu peito. Sua respiração era lenta, regular. Ouvi-o inspirar e expirar até estar quase adormecida outra vez. Então sonhei...

Um campo de lavanda e o aroma tão maravilhoso, tranquilizador e fresco. Seguro o tecido negro de um vestido nas mãos. A imagem muda. Não é mais o campo de lavanda. Estou em algum outro lugar. A mão masculina de alguém com um polegar machucado está agarrada a uma pia de cerâmica. Segura-a com mais força, o antebraço trêmulo. O que aconteceu ao campo?

As mãos tremem e se erguem e, no reflexo do espelho de banheiro conhecido, aninham um rosto. Rhode.

— Você a ama? — pergunta Rhode.

É um banheiro de Wickham; reconheço o chão de azulejo quadriculado azul.

— Você não precisa dela — diz, olhando para o reflexo e rapidamente desviando o olhar. Nesta conexão posso sentir seu desgosto como se o experimentasse eu mesma. Posso sentir a tristeza e o ódio rasgando o centro de seu estômago. Não é ódio por mim. É ódio... por si próprio.

Rhode levanta a mão direita. Está sem curativo, e longas crostas de feridas são visíveis ao redor dos nós de seus dedos.

— Você não precisa dela — repete, com destaque para a palavra "precisa". — Pode fazer o que eles exigem. — Examina o reflexo. Olhando para baixo, diz baixinho: — Não, não pode. O que querem de você é demais.

Como um raio, soca o espelho, transformando a super-fície em um caleidoscópio de linhas. Sangue fresco salpica a imagem refletida. Seus olhos azuis borrifados de manchas escarlate. Rhode repete: — Não posso, não posso. — Uma vez, duas, três...

Sentei na cama, o peito arfando. O outro lado estava vazio. No outro extremo do quarto havia um armário cheio de capacetes de lacrosse, camisas de homem e uma bola. É mesmo! Estava na cama de Justin. Na mesinha de cabeceira, uma mensagem dizia: *Treine, mesmo na chuva!*

Joguei as cobertas para o lado, vesti a blusa e calcei os sapatos. Quando me abaixei para amarrá-los, o curativo feito por Justin na noite anterior repuxou a pele. Toquei-o por instinto. Hesitei diante da janela e observei a chuva golpear a grama e a mata à frente. Aqueles sonhos com Rhode estavam se tornando tão realistas. Esse último tinha até os azulejos de Wickham! Abri os fechos da janela, e, quando minhas mãos seguraram o parapeito estreito, a realidade me atingiu como um soco no estômago. Dei um passo para trás porque sabia. Talvez fosse assim porque éramos, como os Aeris disseram, almas gêmeas, mas eu sabia.

Meu sonho não era absolutamente sonho. Era realidade. Era mesmo o banheiro de um dormitório de Wickham, e Rhode estava na frente daquela pia. Então não eram apenas memórias, mas seus pensamentos do presente que eu estava acessando. Passei a mão pelos cabelos e fitei os pingos pequeninos batendo no peitoril. Portanto, éramos almas gêmeas que jamais poderiam voltar a ficar juntas, mas eu podia bisbilhotar seus pensamentos? Isso era desnecessariamente cruel. Não havia nada que eu pudesse fazer a respeito. Era o decreto dos Aeris. Não importava a conexão que tivéssemos, nossas vidas tinham de permanecer separadas. *Desnecessariamente cruel* ressoou pela minha mente outra vez. Subi no parapeito da janela e saí para a tempestade.

A chuva aumentou à medida que o dia passava. Poucas horas depois, eu estava sentada sozinha em uma das longas mesas no refeitório, onde fazia uma nova lista.

> *Lembranças do passado.*
> *Pensamentos atuais de Rhode.*
> *Por que estou vendo essas coisas, e com mais frequência a cada dia?*

Lá fora, a água açoitava o teto de vidro e as janelas enormes. À minha frente, um pedaço de bolo de limão com glacê permanecia intocado no prato. Risquei outra teoria a respeito de minha conexão com Rhode quando ouvi um arranhão de cerâmica no Linóleo e vi um guarda-chuva encharcado ser apoiado contra a mesa. Baixei o livro gentilmente e ergui a sobrancelha enquanto Vicken dava uma garfada no bolo e empurrava um jornal pelo tampo da mesa. Era o inglês *The Times*.

HATHERSAGE, DERBYSHIRE
INCÊNDIO MONUMENTAL DEVASTA
MANSÃO HISTÓRICA

Lá estava: uma foto de nossa grandiosa casa. O enorme gramado estava lotado de dúzias de homens e mulheres. Uma companhia de mudanças carregava uma grande escrivaninha que reconheci como parte da mobília de meu quarto. As janelas do primeiro andar estavam enegrecidas, quebradas. Restos pontiagudos das vidraças permaneciam em suas molduras. Duas cortinas esvoaçavam por elas como se tentassem escapar.

Vicken deu outra garfada no bolo.

— Onde você conseguiu isso? — indaguei, pousando os dedos no papel fino.

— Eu te disse que ia sair assuntando por aí. Estou lendo o *Times* há algumas semanas. E, aliás, apesar de minhas reclamações sobre o colégio, estive na biblioteca. — Virou o jornal de volta para si.

"No dia 1º de agosto" — leu ele —, "um incêndio devastador engolfou a mansão histórica de Hathersage, que remonta ao começo do século XVII. Centenas de itens extremamente raros foram recuperados e retirados da casa. Nenhum corpo foi encontrado, e acredita-se que a casa estava vazia quando o incêndio ocorreu. O fogo consumiu todo o primeiro piso e destruiu uma tapeçaria que um dia pertenceu à rainha Elizabeth I".

— Era da mãe dela, na verdade, Ana Bolena. Mandei restaurar e preservar várias vezes — esclareci. O aperto em meu peito era algo diferente. O jornal dizia que a casa estava vazia. Não estava. Estava abarrotada de minha história, meu passado, e tinha quase sido queimada até desaparecer.

Vicken continuou:

"Historiadores locais descobriram punhais raros, ervas incomuns e amuletos estranhos. Alguns creem que os itens são de natureza oculta. Muitos objetos dos andares superiores foram poupados, como uma cama de dossel e retratos anônimos que datam do século XIX.

"O expert David Gilford, do Grupo de Ocultismo de Londres" — prosseguiu Vicken — "ficou muito impressionado pela sala de armamentos, que continha shurikens, incontáveis punhais e algumas das mais raras espadas que já vira. Uma delas tinha o cabo feito de osso humano. Gilford falou sobre algumas das curiosidades encontradas. Ficou particularmente impressionado pelas substâncias de boticário e pelos diversos instrumentos estranhos que pareciam ter sido criados para tortura."

— E foram — concordei.

Vicken repetia as palavras do jornal:

"A casa parece ter pertencido à mesma família desde a era elizabetana. Esforços extremos estão sendo feitos a fim de contatar os donos atuais, cujas identidades não foram reveladas. Os itens salvos serão catalogados sob a curadoria do Museu Britânico, que está coordenando a operação de resgate com o English Heritage."

Vicken ficou radiante, o rosto inteiro se iluminou, e ele sorriu.

— Ouviu essa? O *Museu Britânico!*

A data na notícia do jornal dizia 31 de agosto.

Estávamos em 5 de setembro.

31 de agosto? Rhode não havia sido visto em Wickham até o dia 3, o que significava que podia ter estado em Hathersage quando o incêndio ocorreu.

Joguei os livros dentro da mochila, enfiei a notícia no bolso e fiquei de pé.

— Onde ele está? — Exigi saber.

Vicken não respondeu.

— Onde??? — gritei, e bati no tampo da mesa com a mão. Outros alunos que estavam estudando e almoçando nos encararam, olhos esbugalhados.

171

— Está no dormitório — respondeu ele com um suspiro.

Lancei a mochila para o colo de Vicken e olhei para a chuva que castigava as janelas. Com um movimento raivoso do lábio, perguntei:

— De que lado você está? — Saí do refeitório para enfrentar a tempestade.

Rhode não estava no quarto. Depois de bater à porta, voltei para o lado de fora do Quartz. Dentro de minutos, minha camiseta estava encharcada, e as calças jeans colavam nas coxas. Ponderava voltar ao meu apartamento quando o vi, todo de preto, cruzando o caminho um pouco distante de mim. Mantinha a cabeça abaixada e carregava uma grande mala de lona. Estranho. Saí da via principal, tentando me esconder atrás de uma estátua do fundador do colégio, Thomas Wickham, enquanto Rhode desaparecia atrás da estufa. Aonde ia? Não tínhamos concordado que não era seguro vagarmos sozinhos?

Continuei e parei em um grande carvalho perto da estufa. Quando cheguei ao fim do edifício, ele tinha entrado na mata que circundava o internato. Vislumbrei um novo curativo em volta de seus dedos. A gaze branca se destacava contra a camiseta e os jeans pretos. Em nosso passado juntos, ele me ensinara a seguir alguém sem ser vista: predadora e presa.

Talvez estivesse se esgueirando por uma boa razão. Talvez fosse a algum lugar que me indicaria onde tinha estado no ano anterior. Ele não me contaria, não importava quantas vezes eu perguntasse, isso estava claro. De qualquer forma, estava deliberadamente saindo de fininho da escola sem mim ou Vicken; e eu queria saber por quê.

Sequei a chuva dos olhos e hesitei quando um pensamento insistente me ocorreu: *ele sabe que não devia ir a lugar algum sozinho. Mas está indo mesmo assim.* Como o corte em minha clavícula provava, Odette não tinha medo da luz do dia. Com certeza, as horas da manhã eram mais perigosas que as da tarde, mas ela se mostrara mais que capaz de aguentar os raios de sol.

Dei um passo, observando-o passar por entre as árvores, e descansei a mão junto ao vidro da estufa aquecida. Rhode se dirigia ao muro de pedra que circundava o colégio. Se pulasse, não teria ideia de onde iria, a menos que acompanhasse seu ritmo e o seguisse.

Ande, Lenah. Vá!

Então fui. Certifiquei-me de manter uma distância segura enquanto o seguia. Por um momento, ele olhou para o campus. Escondi-me atrás de três bordos e pressionei as costas contra o tronco duro. Estava sendo descuidada, andando perto demais. Apenas poucos segundos. Podia esperar alguns segundos. Fiquei na ponta dos pés. E se ele já estivesse do outro lado do muro? Espiei no instante exato em que Rhode desaparecia para a Main Street.

Escalei as pedras e, quando minhas botas tocaram a rua, me mantive nas sombras, como se de alguma forma pudessem me proteger do olhar de Rhode. Ele continuava a caminhar, com a mala balançando na mão enquanto passava pela biblioteca pública de Lovers Bay, a lojinha de ervas, depois a última loja da Main Street antes de se enveredar por um bairro do subúrbio.

Na entrada do cemitério de Lovers Bay, Rhode hesitou. Voltei a me esconder nas sombras, escutando a chuva bater na calçada. Esperei até que cruzasse a entrada. Estava indo para o cemitério. Por quê? Seria uma pista? Um rastro do que acontecera no ano anterior?

Continuei seguindo-o, mantendo o ritmo para não o perder entre as lápides de granito e as árvores. Ele transitava pelos caminhos com tanta facilidade. Não parava para consultar mapas. Não precisava de um. Sabia exatamente aonde ia.

À frente, encontrei um lugar em que pude parar e me recompor. Havia um enorme mausoléu de pedra cinzenta no centro do cemitério, no qual me apoiei. Perto dele estava a lápide de Rhode, a que eu erigira em sua memória no ano anterior, acreditando que estivesse morto. Mas ele passou direto. Pressionei as costas ainda mais veementemente contra a pedra fria.

Ele virou na fileira onde Tony tinha sido enterrado.

Eu não havia ido ao enterro. Não podia suportar a tristeza dos pais do menino, tendo consciência do papel que desempenhei em sua morte. Mas sabia qual era a localização do túmulo. Claro que sabia.

A curiosidade revolvia meu estômago.

— Ah, vá para casa, Lenah — murmurei, mas não podia me convencer a voltar. Minhas botas faziam ruídos no chão empapado à medida que pisavam rapidamente pelo gramado. Tinha de recuar para evitar ser ouvida por ele.

Rhode parou, de costas para mim, e olhou para o que presumi ser a lápide de Tony. Poucas fileiras atrás, fiquei de joelhos e segui em frente, engatinhando. A terra estava molhada e cheirava a grama cortada. Mantive-me perto do solo; não havia alternativa. Se ficasse de pé, ele me veria pelo canto do olho.

Estendi os braços e fui me arrastando pela fileira molhada. Espiei e vi Rhode abrir a mala de lona. De dentro dela, tirou a espada. Eu ofegava. O que fez em seguida foi calculado. Desenhou um círculo na terra em volta do túmulo de Tony com a ponta da espada. Enquanto fazia isso, cortava o chão, criando um sulco profundo no solo lamacento.

Rhode estava quase terminando o desenho ao redor da tumba. Não era feitiço, pelo menos não algum que eu conhecesse. Em seguida ergueu a espada no ar e, depois, mergulhou-a na terra. Imbuída de magia, de suas intenções, por qualquer que fosse a razão, a lâmina deslizou com facilidade para dentro do solo ensopado. Na escuridão de minha mente, imaginei o metal cortando a terra, quebrando os blocos que protegiam meu amigo e apontando para o caixão de madeira.

Rhode caiu de joelhos e envolveu o cabo da espada com uma das mãos, pousando a palma aberta da outra sobre a lápide. Afundou o queixo no peito e fechou os olhos em meditação silenciosa. Silenciosa, até começar a murmurar palavras rápidas.

— *Honi soit qui mal y pense* — disse, repetindo a frase várias vezes como se fosse um cântico.

Reconheci-a como o lema oficial da Ordem da Jarreteira. "Maldito seja aquele que pensa o mal" era a tradução. Rhode realizava uma cerimônia de quando era um cavaleiro. Nunca o vira fazer algo semelhante. Permaneci congelada onde estava, incapaz de desviar os olhos.

Ele se agachou e levou as mãos ao rosto.

Por quê? Por que no túmulo de Tony?

Aquilo não fazia sentido algum para mim. Queria gritar para ele, mas sabia que era melhor não abrir a boca. Não devia interromper algo tão sagrado.

Rhode caiu para a frente, esticando um dos braços, até que os dedos encostaram no topo da pedra tumular molhada. O curativo nos dedos machucados estava encharcado. Meus olhos se concentraram em um pontinho de sangue vermelho que tinha vazado pela atadura. Era tão vivo no meio daquela tempestade cinzenta. Socara mesmo o espelho, como vi no sonho.

Espere. Ele falava outra vez. O que era? Segurei a respiração a fim de conseguir compreender as palavras. Inspirei surpresa, pois tudo o que pude ouvir, o que viajou pelo ar até mim, ali deitada com a face na grama macia, foi: "Me perdoe".

Não conseguiria testemunhar aquilo em segredo. Era uma traição. Fiquei de pé na passagem atrás de Rhode. Precisava fazer algum ruído.

Pisei em uma poça, sabendo que o barulho da água chamaria a atenção. Ele levantou a espada do chão, girou-a pelo ar e apontou a lâmina direto para mim. A ferocidade em seus olhos me deixou aturdida. Vi o reconhecimento passar pelo seu rosto, e ele baixou a arma.

— Treinei-a bem — comentou ele.

— Belo dia para fazer uma visitinha ao cemitério — zombei. — O que está fazendo aqui?

— Prestando minha homenagem — disse, e se abaixou, guardando o montante em uma bainha de couro e depois na mala.

— Ao meu amigo?

Rhode começou a sair do cemitério. Segui-o.

Caminhava depressa pelos caminhos encharcados, de volta para a parte menos arborizada, mais aberta do cemitério. Passamos pelo mausoléu.

— Você disse que a gente não devia ficar sozinho, e olhe só você aí — falei, tentando provocá-lo para conseguir que conversasse comigo.

Rhode parou e olhou para mim. Disse simples e definitivamente:

— Não estou desarmado.

— Você quer me explicar isso aqui? — pedi, tirando a notícia cortada do bolso. Pisquei para me livrar dos pingos d'água nos olhos. — Está na porcaria do jornal. Teve um incêndio na casa de Hathersage. Agora ela foi invadida por historiadores! Está perdida para sempre! — Apenas dizê-lo em voz alta era uma facada em mim.

Rhode olhou para o jornal, mas não respondeu.

Joguei o papel ensopado no chão.

— Chega de joguinhos. Explique-se. A data foi 31 de agosto.

— Por que está fazendo isso? — perguntou ele. A chuva continuava a embaçar o ar entre nós; eu mal podia vê-lo.

— Você viu nossa casa pegando fogo?

Rhode colocou a mala no chão e deixou a água nos encharcar.

— Vi — admitiu finalmente. — Vi a casa pegando fogo.

A tristeza me subiu pelo peito.

— Como você pôde? Simplesmente deixou acontecer?

Ele manteve o silêncio que me enfurecia.

— Está bem — continuei. — Então você não está só mentindo para todo mundo sobre uma droga de acidente de carro. Está mentindo para mim. Perguntei se estava em Hathersage. Você nunca me respondeu.

— Será que devia contar para todo mundo que fui surrado até quase a morte? Que a única forma de sair daquela casa seria colocar fogo em tudo?

— Você colocou fogo nela? — indaguei, horrorizada.

A chuva batia com tanta força que os pingos gelados chegavam a machucar meu nariz e bochechas.

Depois de alguns minutos, ele disse:

— Alguns vampiros foram nos procurar. Tive de incendiar a casa para matá-los, e queimar todos os indícios de que eu tinha sobrevivido. Então foi isso mesmo que fiz.

Passei a mão pelos cabelos ensopados, prendendo os dedos nos nós molhados.

— Quem foi que te atacou? Foi Odette, não foi?

Rhode se curvou, pegou a mala e recomeçou a andar para a saída do cemitério.

— Quando os vampiros me viram e perceberam que era mortal, atacaram. Corri para me salvar. — Rhode, meu destemido Rhode, estremeceu sob aquele aguaceiro. — Não achei que sobreviveria.

— Você podia ter morrido — constatei.

— Que diferença faria para você? Você achava que eu estava morto havia um ano — disse.

— E você acha que eu conseguiria sobreviver de novo? Que não me preocupo todos os dias se você está bem? Todos os minutos? — Precisei de algumas tentativas, mas as palavras saíram enfim. — Me diz. Você ficou me observando ano passado? Sabia o que eu estava fazendo?

Ele abaixou a cabeça. Pareceu refletir por um momento, depois disse:

— Observei, te observei, sim. Depois que seu amigo Tony morreu, não podia vê-la. Na época, parecia... — Ele ficou em silêncio, escolhendo as palavras com cuidado. — Em vão.

Uma explosão de alívio me invadiu. *Finalmente,* algo.

— Mas você sabia que o coven estava atrás de mim. E mesmo assim não fez nada?

Os olhos de Rhode estavam fixos em meu pescoço; ele não respondeu.

— Rhode? — chamei outra vez.

Deu um passo em minha direção e levantou a mão. Estava prestes a me tocar de verdade? Meu estômago deu um salto. Mas não. Pegou a gola de minha camiseta fria e molhada entre os dedos polegar e indicador, e puxou o tecido um pouco para baixo, para ver minha pele. O curativo havia se soltado com a chuva, expondo o corte. Examinou-o por alguns instantes, depois soltou a blusa, cuidando o tempo inteiro para não me tocar.

— Naquele dia em que descobrimos que eu tinha uma irmã, você jurou que ficaríamos juntos para sempre — murmurei.

Dei um passo para ele, com a intenção de lhe pegar a mão. Rhode deu um pulo para longe, e vi medo, medo de verdade, passar por seus olhos. Afastei a mão, magoada e envergonhada por ter sido rejeitada outra vez.

— Não posso! — exclamou ele, e congelei. — Nunca vou deixar você, Lenah. — Ele encontrou meus olhos, mas sua expressão era de dor, de luta. — Mas não posso mais te amar. Não dessa maneira.

Depois de um momento de silêncio, quando o único som era o da chuva açoitando a grama, Rhode continuou:

— Nossa condição é absoluta.

Nossa condição.

— Nossa casa. Nossos retratos. Nossa biblioteca. — Ousei responder — não existem mais. É como se estivessem apagando nossa história. — Levei a mão ao peito. A água encharcara a camiseta e recobrira meus dedos. — E todos aqueles livros tão bonitos — falei.

— Você está preocupada com os livros que deixamos?! — exclamou ele, os olhos azuis cortando o brumoso ar cinza.

— Devia estar preocupada com os esqueletos enterrados nas paredes, ou os cálices de sangue que deixamos nas mesas, esquecidos. Vão testar os conteúdos das taças antigas. Mas não temos mais de nos preocupar. Acabou, Lenah. Você não está aliviada? Feliz em poder deixar tudo para trás?

Recuei. Todos os meus pertences. Todas as antigas fotografias e joias. Os grandes salões onde matamos com tanta satisfação, agora desertos e arruinados.

O que o Fogo dissera a mim e Rhode no planalto me voltou à mente.

Vampiros estão mortos. São vagantes noturnos sobrenaturais. Não podemos responsabilizá-los pelos assassinatos que cometeram naquele mundo.

Rhode tinha razão. Eu estava feliz pelos anos de destruição e tristeza terem chegado ao fim.

E então... a chuva começou a cair ainda mais forte. Surrava a grama, e eu tinha de secar a água dos olhos com as duas mãos.

— Tudo foi destruído. É irrelevante agora — continuou ele, as palavras entrecortadas. — Somos humanos. — Pegou a mala e deu alguns passos para a saída.

— Não era isso que você queria? — perguntei.

— Para você — disse ele com suavidade. Meu maravilhoso Rhode, porém, escondia algo. Sabia por conta da postura recurvada e o olhar fixo no chão.

— Se os Aeris não tivessem interferido, você estaria feliz com a mortalidade? Onde quer que estivesse? — Quis saber, esperando que isso o fizesse se abrir e revelar seu paradeiro no ano anterior.

Rhode virou-se para mim, uma figura toda de preto naquele temporal de encharcar até os ossos.

— Não sou de fato mortal. Posso ser feito de carne e sangue, mas sou alguma outra coisa. Paralisado.

— O que você é, então?

— Algo esquecido. Arcaico. Pode me colocar em uma redoma de vidro e fechar a porta.

— Você não acredita mesmo nisso, não é? — perguntei.

— Acredito que conheci uma garota na chuva. Que tinha perdido os brincos da mãe. E a matei. Agora estou aqui em um tempo que não entendo. Assisti à morte de reis muito mais poderosos que qualquer homem vivo hoje. E continuo aqui — disse Rhode, o rosto coberto de água, e os olhos me perfurando através do cinza da tempestade.

A imagem de um par antiquíssimo de brincos de argola de ouro me veio à cabeça.

Ele sustentou meu olhar pela cortina de chuva. Eu o compreendia; nós nos compreendíamos completamente.

— Os brincos de minha mãe — falei — estavam na casa.

Rhode pensou na resposta e disse:

— E também os fantasmas de nosso passado. — A chuva batia na mala que abrigava a espada. Rhode olhou pala mim. — *Est-ce que tout ça valait la peine?* — perguntou em francês. — Tudo valeu a pena? Pela capacidade de sentir o toque?

Virou-se de costas e deixou o cemitério. Não precisava mandar que o seguisse; ambos sabíamos que não devíamos ficar sozinhos.

Quando voltamos ao campus, parei no Seeker. Rhode desapareceu em meio à multidão de alunos. Enquanto o assistia partir, finalmente entendi por que o cavaleiro de Eduardo III visitara o túmulo de meu melhor amigo, Tony Sasaki.

Sentia-se responsável.

Capítulo 14

Algum tempo depois naquela tarde, saí do dormitório Seeker. O sol apareceu por entre as nuvens cinzentas, e eu mal tinha conseguido focalizar a visão quando Vicken guinchou:

— Já estava subindo para te chamar! — Pegou minha mão. — Vem.

— O que está fazendo? — indaguei, enquanto a mão forte me puxava pelo caminho. — Qual é o problema?

— Precisamos de um lugar com um monte de gente. Vamos até o refeitório, é isso. Está sempre lotado.

— Você ficou maluco?

— Ali! — Vicken apontou para o campo de lacrosse atrás do Hopper. — Um mar de gente. — Conseguimos nos meter no meio de uma multidão de alunos do ensino fundamental e do médio assistindo a uma partida amistosa de lacrosse de Wickham. Metade dos jogadores usava uniformes brancos, o restante estava de azul. Vicken não se importava; guiou-me para a lateral das arquibancadas apinhadas, onde finalmente me soltou.

183

— Você! Você aí — gritou. Apontou para uma aluna baixinha do nono ano que agarrava uma mochila junto ao peito. Ela tremeu ao ver o dedo dele apontando para ela. — Olhe para mim. Olhe nos meus olhos. — Esperou um instante e depois praguejou: — Droga!

Peguei meu amigo pelas costas da camiseta.

— Pare com isso!

A menina se virou. Os pezinhos pareceram explodir com velocidade, e ela saiu correndo na direção do Hopper. Vicken persistiu. A cada poucos segundos, parava alguém.

— Você! Ei, você! O que está pensando! Volte aqui! Não fuja de mim!

— O que está fazendo? Você surtou — sibilei.

— Será? Perdi a droga de minha habilidade. Você passa mais de cem anos com uma coisa, e aí, um belo dia, *puf*, ela vai embora.

— Embora? — repeti, abobalhada. Aquilo não nos favorecia.

— Sumiu! — exclamou, batendo as mãos nas coxas.

— Shhh! — falei, e gesticulei para as arquibancadas atrás de nós. Claudia e Tracy estavam lá no alto assistindo ao jogo. Claudia acenou, e sorri em resposta. Podia sentir os olhos de Tracy em mim, ainda que estivessem escondidos por trás dos óculos escuros.

— Ah, você acha que alguém sabe do que estou falando? — Ergueu os braços. — PES! Percepção extrassensorial! — gritou para o céu.

Bati em seus braços para que os abaixasse.

Foi como se Vicken tivesse de súbito se dado conta de onde estava. Virou-se para encarar o campo, de costas para os bancos.

— O que diabos é isso? — perguntou com repulsa, levantando os braços.

— É um evento de esportes.

— Isso eu entendi. O que diabos eles estão fazendo?

— Se chama lacrosse.

Uma pausa.

— Bem, eu é que não vou ficar para ver essa merda. Vamos.

Quando se virou para deixar o campo, aplausos e vivas explodiram ao redor, e pude ouvir as vozes de Tracy e Claudia torcendo:

— Justin! Justin!

No campo, com todo o seu equipamento de jogo, Justin tirou o capacete, jogou-o no chão e marchou para perto de outro jogador. Apontava o dedo para o rosto do garoto e gritava algo que eu não conseguia entender.

Pousei a mão no braço de Vicken. Ele parou, e ficamos ao pé da arquibancada assistindo ao amistoso. Vicken se aproximou de mim e falou em voz baixa:

— Você é humana há dois minutos e já virou fã de esportes?

— Não... — respondi. Não conseguia desviar os olhos de Justin. — Espere aí.

Ele suspirou.

— Chega disso, Enos! É a última vez que aviso — advertiu o juiz, e Justin pegou o capacete enquanto os jogadores se reorganizavam.

Sentei-me no banco. Vicken grunhiu, parou ao meu lado e cruzou as pernas. Apoiou o cotovelo na fileira de trás.

No campo, um dos jogadores bateu com o taco de lacrosse no de Justin, e a bola branca voou pelo ar. Quando ele se deu conta de quem estava com a posse de bola, deu uma pancada tão forte no taco do adversário que o outro quase caiu para trás. Depois Justin investiu mais e mais vezes, até o juiz apitar.

— O quê? — gritou para o árbitro. Ergueu os ombros e abriu os braços. — Qual é o seu problema?

— Não vou te avisar de novo, Enos. Mais uma, e você está fora! — gritou o juiz de volta.

O apito soou, sinalizando o recomeço do jogo. Os jogadores se reagruparam, e imediatamente Justin atingiu o taco do oponente, mandando a bola pelo ar e para a malha de seu próprio crosse.

Justin atravessou o campo com velocidade tal que ninguém pôde alcançá-lo. Dava encontrões tão fortes nos outros jogadores que parecia querer jogá-los no chão. Quando um defensor do outro time tirou a bola da rede de seu taco, Justin arrancou o capacete da cabeça e socou o estômago do jogador.

— Nunca vi Justin jogando assim — falei.

— Assim como? — indagou Vicken.

— Como se estivesse querendo vingança ou coisa do tipo.

Vivas e gritos roucos de "Justin! Justin!" retumbaram ao nosso redor novamente.

Outro apito.

O árbitro apontou para o banco de reservas. Justin fez uma mesura para a multidão e saiu de campo. Ao passar pelo jogador de defesa que tirara sua bola, fingiu que o socaria. Quando ele se encolheu, Justin jogou a cabeça para trás e riu. Depois desmoronou no banco e sacudiu a cabeça para limpar o suor do rosto. Enquanto a plateia continuava a gritar seu nome, ele virou-se para a arquibancada, e seu olhar caiu sobre mim.

Lambeu os lábios, e o brilho em seus olhos me fez lembrar do dia em que nos conhecemos. Foi logo depois que Rhode realizou o ritual e que me transformei em humana outra vez. Eu o vi na praia caminhando de mãos dadas com Tracy Sutton, muito antes de terminar com ela e começar a sair comigo.

Ali, no campo de lacrosse, ele desviou o olhar e voltou-se para o jogo.

— Quem surtou foi ele — disse Vicken, quando o amistoso terminou. Descemos das arquibancadas com os demais estudantes, de volta para o campo.

— Oi, Vicken — cumprimentou um grupo de meninas, quase em harmonia total, quando passamos. Ele as cumprimentou com a cabeça, o cenho franzido e as mãos nos bolsos. Não tinha tempo para garotas no momento, aparentemente.

— Mesmo sem minha percepção extrassensorial, posso te dizer que tem alguma coisa errada com aquela cabeça oca ali.

Justin permaneceu em campo, cercado por alguns membros da equipe e umas poucas meninas, inclusive Andrea, a aluna do segundo ano daquela noite no observatório. A maioria vestia trajes de começo de outono, quentes demais para um dia como aquele. Quando me aproximei, olhei para os shorts que usava. Minhas pernas pálidas pareciam longas e brancas demais comparadas ao bronzeado escuro de aspecto pouco natural das garotas que cercavam Justin. Parei, e raiva fez minhas faces arderem. Detestava aquilo. Aquele constrangimento mortal. Se apenas... Não. Parei no ato. Não desejaria algo do tipo. Não me deixaria nem considerar a ideia de querer meus poderes vampíricos de volta.

— O quê? — perguntou Vicken. — Não quer ir até lá e falar com o Monsieur Agressividade?

Não, enquanto estivesse agindo daquela forma, não queria. Na noite anterior, tinha sido tão gentil. A noite, enquanto dormia ao seu lado sonhando com Rhode, poderia muito bem ter acontecido no ano anterior. Tínhamos ficado do jeito que éramos naquela época, lado a lado, e Rhode, como sempre, estava inacessível para mim.

Justin percebeu que eu o fitava por cima do ombro de alguém e contornou as pessoas para chegar a mim. Parou antes de me alcançar, o olhar se voltando para Vicken.

Roy juntou-se ao irmão e estreitou os olhos para meu amigo. Logo dois outros jogadores do time, com os equipamentos de proteção sob os uniformes, flanqueavam Justin. Vicken levou um cigarro à boca. Se Justin e sua turma estavam se juntando para o ataque, a conversa provavelmente não seria cordial.

— Cheguei a mencionar que ele me deu um soco no olho? — comentou Vicken. Dramatizou a piscada a fim de destacar a leve mancha amarelada que ainda existia ali. Depois se virou e acompanhou o restante da multidão que ia embora, deixando uma nuvem de fumaça para trás.

Justin se separou do grupo, e esperei enquanto se aproximava.

Uma onda de arrepios percorreu meu corpo.

Respirei rápido, engoli em seco e olhei para o chão. Alguém me vigiava outra vez. Eu sabia. A sensação me hipnotizou. Onde estavam? Virei a cabeça muito de leve para a direita, seguindo a sensação que viajava por mim. Odette. Tinha de ser Odette. Continuei virando até encarar o pátio em frente ao alojamento Quartz.

Alunos caminhavam juntos em direção ao refeitório ou à biblioteca. Passavam pelos guardas e pelo pessoal da manutenção, que erguia telefones de emergência de um amarelo vibrante à vista de todos no campus. Meus olhos foram atraídos para uma sombra perto do Edifício Quartz, e meu fôlego ficou preso no peito.

Rhode estava na sombra, me observando. Amaria aqueles olhos azuis para sempre. A forma como tinham me fitado da primeira vez que acordei como humana no ano anterior. Queria ir até ele, ficar com ele. E sabia, como todos os vampiros sabem, que, quando se é observado, é porque se é desejado.

Ele não podia mais me amar, era o que tinha dito. Não dessa maneira. Eu não sabia o que "essa maneira" queria dizer. As possibilidades eram muitas: não poderíamos nos amar sob o decreto dos Areis, não poderíamos nos amar como mortais. Tudo que sabia era que eu não podia responder por ele. O amor para mim seria Justin Enos e uma vida lembrando a mim mesma de que era humana. Não uma garota do mundo medieval. De vitrais e luz de vela.

— Lenah! — chamou Justin. Sobressaltei-me e virei. Estava sozinho diante de mim, secando o suor da testa. A definição de seu bíceps monopolizou minha atenção.

— Desculpe — pediu. — Não quis te assustar.

— Não assustou — menti.

— Você é linda. — Sorriu para mim outra vez. — Já te disse isso?

— Ah. — Não sabia o que responder. — Bem, não — falei, as faces quentes de repente. Uma onda de entusiasmo percorreu até meu estômago. Olhei de volta para o Quartz e examinei a sombra lançada pelo prédio. Rhode tinha partido. Para minha surpresa, fiquei feliz por estar a sós com Justin.

— Aquilo foi um... amistoso interessante — comentei, fitando os olhos de Justin, sem saber com certeza o que falar em seguida.

— Você gostou?

Me retraí, sem entender o que ele queria dizer com aquilo.

— Gostei de quê?

Justin empertigou-se com os ombros para trás e casualmente lambeu o suor dos lábios. Deu um sorrisinho para mim, erguendo uma sobrancelha.

— Lenah, corta essa. Você gosta de mim.

Deu um passo à frente, tão perto que pude sentir o cheiro de protetor solar e suor em sua pele. Gostava mesmo dele. Não era fingimento. Seus gestos eram tão completamente do século XXI. Até a virada casual de cabeça para se livrar do suor que escorria pelo rosto teria sido um gesto estranho a Rhode. Cavalheiros de eras passadas secariam a testa com um lenço. Os movimentos de Justin eram rápidos, abreviados. Este era o mundo das mensagens instantâneas, da comunicação e interação imediatas. As pessoas conversavam umas com as outras com uma cadência casual e palavras coloquiais recortadas. Mesmo tendo nascido na Idade Média, voltei à vida no século XXI. Esse era meu mundo agora. O mundo de Justin.

— Você sabe como me sinto em relação a você — disse ele com suavidade, antes de eu poder pensar mais. A maneira como falava me arrepiou. Ele era radiante, e para mim seria sempre assim. Emanava uma força vital que eu amara desde minha primeira experiência humana, e mesmo agora queria um pedacinho dela.

Levantou a mão, passando os dedos de leve pelo corte em minha clavícula. Fez com que eu tremesse.

— O curativo saiu — constatou Justin.

— Pode ser que você tenha de refazê-lo — falei, sentindo a face arder de repente.

— Eu vou. — Chegou mais perto, com a expressão séria de súbito. — Alguma visita nova da loura?

Balancei a cabeça. Não.

— Enos! — gritou alguém atrás de nós.

Justin recuou, baixando a mão. Minha pele esfriou onde o calor de seu toque tinha estado. Parou de andar de costas de repente e gesticulou para mim com o capacete levantado.

— Ei! Quase me esqueço — disse. — Feliz aniversário!

Meu queixo caiu. Estávamos no dia 6 de setembro, não estávamos?

— É mesmo! — exclamei. — Hoje é meu aniversário, né?

— Você esqueceu seu próprio aniversário? — perguntou ele, incrédulo.

Ah, bem, minha alma gêmea de seiscentos anos está morando aqui no colégio, mas não posso ficar com ele, pois uma força sobrenatural mandou nos separarmos. Você é lindo de todas as maneiras, por dentro e por fora, mas provavelmente arruinei minhas chances com você. Meu melhor amigo, Tony, foi assassinado por meu outro amigo, Vicken que não é mais um assassino maluco. E estou sendo perseguida por uma vampira vingativa que também me quer morta.

— Muita coisa na cabeça — respondi.

— Bem, vou dar uma festa hoje — disse ele, dirigindo um olhar para os garotos. — Lá no camping. Tentei te encontrar mais cedo para avisar.

O momento na sala de áudio voltou à minha memória. Suas mãos viajando em minhas costas e ombros enquanto dançávamos.

— Então, esse sorriso aí quer dizer que você vai? — indagou.

Estava sorrindo? Parecia impossível depois de tudo que acontecera nos últimos dois dias.

— Olhe... Encontre a gente às sete. Área 404. No camping de Lovers Bay. Você pode levar Vicken. Você sabe, porque todo mundo tem de andar em duplas. Fica a alguns quilômetros daqui, seguindo a Main Street — disse ele. — Vai ter um monte de gente lá — acrescentou, antes que eu pudesse dizer não. — Não dava para reservar com menos de dez pessoas. — Quando disse isso, uma parte de mim, a parte tola, não queria recusar, por pior que fosse a ideia e eu soubesse. Justin juntou suas coisas dentro da mala, e, quando a jogou sobre o ombro, o pingente ao redor do pescoço brilhou na luz do sol.

Virou-se para se juntar ao restante do time, caminhando em direção ao ginásio. Quando eu estava prestes a ir embora, ele olhou para trás e me lançou um sorriso largo.

Sempre me ganhava daquela forma. Era com tanta facilidade que conseguia dominar qualquer cômodo em que entrava. Todos queriam ver as pequenas linhas de expressão aparecerem nas laterais da boca quando ele sorria. A bagunça casual dos cabelos cor de areia. Eu não conseguia reprimir a vontade de ir àquela festa. A vontade de ser feliz, ainda que por apenas uma noite.

Capítulo 15

Até onde interessava a Srta. Williams, contanto que o campus estivesse protegido, não importava o que acontecia fora do território do colégio. Esse ponto em particular enfurecia Vicken infinitamente. Ele achava que qualquer área fora do internato com toda a certeza não era segura. De qualquer forma, eu achava que devíamos ir à festa, e queria ir. Contanto que registrássemos a saída juntos, tínhamos permissão. Odette ainda não dera sinais de ter voltado. Aparentemente o ritual falso ainda a ocupava, e eu duvidava de que ela fosse fazer uma aparição na frente de tantas pessoas.

Tinha um palpite de que Rhode provavelmente ficaria furioso se descobrisse que eu decidira sair do campus sem sua supervisão.

Naquela noite, olhei meu reflexo no espelho ao lado da escrivaninha. Meus olhos pareciam estar de um azul mais escuro que de costume, como se eu não pudesse esconder a ansiedade que fermentava e se agitava dentro de mim. Abaixei alguns fiapos revoltos de cabelo e olhei para a fotografia de Rhode comigo. Ela estava de volta ao seu devido lugar sobre a mesa, depois de Tony tê-la furtado no ano anterior, tentando descobrir a história de minha vida vampira.

Pelo espelho, podia ver a bainha que guardara a espada de Rhode pelos últimos duzentos anos.

A arma tinha sido levada, e seu abrigo fora deixado vazio, como eu esperava.

Sentei no chão e verifiquei as ervas do feitiço de barreira, como fazia todos os dias desde que o realizara. Se a magia funciona, as ervas pegam fogo, deixando apenas as cinzas do intruso para trás. Contanto que as pessoas que entrassem fossem aceitas, as ervas não eram perigosas.

Virei-me de volta para meu reflexo e comecei a colocar um par de brincos de ouro que eu comprara no início do século XVIII. Ficaram guardados em meu porta-joias, quase esquecidos, mas agora que os de minha mãe não existiam mais, consumidos pelo incêndio de Hathersage, decidi usar aqueles. Enfiei um deles no lóbulo de uma orelha.

O cheiro avassalador de maçãs irrompeu dentro do quarto.

Bati com a mão na parede e caí para a frente, meu corpo engolfado pelo odor das frutas. Segurei o estômago, que se revirava e reclamava. Maçãs falsas. Como alguém poderia produzir um cheiro tão incrível e torná-lo tão horrível? Tão enjoativamente doce? Sua força me jogou no chão. Caí de joelhos, os brincos deslizando pela madeira, e, quando minhas mãos bateram no piso...

— *Ela precisa ficar isolada, para que não a encontrem.*

É a voz de Suleen que ouço primeiro. Estou na cabeça de Rhode outra vez.

Juntos, Suleen e Rhode estão ao lado de uma lápide em um cemitério junto à mansão em Hathersage. Quatro ou

194

cinco túmulos estão aglomerados em uma pequena área circundada por uma cerca de ferro forjado.

Lá está minha tumba. Não há epitáfio, nem nome. Apenas um L gravado na pedra.

Rhode tinha me enterrado em 1910 e, cem anos depois, me trouxe de volta para celebrar o ritual de humanização. Sua aparência é a do Rhode dos dias modernos, o que vi quando acordei no Internato Wickham. Ele me exumou em segredo, sem o conhecimento do coven, sem o conhecimento de Vicken Reconheço a aparência de Suleen como a dos dias modernos também. Está todo de branco e usa seu turbante habitual.

— Tem certeza disso, Rhode? — pergunta ele. Rhode assente, mas a expressão de Suleen é sombria. Rhode vira-se, olhando-se no reflexo de uma janela da casa. Nesta lembrança, seus olhos de mármore são mais frios que aqueles que vejo em sua versão humana. É difícil crer que já estou acostumada a seu rosto mortal.

— Vai ser mais fácil assim. Não confio no coven dela. Viu como são fortes? Vicken, Heath, Song e Gavin. Foram todos escolhidos a dedo por serem fortes e hábeis. Precisamos fazer tudo enquanto estão longe.

— Não era isso o que quis dizer. Esse ritual? Sacrificar a si mesmo? — pergunta Suleen. O sol já se pôs quase totalmente, a lua cheia brilha no céu. — Sua morte não me oferece conforto algum, Rhode.

— O ritual é a única maneira de Lenah viver. Os Ocos a protegerão. Eles se certificarão de que nada acontecerá a ela depois que eu me for.

— Os Ocos só vão cumprir sua parte do acordo se você morrer. Não há como saber o que vai acontecer se sobreviver. Eles não são confiáveis, Rhode.

Rhode observa as colinas enquanto o pôr do sol as colore de dourado.

— E a alma dela? — indaga.

— O que tem?

— Como podemos saber? — Seus olhos se voltam para os de Suleen e depois de novo para o campo. — Como sabemos se a alma dela não está deteriorada. Que como humana ela não vai ter recaídas no desejo por poder. Até mesmo eu... — Ele silencia e reflete sobre o que está prestes a dizer. — Ela matou uma criança, Suleen.

— Você questiona seu perdão? É a chave para o sacrifício — lembra Suleen.

— Questiono a humanidade dela. Ela vai conseguir amar depois de ter sido capaz de tanta crueldade?

— Não posso responder isso para você — diz Suleen. Ele olha para o céu. — Se quer exumá-la, tem de ser agora.

— Diga-me, Suleen... Alguém que fez tanto mal pode mesmo se redimir? Sua crueldade superou a de todos os vampiros que conheci.

— Agora, Rhode! Você precisa começar antes que o sol se ponha totalmente.

— E se eu jamais conseguir perdoá-la?

A verdade finalmente veio à tona. Ele não me perdoou por ter matado uma criança. Por cair na loucura como vampira.

— Agora! — grita Suleen.

Rhode levanta a pá e golpeia a terra.

— Pare! Não deixe! — gritei. Alguém segurava meus ombros e tentava me sacudir para me tirar do transe. As tábuas de madeira esfriaram minhas costas, e pisquei.

— Lenah! Ei. Lenah! — Vicken chamava meu nome. Olhei para o teto. Ele estava debruçado sobre mim, e os cabelos despenteados caíam sobre seus olhos. Ergueu uma sobrancelha. — Você caiu no sono no chão. Tem um sofá, uma chaise e uma cama. Mas, ei, quem sou eu para criticar sua preferência de local para uma soneca?

Sentei, engolindo com dificuldade, e passei a mão pelos cabelos. Fiquei assim por um instante, olhando a base da escrivaninha, fitando as pernas bem-esculpidas e o trabalho complexo feito na madeira.

Vicken agachou-se ao meu lado.

— Você está precisando de ajuda de verdade? Quer que eu chame alguém?

— Eu... — Concentrei a atenção no piso, seguindo os veios da madeira. — Não sei.

Não era que Rhode não podia mais me amar, como havia afirmado na mata depois da visita à sepultura de Tony. Era que, na verdade, não queria. Porque eu não merecia. Talvez fosse por isso que não tinha voltado no ano anterior. Não queria retornar para alguém com um coração como o meu.

— Quem ou o que são os Ocos? — perguntei.

Vicken franziu o cenho.

— Ocos? — Meneou a cabeça. — Nunca ouvi falar.

— Me ajude a levantar — pedi, e ergui a mão. Os dedos quentes de Vicken seguraram os meus e me puxaram para cima. Andei até a parede e me recostei. Vicken ficou me observando, de braços cruzados. A lembrança de Rhode rodopiava em minha cabeça.

— Consigo ver os pensamentos de Rhode — revelei, e saiu de uma vez só. Os olhos de Vicken se estreitaram. — Vejo os pensamentos dele, às vezes as memórias.

Ele procurou um maço de cigarros nos bolsos. Acendeu um e disse:

— Como assim? Pensamentos...

Deslizei até o chão e envolvi os joelhos com os braços.

— Eu vejo Rhode em minha mente, mas é como se eu estivesse na dele. Tenho certeza. Sonhei que o via socar o espelho. E, quando encontrei com ele ao vivo, tinha um curativo novo em volta dos dedos machucados.

— Por que diabos ele ia acertar um espelho?

— Ele não conseguia suportar se olhar. Então deu um soco no reflexo.

Vicken balançou a cabeça.

— Estranho.

Expirei, olhando para o vazio escuro do lado de fora da varanda. Lá de cima, o luar iluminava os azulejos, e meus restos vampíricos ainda cintilavam. Era bom contar a verdade a alguém.

— Por que estou vendo os pensamentos dele agora? Sou completamente mortal. Não tenho percepção extrassensorial, nem visão vampírica. E isso nunca aconteceu em nenhum outro momento de nossa história. Quando ele foi embora antes... antes de eu conhecer... — Hesitei e escolhi as palavras com cuidado. — Antes de conhecer você.

Vicken refletiu por um momento, depois disse:

— Lembra aquela história que Rhode contava? Sobre o vampiro que amava a menina humana. Durante a época da Peste. A...

— *Anam Cara?* — perguntei, lembrando de quando Rhode narrava o conto perto da lareira. Tinha me esquecido até aquele instante.

— É. O vampiro tinha uma conexão mais profunda com ela que com qualquer outra pessoa. Tanto que sabia o que pensava, não apenas suas intenções. Escondia dela que era vampiro, e quando a menina contraiu a peste...

— Ele a deixou morrer — completei.

— Isso! — respondeu ele, e caminhou até o baú sob os castiçais de ferro de parede. Vasculhou seus conteúdos.

— Um ato incomum para vampiros, que são inerentemente egoístas — observou Vicken, a fumaça do cigarro flutuando e pairando sobre sua cabeça. Puxou um dos livros de capa de couro que Rhode me deixara depois da primeira transformação: *Um livro de magia celta.* — Teria sido fácil. Curar a garota... Torná-la uma vampira para sempre. Em vez disso, ele deixou a amada resvalar para a morte como deveria ser. Não era uma morte agradável, mas ela estava doente. E morreu como os mortais morrem.

Gostava da história e me recordava bem dela. O conto me fazia lembrar de como me sentia em relação a Rhode. A não ser pelo detalhe de que ele não me deixara partir..

Vicken abriu o livro.

— Aqui... "*Anam Cara*. Amigo de minh'alma. Quando se encontra o *anam cara*, a conexão é inegável. Inquebrável. Um fio de luz branca liga duas almas pelo tempo e espaço. Alguns acreditam que os *Anam Cara* partilham a mente. Lembranças de um passado tão profundo, tão interconectado que podem compartilhar pensamentos."

Ele olhou para mim e deu uma última tragada do cigarro, que estava no fim.

— Então almas gêmeas partilham pensamentos? — indaguei. Foi aí que me dei conta novamente. Tinha esquecido temporariamente, mas lá estava novamente a voz de Rhode se questionando se conseguiria me perdoar por matar aquela criança e criar o coven. A decepção me invadiu outra vez.

Peguei os brincos do piso e me levantei, encarando meu reflexo. Alisei os cabelos, ajeitando-os depois de minha queda. De que valia a ligação com a mente de Rhode se ele não podia mais me amar? Se eu tinha uma alma deteriorada?

— Então é assim? — reclamou Vicken. — Você ignora meu momento de brilhantismo e volta a se arrumar para sua festinha? — Ele colocou o livro de volta no lugar, fechou a tampa do baú e sentou-se sobre ela.

E se eu jamais conseguir perdoá-la?

Coloquei os brincos e estudei meu reflexo novamente. Os cabelos caíam pelas costas, sobre o tecido fino da blusa tangerina que comprara no shopping. Queria que os brincos pequenos fossem as argolas de minha mãe, que tinham sido consumidas pelo fogo. Para minha tristeza, não era possível. Observei minhas narinas se alargarem, e trinquei os dentes outra vez.

— *Anam Cara* — falei em voz alta, deixando a expressão rolar na língua.

— Bem — disse Vicken, pressionando as mãos nas coxas e se levantando —, acho que você ainda vai querer ir àquela festa, apesar dessa novidade das mentes se fundindo.

— Pode apostar que vou.

— Certo — concordou ele, e se armou com dois punhais, um em cada bota. Depois guardou o terceiro em uma faixa de couro escondida pela manga.

— Bem preparado, hein? — comentei.

— Já ameaçaram sua vida duas vezes, e você está querendo arriscar tudo por uma festinha ao redor da fogueira? Tenho uma ideia. Faço uma para você na varanda e canto "Parabéns pra você".

— Sei que é esquisito — admiti.

— Não, é muito idiota, isso, sim — retrucou ele. — Mas não vou te deixar sozinha. Por mim, te acorrentava na parede se isso não fosse contra a política da escola.

Abri a porta. Vicken me seguia de perto.

— Não é obrigado a ir — falei, sabendo que ele, claro, me acompanharia.

— Pode ter certeza de que não vou mesmo. Com aqueles lunáticos barulhentos? Conhecendo o bando, vão se perder, e provavelmente a gente vai ter de sair procurando eles pela mata... Vai ser uma confusão mortal.

— E onde você vai ficar? — indaguei.

— Vigiando o perímetro da floresta. Para garantir que ninguém com presas entre no parque.

— Vai ter muita gente comigo. Você não acha que é menos provável que eles ataquem quando estão em menor número? Eu não atacaria nessas circunstâncias.

— Talvez... — disse Vicken, enquanto descíamos os degraus.

— Além disso, é meu aniversário! Você tem noção de que isso significa que estou ficando realmente mais velha?

— Mesmo? Quantos anos você tem? — perguntou ele, quando saímos da escada. Abria um sorriso cínico.

— 17 — respondi.

— Mesmo? Você parece tão mais velha! — Eu podia ter batido nele se não fosse... bem, tão a cara de Vicken dizer algo assim.

Poucos minutos depois, passávamos pela Main Street em direção ao camping. Escutava o burburinho das pessoas ao redor. Separamo-nos quando uma mulher passeando com o cachorro se colocou entre nós.

— Vai ver Rhode também tem uma conexão com sua mente — sugeriu Vicken.

— Não há como saber. Ele se recusa a me tocar e mal fala comigo — respondi, quando o aroma de café chegou até nós, vindo do café de Lovers Bay. — Sabe, tem outras coisas, vi coisas mais estranhas, além de suas memórias. Vejo seus pensamentos também.

Virei a cabeça ao passarmos pelo café apinhado. Para ser franca, não teria achado ruim parar e beber uma xícara, conversando com Vicken. Uma noite para esquecer a respeito de Odette e Rhode, e de tudo o que tinha diante de mim. Continuamos andando pela rua e expliquei o comportamento esquisito que fez Rhode socar o espelho. Quando abri a boca para mencionar Tony, porém, olhei para Vicken ao meu lado, me acompanhando, e mudei minhas palavras:

— O que estou falando — continuei — é que ele deu um soco no espelho e repetiu "não posso" várias vezes.

— Rhode? Ficando maluco? Não faz sentido — refutou Vicken. Seu olhar não parava de esquadrinhar a rua, atrás e à nossa frente.

— Acho que está arraigado nele. Que acha que não merece a humanidade ou coisa do tipo. Já falei, ele não parava de dizer "não posso".

Vicken deixou as palavras suspensas no ar entre nós, depois perguntou:

— Não pode o quê?

— Não sei. Só quero ajudá-lo a ficar melhor — respondi. E conhecia um modo de aliviar a dor de Rhode. Queria fazê-lo havia dias: chamar Suleen. Ou talvez os Aeris. Chamar alguém, qualquer um que pudesse ajudá-lo. Talvez estivesse sofrendo porque não podíamos ficar juntos. Ou, e eu não queria admiti-lo porque não queria que fosse verdade, talvez Rhode não acreditasse que merecesse ter sobrevivido ao ritual e se tornado humano. Sua intenção tinha sido morrer... a de nós dois era essa. Foi nossa conexão como almas gêmeas que nos mantivera ligados a este mundo.

Minha cabeça doía.

— Não se preocupe com Rhode — disse Vicken enquanto caminhávamos no ar fresco da noite de verão. Entramos no camping. — Tente se divertir com os... Lunáticos barulhentos, não era isso? — Ele levou um cigarro aos lábios.

— Precisamente — respondi.

Ouvi a música primeiro. Algo com guitarras e melodia suave. Lembrei as centenas de vezes ao longo dos séculos em que caminhei pelas florestas pisando sobre galhos, entre as folhas. Nunca, nem mesmo uma vez, instrumentos eletrônicos ecoaram pelas árvores e pela vegetação rasteira.

À frente estava o brilho alaranjado da fogueira. Quando cheguei aos dois ou três carros estacionados junto ao camping, soube que era aquele o lugar. A música saía da SUV prata de Justin. Claudia e Tracy estavam sentadas à fogueira com outras poucas pessoas, bebendo em copos grandes e vermelhos. Tracy conversava com o rosto bem próximo ao de um garoto do time de lacrosse que eu não conhecia. Justin olhou para mim, desviando a atenção de sua tarefa de desembrulhar alguns pães de hambúrguer e cuidar de um grill de carvão.

Claudia se levantou de um pulo ao me ver.

— Feliz aniversário! — cumprimentou, e me envolveu com os braços. Tinha de ficar na ponta dos pés para me abraçar, mas, quando voltou ao normal, levou a mão aos bolsos do casaquinho e pegou um cartão em um envelope roxo.

— Para você — disse.

— Claudia... — falei. — Não preci...

— Claro que sim. — Assentiu.

— Obrigada — agradeci, genuinamente comovida. Segurei o cartão nas mãos.

— A festa foi ideia minha. Não deixe Justin te enganar... Quem sugeriu fui eu. — Ela olhou de volta para ele com um sorriso brincalhão.

Abri o presente. Mal podia me lembrar de quando tinha sido a última vez em que recebera um de verdade. Um que não envolvesse seu assassinato imediato, de qualquer forma. Abri o envelope e lá dentro havia um pequeno cartão de plástico, como se fosse uma espécie de cartão de crédito, mas nele estava escrito o nome *Shopping Cape Cod*.

— Um gift card — explicou Claudia. — Achei que você tinha se divertido naquele dia que fomos ao shopping. E está usando a blusa!

Um presente? Para mim? Revirei o cartão várias vezes na mão, contemplando o pequeno mimo à luz da fogueira.

— Obrigada — agradeci à Claudia cujos olhos estavam calorosos.

Tracy olhou para cima e me deu um meio-sorriso, como se não fosse sincero. Ela estava assando, em uma vareta de madeira comprida, um marshmallow que tinha um aspecto maravilhoso e parecia macio. Seus cabelos brilhavam com a luz vacilante do fogo, e as feições angulares me pareciam mais pronunciadas que dias antes. Talvez eu estivesse notando apenas naquela hora, mas tive a impressão de que ela havia perdido muito peso em pouco tempo.

Deslizei o cartão para dentro do bolso de trás da calça. Enquanto observava o marshmallow derreter no calor da fogueira, outro grupo de estudantes de Wickham chegou ao camping. Eram da variedade comum: atletas, estudiosos, apenas garotos procurando uma festa. Quando prestei atenção de verdade, porém, dei um passo para trás e pisquei algumas vezes para ter certeza de que estava no juízo perfeito. Tinha acabado de... Tinha mesmo confundido um daqueles alunos do ensino médio com... Rhode?

Mas não. Lá estava ele, caminhando atrás dos demais.

— Ei! Ei! — chamou alguém na frente do grupo, levantando sacolas de papel no ar.

— Meu Schnapps de pêssego chegou! — comemorou Claudia.

Rhode vestia preto, e eu não conseguia desviar o olhar. Como ele soube onde eu estava? Por um instante, senti-me uma menina desobediente. Depois ergui o queixo em desafio.

Claudia girou nos calcanhares e soltou uma expressão de surpresa. — Olhe Rhode ali — murmurou para mim. — Divirta-se... — E voltou para perto de Tracy.

Rhode caminhava a passos largos e parou diretamente na minha frente. Quando soltou o fôlego, colocou a mão no bolso. Com a imagem do vampiro Rhode ainda fresca na mente, notei os pequenos detalhes, detalhes humanos: a boca que fazia um bico, a necessidade de inspirar e a faixa de suor cruzando a testa. Enfiou a mão mais fundo no bolso e tirou de lá um saquinho preto. Acenou com a cabeça na direção da floresta.

— Pode ir até ali falar comigo um instante?

— Claro — respondi, tão casualmente quanto era possível.

Ele não estava ali porque tinha mudado de ideia; disso eu sabia. Tinha sido claro quando me disse que não podia mais me amar. Segui-o até a mata por uma trilha desgastada, até que a fogueira e o burburinho estavam longe o bastante para ninguém nos ouvir. Ele olhou por uma brecha entre os galhos. Havia longas nuvens rasgadas cobrindo a lua.

— Renda na lua — disse antes de mim. E, quando o vento as moveu para longe, acrescentou: — Lembra a primeira vez que vimos isso?

Assenti e sorri.

— Claro. Você me mostrou em 1604, durante o *carnevale* de Veneza.

Nós dois sabíamos que a renda na lua era uma mensageira da mudança; algo estava a caminho.

Rhode deu um passo para mim, mas desta vez recuei, incerta de suas intenções.

— Agora é você quem tem medo de mim?

— Jamais teria medo de você — murmurei.

E se eu jamais conseguir perdoá-la?, perguntara Rhode.

A mágoa que essas palavras me causaram fez meu estômago revirar-se novamente. Queria perguntar se ele tinha, de fato, me perdoado. Se havia encontrado uma maneira de olhar além das ações e manipulações terríveis da vampira que fui.

— Se não tem medo — disse, chamando meus olhos para os dele —, então abra a mão. — E levantei a palma como se quisesse seu coração.

Despejou o conteúdo do pequeno saco de veludo negro.

Anam Cara.

Não olhei para Rhode; não tão depressa. Meu coração martelava no peito. Os dedos se curvaram sobre dois pequenos objetos. Ouro. Eram frios ao toque. Olhei para eles. Os brincos de minha mãe. Ele os salvara do fogo.

— Lenah? — A voz de Justin nos interrompeu, ecoando em nossa direção. — Venha! A comida está pronta.

Olhei para Rhode.

— Feliz aniversário — murmurou. Sua expressão quieta, desamparada, me chamava, mas ele não suportava me olhar por mais que poucos segundos.

— Rhode... — comecei, e me movi em sua direção. Ele recuou dois passos.

Inspirei quando lágrimas arderam em meus olhos. Queria tanto tocá-lo que meus dentes chegavam a doer. O sofrimento do desejo que sentia por ele corria por meus braços, para os dedos; propagava-se pelas profundezas de minha alma.

— Isso foi tudo que consegui trazer de volta. Eu só tinha alguns segundos. Saltei da janela de seu quarto. Quebrei o vidro.

Recordei-me do sonho, do punho investindo contra o espelho, transformando-o em centenas de fragmentos de luz.

— Usei uma cadeira antes — esclareceu.

Seus olhos perscrutaram meu rosto. Franziu o cenho, e uma linha sulcou a região entre os olhos. Azuis. O mar. O céu. O amor de minha vida.

— Feliz aniversário de 17 anos — disse rapidamente, e girou nos calcanhares.

Seguiu depressa para dentro da mata, de volta na direção da Main Street.

— Espere! — chamei baixinho por ele.

Ele virou-se, iluminado apenas pelo fraco luar filtrado por entre as nuvens, antes de se embrenhar mais na floresta. A dor apunhalou meu peito ainda mais forte que jamais pensei possível.

— Rhode, você vai se perder — gritei para ele, a voz falhando. — É perigoso. — Ele olhou para o céu, para as estrelas e a lua rendada.

— Quem foi que te ensinou a usar o movimento das constelações para encontrar o caminho? — indagou, mas já era apenas uma silhueta escura. Queria caminhar a seu lado, ir com ele, conversar, tocá-lo: pele na pele.

Queria alguém que me abraçasse e dissesse que tudo ficaria bem. Alguém que garantisse que sol, lua e estrelas não eram governados por forças invisíveis. Queria acreditar que era livre e tinha livre-arbítrio. Nas profundezes desses pensamentos, contudo, sabia a verdade: Rhode e eu não éramos livres, jamais seríamos.

E ele não podia mais me amar.

Observei enquanto ele costurava o caminho pela floresta de sombras até se tornar indistinguível das árvores. Sabia que Vicken ficaria de vigia a noite inteira. Rhode também, quem sabe. E talvez tenha sido egoísta de minha parte, mas fiquei na mata, os fantasmas do passado descansando nos dois brincos na palma de minha mão.

Com um suspiro pesado, voltei para a festa, ouvindo as folhas serem esmagadas por meus pés. Vi que a maior parte da turma do terceiro ano viera ao camping. Havia bem mais copos vermelhos, e muito mais pessoas nos arredores.

Fiquei na entrada da trilha pela qual Rhode me guiara até a floresta. Olhei para trás, sabendo que ele tinha partido — mas sabendo que o local onde colocara os brincos nas minhas mãos seria sempre nosso.

— Parabéns pra você... — cantou um grupo de pessoas em uníssono.

Uma pequena vela vinha balançando até mim na escuridão. Justin entregou-a a Claudia, que se aproximou de mim com Tracy. Segurava um cupcake maravilhosamente decorado. A cobertura de chocolate se retorcia e virava em uma espiral, e, no centro, a velinha queimava.

Justin cantava mais alto do que todos, e desejei — ah, e como desejei — que Tony estivesse ali.

A chama tremeluziu, e encontrei os olhos de Justin acima da pequenina luz.

— Bem — disse ele, inclinando-se para minha orelha —, faça um pedido.

— Um pedido? — repeti, fitando-o nos olhos. — O que peço?

— O que quiser — instruiu, aninhando o rosto perto de meu pescoço. Meu corpo reagiu ficando todo arrepiado. — Qualquer desejo para seu aniversário.

Fechei os olhos, soprei a vela e fiz um pedido.

Desejo primeiro proteção. Para todos nós — Vicken, Rhode, Justin e eu. E para Wickham. Mas meu coração quer que essa dor vá embora. Quero que alguém me diga que estou bem. Que quem sou e o que fiz estão perdoados.

Quando abri os olhos, sentindo o pedido rodar em minha mente, a expressão alegre de Justin brilhou atrás da vela. Ele realmente tinha organizado a festa só para mim.

— Feliz aniversário — desejou. Pegou minha mão, correndo os dedos pela pele.

Alguém me entregou um copo. Tomei um gole, e o espesso e azedinho licor de pêssego deslizou por minha garganta. Ainda segurando minha mão, Justin me guiou até a lateral de seu carro. Tinha montado uma barraca ao lado dele. Pegou minha bebida e a colocou no chão, depois envolveu meu rosto. Com a cabeça pulsando e pensando em Rhode e nos brincos, eu não sabia bem o que fazer. Se Vicken estivesse percorrendo o perímetro, poderia nos ver.

— Sei que você ama Rhode. Você amou o cara por seiscentos anos — argumentou Justin. O calor de seu corpo me esquentava. — Não tenho como competir com isso.

209

— O quê? — Eu mal sussurrava. As palavras dele eram tão verdadeiras que tiravam meu fôlego.

No escuro, sua expressão era feroz. Ele inclinou-se para a frente e murmurou no meu ouvido, em um rosnado baixo:

— Mas ele não tem ideia de quem você é como pessoa. Não do jeito que eu tenho.

— Justin... — falei, a surpresa passando por mim, das costas aos dedos dos pés.

— Não — interrompeu ele, e colocou a mão em minha nuca. — Quero ser a pessoa que vai te mostrar como é sobreviver a um ritual, Lenah. O que significa viver. Ele não te conhece como eu. — Sua sinceridade me atravessava. Ele era franco, e eu podia sentir isso em seu olhar. — Me deixe entrar na sua vida, Lenah — pediu, e a intensidade estava na pressa das palavras e na tensão da mandíbula. — Me deixe entrar.

Puxou meu rosto para perto do dele e se inclinou para um beijo. Soltou um grunhido, como se estivesse com fome. Meus ombros relaxaram. Soltei a pressão que sentia no peito. Pois queria toque, queria calor, queria o que não podia ter quando era vampira. Ele se afastou, e nós dois tomamos fôlego. Uau!... Amei mesmo esse beijo. Quando recuou, vi a runa de prata na garganta.

Tinha de tentar entender as coisas. Entender você.

Revivi aquele momento no quarto de Justin, que tinha delicadamente feito a assepsia da ferida em minha clavícula. Toquei de leve o pingente com as pontas dos dedos.

Ele me envolveu com um braço, me puxando para perto. Podia sentir a paixão emanando dele.

— Preciso de você — disse Justin. Os olhos eram intensos, e ele não se movia. — Então o que quer que tenha feito naquele ritual, não me importa. Quero...

210

Claudia surgiu pela lateral da barraca. Não estava sozinha, percebi. Tracy vinha logo atrás, parecendo irritada. Como se tivesse sido forçada a estar ali.

— Poxa, Justin, você não pode ficar com Lenah só para você hoje. — Puxou minha mão, e já estávamos de volta à festa ao redor da fogueira. Pelo restante da noite dancei, bebi Schnapps de pêssego e me derreti no calor do abraço de Justin.

Ele ficou de braços dados comigo, desfilando pela festa como se fôssemos um casal da realeza. Eu não temia a floresta. Não temia vampiros. A presença de tantos outros alunos de Wickham ajudava a garantir minha segurança. Estavam sofrendo pelas mortes de Tony e Kate e da Srta. Tate, e tentavam esquecer a violência. Me deliciava com a humanidade de tudo. Deixei Justin se apossar de mim. Quando nos tocávamos, pele na pele, sabia que versão de Lenah Beaudonte eu deveria ser. Podia sorrir. Podia ser humana.

Não havia cheiro estranho de maçãs. Não era uma vampira insana que não podia ser perdoada. Já havia recebido meu perdão. Era apenas uma menina de 17 anos comemorando o aniversário. Recostamo-nos em um grande carvalho e assistimos a uma pequena roda se formando. Claudia dançava no meio, balançando o corpo e rindo com algumas garotas do terceiro ano. Tracy estava de fora, observando. Não sorria, ao menos não como os demais. Seu sorriso era apenas uma curvinha preguiçosa do canto esquerdo da boca.

À medida que a noite seguia, o gesto de Rhode ao me presentear com os brincos foi ficando mais fácil de esquecer. Estavam no fundo do bolso, onde eu não precisava tocá-los. Podia ocupar meus dedos com a pele de Justin em vez disso.

Hora após hora.

Gole após gole.

Não importava nem um pouco... Importava? Tão fácil esquecer em uma noite quente com os amigos. Com Justin e seu toque gentil. Ele sussurrava palavras ao pé de meu ouvido.

— Senti tanto sua falta.

— Não volte para o campus.

Palavras assim levaram...

Aos braços de Justin me envolvendo.

Um saco de dormir...

Dentro de uma barraca...

Na escuridão de meus olhos fechados, havia hortênsias azuis cujas pétalas eram os símbolos do amor e esperança. Amor e esperança. Amor e esperança.

— Eu te amo — disse uma voz grave. Como na sala de áudio, não tinha sotaque inglês. Justin sussurrou meu nome uma e outra vez... até adormecermos.

Capítulo 16

Minha cabeça estava cheia de areia. Que sensação estranha. Sabia que os grãos estavam no travesseiro. Abri um olho, bem espremido... Claridade demais. Isso dói! Era uma luz demoníaca para causar tanta dor? Ouvi dizer que o inferno de demônios seria tão claro que cegaria uma criatura comum.

Pássaros não piam em infernos.

Preferiria ter continuado a dormir; estava quentinho. Era minha cama? Inspirei profundamente: as cinzas amadeiradas de uma fogueira. Ah, é. Estava no camping de Lovers Bay. Atrevi-me a olhar para fora.

O sol brilhava através de um teto de vinil azul, tornando o saco de dormir em que eu estava muito quente.

Estava na barraca de Justin.

Ele dormia ao meu lado, de barriga para cima, o rosto virado para mim. Olhei para o biquinho em sua boca, o nariz fino. A barba estava por fazer na região do queixo. Aprumou-se no sono, colocando os braços sobre a cabeça.

— Lenah... — grunhiu.

Os acontecimentos da noite voltaram à memória, como uma pancada.

Ah, Lenah, sua tola. Pior que tola. Garota idiota. Garota idiota e tola. Tinha de arranjar um meio de sair da barraca sem acordá-lo. Ah, não... e se Rhode tivesse me visto com Justin? E se não tivesse saído da floresta? Com certeza tinha ficado me vigiando, com aqueles vampiros à solta.

Fique calma, Lenah. Levante devagar. Onde está sua blusa?

O peso do sangue fazia minha cabeça latejar enquanto eu tentava me levantar. *Devagar*, pensei, deslizando para fora do saco de dormir. Peguei as roupas que estavam jogadas ao lado do saco. Uma onda de náusea me arrebatou. Não porque me arrependia de ter passado a noite na barraca de Justin.

Porque uma parte de mim não se arrependia.

Observei-o dormindo por um instante. O colar com a runa de prata ao redor do pescoço brilhava na luz da manhã.

Não sei, ele dissera a respeito do pingente. *Tinha de tentar entender as coisas. Entender você.*

Tinha procurado aquela runa do conhecimento a fim de compreender tanto a mim quanto ao poder sobrenatural. O que acontecera na noite passada, porém, não era sobrenatural. Precisava que me tocasse, que me fizesse lembrar como era ser mortal. Saber que até eu podia ser perdoada. Perdoada por Justin, que tinha ficado tão zangado comigo. Que encontrara uma maneira de me deixar entrar.

Saí da barraca tão silenciosamente quanto era possível. Dei uma espiada ao redor, mas um grande arbusto me escondia do restante do camping. Rapidamente vesti minhas roupas.

Estávamos dentro da mata, mas conseguia ver a SUV de Justin estacionada perto dos restos da fogueira. Pequenas barracas em silêncio salpicavam a área em um círculo, e havia sacos de marshmallow e copos plásticos espalhados no chão, por todos os cantos.

Precisava voltar ao Internato Wickham, e parecia que teria de fazê-lo sozinha. Teria de encontrar uma forma de explicar aos guardas por que não tinha um acompanhante com quem registrar minha entrada no campus. Sabia que não devia estar andando sozinha, mas não me restava alternativa senão arriscar.

Totalmente vestida, andando na ponta dos pés pela grama barulhenta, segui para a mata, hesitando quando ouvi ruídos na barraca. Justin devia estar acordando.

Disparei para a trilha que saía do camping, analisando minhas opções. Não me atrevia a andar pelo acampamento, onde Claudia e Tracy dormiam. Dei alguns passos em direção à saída, mas parei.

Uma figura de preto saiu da floresta e se postou à minha frente. Meu coração parou. Inspirei. E outra vez. Tinha cabelos escuros e porte alto, mas estava escondido pelas sombras de uma grande árvore, e eu não podia ver mais que isso. A luz da manhã tocava apenas as copas. Ele deu outro passo, e minha garganta fechou. Um vampiro? Eu poderia correr para dentro da mata, talvez despistá-lo. Poderia fazer uma baderna no camping, acordar todos.

Espere.

Este vampiro fumava um cigarro.

Vicken.

Coloquei as mãos nos bolsos quando finalmente cruzei o acampamento e cheguei à Main Street.

— Você é monstruosamente idiota. Sabia disso? — disse Vicken. — Não preciso de minha percepção extrassensorial.

Aquela tal de Claudia me disse para não te atrapalhar. Dormi encostado numa árvore só para fugir dela.

— Vicken... — falei. Meu tom era de desculpas; ao caminharmos de volta ao colégio, nossos passos se igualaram.

No calor do bolso dos jeans, os brincos de minha mãe, no pequeno saco preto, tocavam a ponta de meus dedos. A dor de cabeça de Schnapps de pêssego minguava à medida que eu andava. O nascer do sol beijava os edifícios na Main Street.

— Era para eu te proteger — disse Vicken em voz baixa.

— Me poupe — falei, quando uma pontada de culpa se espalhou da boca do estômago até meu rosto. Seguimos caminho, cada vez mais rápido, naquela luz das primeiras horas da manhã. Subindo a rua, passando as lojas e o mercado até alcançarmos os portões do internato.

— Nomes? — perguntou o segurança.

Vicken e eu mostramos nossas carteirinhas, e o portão para pedestres se abriu.

— Vicken — comecei, enquanto entrávamos no colégio outra vez —, você tem de me prometer que não vai contar nada a Rhode.

— Prometer a você? Ele estava fazendo a ronda também!

Não sabia o que isso queria dizer, então mordi o canto interno da bochecha. A expressão sombria de meu amigo se atenuou.

— Por que você fez isso? — indagou.

Não respondi.

— Deixe para lá, vamos subir logo. Estou louco para tomar um café — disse.

Passamos pelo guarda em meu alojamento e subimos as escadas. Estávamos quase no meu andar quando...

Maçãs outra vez, vindo dos degraus em um fedor nauseante. Maçãs apodrecendo. Fermentando em um engradado de madeira quebrado. Podia vê-las em minha mente. Uma imagem de meu passado: as frutas expostas tempo demais ao sol, marrons e murchas.

— Não! — gritei, batendo no papel de parede de tema náutico do corredor.

Rhode está no centro do quarto. Ergue a espada do chão. Vejo seu peito — respira depressa. Acerta a lâmina no telescópio, fazendo os pedaços de metal escuro voarem pelo ar. Golpeia a lâmpada, e cacos de vidro são lançados em todas as direções. Sua ira...

— Não! — gritei, e caí de joelhos. Atrás de mim, algumas portas se abriram com ruídos metálicos.

— Tudo bem aí em cima? — perguntou alguém.

— Está tudo bem! Tudo bem! — respondeu Vicken, e abri os olhos, tentando me concentrar nele. Seus cabelos revoltos entravam e saíam da visão que eu tinha de Rhode destruindo o quarto.

Reprimi um grito de terror. A raiva de Rhode pulsava em mim em uma série de batimentos cardíacos. Tentei recordar as imagens, fechar os olhos e vê-lo. Sua ira viajava por mim à medida que pequenas centelhas explodiam em meu corpo.

Ele sabia que eu tinha estado com Justin naquela barraca.

— O que você viu? — perguntou Vicken, e só então percebi que segurava minha mão. — Foi outra visão de Rhode, não foi?

— Ele está com raiva — comentei. — Com certeza me viu ontem.

Vicken me puxou. Senti o cheiro de madeira de pinho, em suas roupas, e tabaco, na pele e no hálito. Nada de maçãs... felizmente.

De alguma forma, parecia impossivelmente difícil subir os últimos lances de escada. Consegui, porém. Quando entrasse no apartamento, só queria fechar a porta, ir para o quarto e me enfiar sob as cobertas.

Você me perdoa? Eu tinha perguntado a Justin. Ele dissera que sim. Mas naquele instante compreendi que tinha feito a pergunta à pessoa errada.

Quando Justin tocou minhas lágrimas salgadas, torci para que não percebesse que eu chorava porque desejava que ele fosse Rhode. Não devia ter ficado feliz por estar tocando alguém que se importava tanto comigo? Em êxtase, como no ano anterior, quando estávamos juntos e eu me sentia explodindo de alegria e felicidade por ser amada?

— Se você continuar aí sem me contar o que está acontecendo, vou te trancar até que abra a boca — ameaçou Vicken.

— Só estou pensando na noite de ontem — respondi, e estendi a mão para a maçaneta. Meus dedos envolveram o metal.

Uma dor lancinante se irradiou por meu corpo de cima a baixo. Senti o estômago se dobrar em um nó tão apertado que me curvei. Os joelhos bateram no carpete barato, e o tecido áspero arranhou a pele sob os jeans. Coloquei a mão no chão, saliva escapando da boca.

O feitiço de barreira... tinha funcionado!

— Você conseguia beber litros de sangue. Era a poderosa rainha dos vampiros. Isso é ridículo — disse Vicken.

Estendeu o braço para abrir a porta.

— Não! Não! — exclamei, e ergui a mão para impedi-lo. Parecia um peso morto, e a deixei cair de novo no piso. — O feitiço de barreira se inflamou — expliquei. A náusea era uma reação mortal à magia poderosa.

Aquilo queria dizer que um vampiro tentara entrar em meu quarto. Se tivesse sido Odette, ela seria uma pilha de cinzas no chão. O encanto mataria qualquer intruso sobrenatural instantaneamente.

Vicken se agachou e olhou para a porta, os olhos esbugalhados de choque. — Acho que ela sacou que o ritual era falso.

A magia do feitiço de barreira pressupunha que todas as ervas espalhadas tinham se incendiado, fazendo a energia dispersar-se pelo cômodo. Estendi uma das mãos e hesitei diante da porta. Tinha de verificar se estava quente ou fria. Se estivesse quente, o feitiço tinha sido recente; frio significaria que tinha ocorrido horas mais cedo.

Quase simultaneamente, Vicken e eu colocamos as palmas contra a porta. Os nós de seus dedos ficaram esbranquiçados, e ele deixou a mão pender, batendo na coxa.

— Quente — disse ele, e o tom era grave. — Devem ter acabado de tentar.

As pontas de meus dedos latejavam quando deixei a mão cair. A energia do encanto mandava choques de eletricidade até meus braços. Vicken abria e fechava a mão. Escorei-me nele para me levantar. Ele também se levantou. Hesitei, segurando a chave diante da porta. Então a coloquei na fechadura, girei, e a tranca fez um clique.

— *Hunc locum bonis ominibus prosequi* — falei. "Abençoado seja este espaço" em latim. Minhas mãos ainda formigavam como se estivessem dormentes. Também as fechava e apertava para reanimá-las.

— Vamos — chamou Vicken. A porta se abriu devagar. Ficamos ali um instante, esperando. Um ruído branco estranho ecoou, como se centenas de pessoas gritassem ao fim de um longo túnel. Eram as reverberações dos gritos do vampiro.

Pequenos grãos de poeira cinzenta flutuavam no círculo onde as ervas estavam originalmente.

No centro do cômodo jazia um montinho de cinzas sujo de fuligem.

Caminhei na direção dele, mas algo chamou minha atenção. A porta da varanda estava aberta. Alguém movia-se lá fora. Levei um momento para reconhecê-la. Odette estava caída de lado, e os cachos louros cobriam seu rosto. Parecia estar com dificuldades para se levantar.

Pulei por cima da pilha de cinzas para chegar à porta, mas a vampira já se punha de pé. Vicken se colocou à minha frente e empurrou Odette, fazendo com que caísse novamente. O braço estava coberto de sangue, os dedos, em carne viva, as unhas quebradas. Perfeito. Estava ferida. Talvez pudéssemos vencê-la enquanto sua guarda estava baixa. Vicken abaixou-se para pegar o punhal na bota, mas Odette deitou-se de costas e o chutou longe.

Por que tinha de ser naquele momento, entre todos os possíveis, que Rhode escolhera para levar a espada?

Odette correu para o beiral da varanda.

— Vá! — gritei, e empurrei Vicken em sua direção.

Mas ela era rápida demais. Assim como sua força, a agilidade também superava a de um vampiro comum. Cheguei ao peitoril de pedra, estendi a mão e tentei agarrar a perna de sua calça, mas o tecido roçou meus dedos enquanto ela se lançava no ar.

Odette aterrissou no telhado do prédio ao lado do meu. Esperava que pousasse de maneira felina, de pé, como a vira fazendo todas as vezes. Ela cambaleou, porém, girando os braços para se equilibrar, até cair de joelhos.

Vicken levantou a perna para subir no peitoril. Ia pular!

Como mortal, não tinha jeito de fazer aquilo sem se machucar seriamente. Agarrei seu braço, puxando-o de volta para a varanda. Caímos juntos no piso de azulejos.

— Não — falei, sem fôlego. Nossos olhos se encontraram. — Não vou te perder de novo.

Ele sustentou o olhar por um instante, e o desejo de luta em seus olhos se abrandou. Suspirou e me levantou. Ficamos juntos ali na beirada por algum tempo.

— Vamos descer — falei, puxando Vicken pela manga da camiseta. Queria encontrar Odette no chão. Dois contra um; talvez tivéssemos alguma chance. Se ela não fugisse antes.

— Espere... — disse Vicken, sombrio.

Odette fez força nos braços para se levantar do telhado, mas eles cederam, e os cotovelos bateram no chão.

— O quê...? — exclamou ele. — Olhe!

Ela tentou novamente, e desta vez ficou de pé. Foi para a beirada do prédio e levantou os braços acima da cabeça. Agarrei o antebraço de Vicken, ansiosa, enquanto Odette pulava do telhado e corria para dentro da escuridão.

— Uau! Como diabos ela fez aquilo? — indagou ele.

— E os braços — murmurei. — Ela se curou instantaneamente. Você viu quando ela os levantou acima da cabeça? Não estavam mais sangrando.

— Estou mais preocupado que ela consiga entrar no campus — respondeu Vicken. — E antes de outubro. A proteção do ritual acabou.

As cinzas do vampiro que não conseguira sair de meu apartamento estavam amontoadas logo no centro do cômodo.

Quanto à Odette, porém, as feridas em carne viva e sangrentas haviam sido curadas em questão de minutos. Não conheci vampiro algum que pudesse se curar com tamanha rapidez. Entretanto, pensando bem, tudo que sabia a respeito de vampiros estava sendo posto à prova por ela.

Entramos de volta no apartamento, e Vicken debruçou-se sobre as cinzas do vampiro morto. Agachou-se e tirou um pesado relógio de prata do centro do monte. Balançava na ponta de seu dedo.

— Um relógio de homem — comentou. — Odette é implacável — continuou. — Sacrificou um membro do coven. Sabia que você ia criar uma barreira.

Examinando as ervas chamuscadas ao redor, pude sentir que a energia no cômodo havia mudado. Qualquer criatura sobrenatural que entrasse saberia que aquela barreira tinha me protegido. Por isso ela se ferira. O primeiro vampiro foi provavelmente incinerado ao entrar no lugar. Apenas os dedos e o braço de Odette tinham passado antes de ela se dar conta do que acontecia.

De qualquer forma, aquele agora era meu lugar, inviolável e sagrado. Exatamente como Rhode sempre dissera... a energia deixa uma marca indelével. Com o cheiro da fogueira nos cabelos e as imagens pulsantes de Rhode destruindo seu quarto, sabia o que tinha de fazer. Precisávamos de ajuda. De proteção. Não podia mais deixar Odette e seus capangas nos subjugarem.

Virei de costas para a porta.

— Vou fazer um feitiço de invocação — informei a Vicken. — Não vou esperar e deixar que ela me controle.

— Ah, é mesmo? — respondeu ele, em um tom cheio de sarcasmo.

— Apesar do que você possa achar, Rhode está perdendo a cabeça, e preciso ajudar. Ainda mais agora que ela pode entrar no colégio.

— Você quer que eu faça uma mesura, ou será que um "ok" basta? — Ergueu uma sobrancelha e encostou o ombro na parede.

— Vamos chamar Suleen, e vai ser ao nascer do sol.

Vicken não respondeu, mas continuou a me fitar com a mesma expressão convencida: sobrancelha levantada, cigarro apagado pendendo da boca.

— Você não vai discutir comigo? — indaguei, incrédula.

— Não vou ganhar a discussão, vou? Você fez o feitiço de barreira. Não achei que ia dar certo, e deu.

— Vamos tentar ao nascer do sol. Quando a lua e o sol dividirem o mesmo céu. É a hora mais espiritual do dia.

— Devia passar a te chamar de senhora?

— Pare com isso.

— O que acha de mestra? Ou deusa?

— Ela perdeu um membro do coven; são só quatro agora — lembrei. — E sabemos que tem poderes de cura rápida. Pelo menos temos essas informações.

— Não é só isso que a gente sabe, amor — acrescentou ele, e acendeu o cigarro. Inspirou fundo e, ao expirar, disse:

— Tem uma coisa da maior importância que descobrimos hoje.

— O quê?

— Ela caiu quando pulou para o telhado. Fica fraca quando perde sangue.

Se Odette se enfraquecia quando sangrava, então teríamos de sangrá-la quando lutássemos com ela, para perfurar seu coração até fim. Seria a única forma de matá-la. Enquanto isso, precisávamos de ajuda.

Não perdemos tempo. Antes do amanhecer do dia seguinte, eu descansava a cabeça no banco do carona de meu pequeno carro azul, com os olhos fechados, cabelos batendo para a frente e para trás ao vento. Se não fosse pelo som do motor, poderíamos estar em uma carruagem rápida; mas não era o caso. Vicken dirigia, e, com uma curva brusca e outra aceleração, fui jogada contra a porta. Segurei no assento e abri os olhos. Quando estacionamos na praia de Lovers Bay, a lua pairava acima do porto, criando linhas ondeantes de luz de um azul acinzentado. Logo o sol despontaria. Podia senti-lo no coração, nos ossos. Talvez, como um sexto sentido, eu fosse ter sempre a capacidade de perceber o sol e seu poder. Seu perigo.

Ficamos sentados no silêncio do lugar e olhamos para a água.

— Ela está tirando aquela força toda de algum lugar — falei, fitando o mar. — Um feitiço ou coisa assim. É o único jeito de sua pele se regenerar tão rápido.

— Vamos parar de nos preocupar com isso — disse Vicken. — Se concentre na magia.

— A gente precisa de uma representação de todos os quatro elementos. — Ao dizê-lo, os Aeris vieram à minha cabeça. Especialmente o Fogo e seu cabelo crepitante.

Estendi a mão para o banco traseiro a fim de pegar os itens e o livro de encantamentos, que estavam na minha bolsa de feitiços especial. Saímos do automóvel, e, quando pisei na pequena praia, minhas botas afundaram na areia fofa. Estrelas brilhavam acima de nós na luz difusa. Aquela hora da manhã era chamada de *o Limiar*. Vampiros a consideram sagrada. Um momento de realizar magia, quando o mundo está incerto de si mesmo; já não é mais noite, nem bem manhã...

Sondei a área imediatamente à frente do estacionamento.

— Vamos descer ali, fora de vista — avisei, querendo estar distante de qualquer olho humano. — A gente vai precisar daquela madeira. Podemos empilhar tudo na costa. — Apontei para três árvores. Em sua base estavam amontoados alguns pedaços de troncos velhos, desgastados pelas estações.

— Você é bem mandona para alguém que muito provavelmente vai matar nós dois com esse feitiço — resmungou Vicken.

Enquanto eu seguia para o litoral a fim de reunir os demais elementos de que precisávamos, Vicken pegou parte das toras. Fiquei na beira d'água e fitei as pequenas ondulações rebentarem na areia cheia de pedrinhas. O encantamento agiria como um farol — um chamado. Um vampiro poderoso como Suleen, se não quisesse ser contatado, poderia evitá-lo. Se este não era um momento de necessidade, porém, então não sabia mais o que era. Procurei dentro do calor da bolsa de feitiços e retirei dali uma pequena garrafa vazia. Busquei um pouco da água da baía e voltei para onde Vicken estava, parado perto da pilha de madeira.

Jasmim era crucial para o sucesso do feitiço de invocação. Da bolsa peguei também uma diminuta caixa de âmbar, um pouco de jasmim e fósforos, em seguida entreguei a garrafinha de água a Vicken. Quando seus dedos tocaram os meus, sorri ligeiramente, olhando meu velho amigo. Nosso amor, entre mim e Vicken, seja lá o que tinha sido 160 anos antes, estava acabado, substituído pelo amor da amizade.

— Vamos fazer isso logo, antes que Odette resolva dar as caras — disse ele com um suspiro. — Estou aqui todo me coçando. Odeio esse suspense... É uma coisa totalmente humana.

— Você devia começar o feitiço. Foi o último a estar conectado com o mundo sobrenatural — sugeri. Queria dizer que tinha sido o último a ser transformado em mortal pelo ritual.

Puxei da bolsa o livro de encantamentos de capa de couro. As botas afundaram mais na areia quando dei um passo à frente e o entreguei a Vicken. O título dourado, *Incantato*, brilhava à medida que o sol da manhã subia na linha do horizonte. Ele abriu o livro na página marcada com uma pequena fita vermelha, olhou do feitiço para mim e perguntou:

— Pronta?

Desenhe uma porta na areia... Disse a voz de minha memória. Tinha quase esquecido. Uma vez, havia muito tempo, Rhode me disse que tinha realizado um feitiço de invocação. Examinei a pilha de madeira e a área ao redor dela. Quando dei um passo para trás, coloquei um dedo na areia fria e fiz o contorno distinto de uma porta ao redor das toras. Encontrei o olhar de Vicken para me certificar e disse que era o que Rhode tinha me instruído a fazer todos aqueles anos antes.

— Desde que existem portas, existem feitiços de invocação. Entradas, passagens — falei, me afastando do desenho.

— Então chamamos Suleen, e ele nos ajuda com esses vampiros? — perguntou Vicken.

E com Rhode.

— É esse o plano — falei, e acendi um fósforo que brilhou entre meus dedos. Joguei-o, e ele fez um arco no ar até chegar à pilha de lenha. Inflamada pela chama e pelos ingredientes sobrenaturais, a madeira sibilou, e fumaça subiu aos céus. Abri a caixinha de âmbar e peguei uma pitada da resina entre o polegar e o indicador, salpicando-a acima do fogo. Chamas alaranjadas diminutas tremularam e crepitaram.

— Comece — ordenei gentilmente.

Vicken olhou para o livro.

Em latim, declamou: *Eu te invoco, Suleen. Eu te convoco a aparecer diante de mim neste local sagrado.*

Curvei-me, peguei a garrafa e abri a tampa. Verti a água salgada, fazendo o fogo chiar e crepitar. A água escorria de minhas mãos, caindo em pequeninas pérolas sobre as labaredas. Houve um ruído antinatural, e o fogo aumentou. Recuei, surpresa.

— Uau! — exclamei. — Isso foi poderoso.

Era para o fogo subir no ar dessa forma?

Fiquei de joelhos e, com o braço totalmente estendido, peguei um punhado de areia. Salpiquei os grãos sobre a fogueira.

Vicken não precisava me passar o livro. Lembrava-me do feitiço.

— Dou-lhe a terra e a água. Eu te invoco, Suleen.

— Lenah... — Vicken começou a dizer em tom de advertência. Também notara as chamas crescentes. Ignorei, mantendo minhas energias e intenções constantes.

— Eu te convoco, Suleen, a vir até nós em um momento de necessidade. — Lancei as flores de jasmim para o fogo laranja. O contorno da porta que desenhara na areia brilhou com um tom azul vivo como o do céu da manhã. Será que estava funcionando? Eu precisava ajudar Rhode. Precisava fazê-lo parar de quebrar espelhos e realizar rituais da Ordem da Jarreteira na sepultura de meu melhor amigo. Queria que parasse de sofrer ao me ver com Justin. Senti a urgência da necessidade... Alguém tinha de nos ajudar.

— Eu te convoco! — gritei. — Eu te invoco, Suleen!

Uma explosão de chamas cor de laranja!

A madeira estourou com uma onda de energia, como se fosse um inferno. Jogou-me pelo ar, e caí de costas, aterrissando na areia. Foi então que...

Meu braço.

Labaredas quentes subiam pelo meu cotovelo.

— Droga — praguejou Vicken, e jogou punhados de areia nas línguas de fogo.

Rolei de costas e sentei quando foram apagadas. Balançava para a frente e para trás. Só então percebi que meu pulso estava severamente queimado e que eu gritava. Não ouvia meu próprio terror.

Inspirei fundo. Aquelas chamas surgiram do nada. Não deviam ter subido àquela altura. Vicken pegou o livro de encantamentos, depois me arrastou pela ladeira em direção ao carro rapidamente, embora meus pés não parassem de escorregar pela areia. Olhei para trás, para a porta que desenhara na areia e para a madeira que já apenas soltava fumaça.

A porta. A porta tinha desaparecido.

— O que aconteceu? — Fiz uma careta quando o braço latejou. — Deu errado? — Gemi de dor. Vicken abriu a porta do carona e deslizei para o banco.

Logo estávamos na estrada, e os quebra-molas faziam meu estômago revirar.

— Onde fica o hospital? — gritou Vicken, pânico crescendo na voz.

— Enfermaria. Vá para a enfermaria de Wickham. Preciso ficar perto do meu apartamento. O feitiço da barreira! — exclamei, sem me atrever a tocar o antebraço. — Se chamamos alguém com aquele feitiço, precisamos estar em algum lugar seguro.

Minha pele ardia; queria mergulhá-la em gelo. Encostei a testa no vidro, rezando para que ajudasse a esfriar a dor. Seguimos viagem, mas Vicken dirigia depressa e sempre que fazia uma curva, meu braço latejava.

— Melhor não olhar, amor — aconselhou. — Ele não está no auge da boa forma.

Fizemos outra curva, e meu ombro bateu no vidro, fazendo a dor viajar pelo braço.

— Que grande ideia a sua! — gritou Vicken. — Chamar Suleen. Usar magia elemental para fazer isso, ainda por cima. Quem foi que mandou você não se meter? O Fogo, o elemento personificado, te disse para não se meter. Mas, não! Lenah Beaudonte não ouve as porcarias dos Aeris!

— Você pode, por favor, guardar suas críticas para você? — sibilei, segurando as mãos juntas com ainda mais força para dar apoio ao pulso queimado. Não devia ter olhado, mas olhei mesmo assim, e meu estômago se embrulhou. A pele tinha criado bolhas; era uma bagunça empolada em carne viva. No instante em que achei que não conseguiria mais suportar a movimentação, passamos pelos portões do internato cujos seguranças acenaram para nós após terem nos reconhecido. O colégio estava agitado para uma manhã de sábado. Mesmo com os alunos dos dias de semana fora, dúzias de pessoas estavam no campus, estudando ou relaxando. Estacionamos com direito a pneus cantando. Vicken correu para meu lado, abriu a porta, e a pressão de seu braço ao redor de meu ombro me deu algum alento quando ele me ajudou a ficar de pé. Vozes. Dor no braço... Tantas vozes.

— Lenah!

— Está tudo bem?

— Alguém vá chamar Justin!

Com movimentos confusos, Vicken e eu chegamos à porta da enfermaria. Tinha certeza de que minhas pernas iam parar de responder. Queria gritar, chorar. Odiava a dor. Esta era tão intensa, que tinha certeza de que meu braço ficaria marcado pela cicatriz pelo resto da vida.

Vicken abriu a porta com violência. Entramos atabalhoadamente, ainda que eu mal conseguisse ficar de pé. Uma enfermeira se levantou de seu lugar atrás do balcão; gritou pela médica. Apoiei-me em Vicken, segurando o braço. Não podia evitar; lágrimas marejavam meus olhos. A queimadura no braço e as ondas de dor me dominaram. Finalmente entendi o alívio que os humanos sentiam ao ver um médico: uma mulher de jaleco branco entrou correndo na sala de espera e veio em minha direção.

Caí em seus braços e vomitei no chão.

Capítulo 17

— Como você conseguiu fazer isso? — indagou a enfermeira Warner coisa de uma hora depois. Meu braço estava envolvido por gaze branca do pulso até quase o cotovelo.

— Estava cozinhando em uma fogueira — respondi. Uma mentira deslavada, porém necessária.

Por que o feitiço falhou?, perguntei-me outra vez.

— Bem, você teve muita sorte, mocinha — observou a enfermeira. — Uma chama aberta pode causar queimaduras de terceiro grau. A sua é uma de segundo grau bem feia. De agora em diante, coma no refeitório.

— Veja por esse lado... — disse Vicken, enquanto se encostava na parede no extremo oposto de minha cama. Ele não me deixara sozinha em momento algum. — Agora você é parte do clube. — Apontou para o olho, que já estava quase bom, a pele apenas fracamente tingida de amarelo. O rosto surrado de Rhode tremeluziu em minha mente.

— Lenah? — A voz de Justin me alcançou da lateral. Ele irrompeu quarto adentro e veio para o lado da cama.

— O que diabos aconteceu? — perguntou. — Você saiu de manhã antes que eu pudesse... — Ele foi interrompido pela enfermeira.

— Só alguns minutos, Justin... — avisou ela, levantando a sobrancelha. — Não dá para isso aqui virar um zoológico.

— Sim, senhora — respondeu Justin. Ele pegou minha mão boa e beijou meus dedos.

— Isso está me enjoando — disse Vicken, revirando os olhos.

Justin lançou um olhar assassino ao garoto um pouco antes de a enfermeira sair. — Já volto com alguns analgésicos, Lenah — disse.

Quando ela saiu, Justin perguntou:

— Foi Odette?

Vicken franziu o cenho, mas não disse coisa alguma.

— Não. Vicken e eu tentamos fazer um feitiço de invocação — esclareci.

— Invocação?

— Para chamar Suleen — expliquei.

— Acho que não deu muito certo, então? — indagou.

— É, acho que não, amigo — disse Vicken, se afastando da parede. Saí da cama, e, quando meus pés tocaram o chão, Vicken segurou a mão de meu braço queimado, enquanto Justin pegava o outro braço. Suspirei, querendo apenas ficar deitada. A enfermeira Warner voltou, examinando o rótulo do frasco marrom que tinha entre os dedos.

— Vicken, você devia levar Lenah de volta ao quarto dela — aconselhou a mulher, e olhou para cima. Seus olhos se alternaram entre os dois meninos. — Ou Justin. Vocês resolvam.

— Justin precisa voltar correndo para o treino de lacrosse — disse Vicken com um sorrisinho.

— Pare com isso — sibilei.

Ela entregou o frasco a Vicken.

— As instruções estão no rótulo, Lenah. Sugiro que as siga.

— E se eu levar o jantar para você hoje lá no apartamento? — perguntou Justin, soltando meu braço, enquanto Vicken me levava até a porta.

— Ótimo — falei. — Parece perfeito.

Ao sairmos os três do quartinho, eu não parava de olhar para a porta da enfermaria, esperando que Rhode passasse por ela.

Não, Lenah. É assim que tem de ser. Justin está aqui para te dar apoio. Não Rhode.

— Você precisa deixar isso coberto pelos próximos dias, sem mexer nas casquinhas que podem aparecer. Volte na sexta, e vamos tirar o curativo para ver como vai estar a queimadura — explicou a enfermeira, nos acompanhando até a saída.

— Eu trago Lenah — garantiu Justin, encarando Vicken.

Fui obrigada a tomar um analgésico antes de sair. Avisaram que me deixaria sonolenta. Justin me deu um beijo antes de Vicken me levar pela via que seguia até o Seeker.

Dormir vai ser bom, pensei, enquanto ele cacarejava sem parar a respeito de como desprezava Justin.

Dormir, pensei outra vez.

Dormir me impediria de me questionar por que Suleen não tinha vindo nos salvar. Dormir poderia trazer sonhos que explicariam por que o feitiço virou-se contra mim. Por que, depois de tudo, Suleen não viera para salvar Rhode.

— Agora, lembre que na hora do banho você precisa proteger o curativo, cobrindo-o com um saco plástico para não molhar. Você está me ouvindo, por acaso? — perguntou Vicken.

Eu estava deitada no sofá, olhando para o ventilador de teto. Girava e girava. As pás. O que acontecia com elas? O movimento fazia com que desaparecessem dentro do teto.

— Quem pintou o teto? — perguntei, em um torpor.

Vicken olhou para cima e depois para mim. Ergueu uma sobrancelha.

— Por que ele não veio? Por que Suleen não veio quando chamei? — indaguei. — É porque Rhode não me perdoa? Já te contei isso? Ele acha que, depois de todos os meus atos indescritivelmente cruéis, minha alma é negra.

— Ele falou isso? — perguntou Vicken.

— Não, não exatamente. — Minhas pálpebras insistiam em se fechar sobre os olhos, uma e outra vez. Nossa, como eram pesadas.

— Ok... Está na hora de dormir — disse Vicken. — Acho que aqueles remédios estão finalmente fazendo efeito.

— Amo dormir — respondi, sonolenta. — Você acha que vamos morrer? Que aquela Odette vai nos matar?

— Ah, que ótimo — disse ele com um suspiro. Puxou um lençol para me cobrir, prendendo-o sob meu corpo, um gesto familiar. — Vamos discutir isso agora, ou quem sabe não esperamos até você estar boa da cabeça de novo?

— Boa da cabeça?

— Tenho de ir — avisou ele. — Mas volto para ver como você está mais tarde. Não vá tentar mais nenhum feitiço!

Feitiço, pensei enquanto observava o ventilador outra vez. *Feitiços que não funcionam. Feitiços que me machucam.* Lentamente... adormeci.

Estou no centro do ginásio, sozinha. Está decorado com cintilantes estrelas brancas e flocos de neve cobertos de glitter. É familiar. A decoração do lugar é igual à do baile do ano anterior. Olho para baixo e toco a seda de um vestido longo. Estou usando meu vestido da festa! Acima de mim, as luzes no teto piscam nos tons azul e vermelho, sem parar, refletindo no chão. O DJ toca uma música lenta, mas não há ninguém no controle da mesa. O som está alto, vibrando no piso de madeira.

Onde estão todos? Vou dar um passo, mas recuo — o que é isso? Quase pisei em algo. Um colar? Olho para baixo e pego uma faixa de couro. Preso a ela está o pingente de runa de Justin. Olho em volta. Ele não o teria perdido tão facilmente. Não depois de tudo o que havia me contado a respeito dele. Tenho de devolver.

— Justin!? — chamo pelo espaço deserto, gritando e forçando minha voz por cima da música. — Justin! — berro outra vez.

— Sempre amei esse vestido — diz uma voz familiar.

Viro-me para encarar a porta do ginásio.

Tony caminha até mim trajando um smoking, a aparência idêntica à que tinha no baile de inverno. Estava vivo e bem.

— Foram as meninas que escolheram — expliquei, me referindo à roupa. Tony para na minha frente, as mãos nos bolsos. Os alargadores de orelha conhecidos e sorriso radiante são os mesmos dos da última vez em que o vi.

— Justin sumiu. Não o encontro — digo, olhando o ginásio vazio.

— Ele vai aparecer — me assegura Tony calmamente. — Quer dançar comigo?

— Quero. — Sorrio e coloco os braços ao redor dele. Giramos naquele ginásio, meu melhor amigo e eu.

— Daria qualquer coisa para te ver de novo — digo, fitando as belas feições.

— Você vai.

— Quando?

Ele gira comigo outra vez, de modo que meu vestido faz um rodopio. Mas quando volto a encarar Tony, vejo Odette à minha frente; estamos vestidas de forma idêntica. Engulo em seco, recuando para longe dela. Seus cabelos compridos caem lisos sobre os ombros.

Limpa o sangue da boca e diz

— O gosto dele era o melhor.

Na manhã seguinte, enquanto me vestia, notei o cheiro de tabaco no ar. Vicken devia ter vindo durante a noite para ver se eu estava bem.

O gosto dele era o melhor.

As palavras de Odette ressoavam em meus ouvidos quando saí do Seeker e atravessei o campus. Sim, Odette podia estar lá fora em plena luz do sol. Mas eu também podia. Havia pessoas no campus que me amavam, e pessoas que, se fosse preciso, me ajudariam. E, depois daquele sonho, eu tinha de ver o retrato de Tony. Não tinha sentido vontade de fazer isso, mas era hora.

Cruzei o campus, inspirando o ar quente da manhã e tentando esvaziar a cabeça. Alunos chamavam por mim.

— Ei, Lenah... como é que está seu braço?

— Lenah, o que foi que houve?

Tentei afastar a lembrança do sonho que ainda me assombrava sob a luz do sol ofuscante, entre os aglomerados de estudantes. A sensação de formigamento corria em meus braços de cima a baixo, nas pernas e nos dedos dos pés.

Odiava aquelas pílulas brancas que me faziam sentir como se tivesse tomado uma dose de ópio e absinto combinados, algo de que tinha lembrança de meus dias de vampira. Continuei andando, embora fosse difícil não segurar o braço queimado; o coração bombeava sangue, fazendo os dedos latejarem. Apertei os olhos no sol e os protegi com a mão ruim. Continuei, passando o refeitório e o prado apinhando na frente do dormitório Quartz. Por um instante, na noite anterior, meu melhor amigo estivera vivo. Havia sido cruel tê-lo por perto outra vez, para depois ser levado embora pela manhã, mas encontraria alento nele, mesmo em sua morte. Ia a um lugar onde poderia senti-lo próximo e tê-lo junto a mim.

Agora que o Hopper tinha finalmente sido reaberto, os alunos saíam apressados do prédio, carregando cavaletes e grossos portfólios pretos. Olhei para suas mãos, a tinta nos dedos, o carvão sob as unhas. Me faziam lembrar Tony, com o rosto manchado de tinta e o sorriso largo. Estava tão absorta em meus pensamentos que quase topei com Justin.

— Alerta, menina — disse ele, e sorriu de seu jeito preguiçoso e convencido. — Estava indo agora até seu apartamento para ver como você estava. Bati na sua porta duas vezes ontem, mas você não respondeu.

— Ah — falei, enrolando. — Aqueles remédios me derrubaram mesmo. Nem ouvi.

Ele deu um passo em minha direção.

— Fiquei preocupado com você. Primeiro Odette te faz esse corte, depois a Srta. Tate morre, agora esse feitiço de invocação e você se queimando.

A intensidade de seu olhar me fez parar. Uma pausa desconfortável pairou entre nós. E me fez lembrar da noite de meu aniversário.

— Acho que até agora fui bem tranquilo com essa coisa toda — continuou. — Quero te ajudar. No seu aniversário, pensei que a gente estava... Pensei que você estava comigo.

— A gente está — falei. — Quero dizer, estou.

— Que bom — disse, e acariciou meu ombro.

— Olhe, a gente pode se falar depois? Estou subindo para a torre de arte. Se não for agora, não vou nunca mais. Entende? — perguntei.

Justin se empertigou.

— Você vai ver o retrato? — indagou.

Assenti em resposta.

Seus olhos se esbugalharam. Ele levou a mão livre ao pingente no pescoço e o esfregou nervosamente.

— Não posso subir lá — confessou, e tirou a mão de meu ombro. Pude ver a contração nervosa da boca, como se tentasse formular as palavras. Sacudiu a cabeça e franziu o cenho, depois seus olhos encontraram os meus. Sem piscar, ele revelou: — Não estou pronto. Achava que nem era muito amigo de Tony, mas quando ele morreu... E vi o que vi... — A voz se perdeu. Era claro que ainda estava impressionado e marcado por testemunhar o horror do assassinato de Tony. Quando Justin e eu chegamos lá, era tarde demais.

— Entendo, mas preciso fazer isso agora — insisti, enquanto alunos continuavam a passar por nós, saindo da porta. Ele deu alguns passos em direção ao pátio, mas não desviou os olhos de mim.

— Passe no meu quarto depois — convidou. Indo embora, jogou a mochila sobre os ombros.

— Ok — concordei com um pequeno sorriso. — Vou, sim.

Olhei em volta do campus novamente, observando os alunos que aproveitavam o dia bonito. Mas queria estar na torre de arte, mesmo que as pessoas ali dentro estivessem trabalhando. Não precisavam saber o que eu fazia. A porta se fechou com um baque silencioso. Passo após passo, enquanto subia os degraus, inspirei fundo, aliviada. Na verdade me sentia melhor, não pior. Era disto mesmo que eu precisava.

No caminho, passei por alguns alunos que desciam as escadas em direção ao térreo. Tinham de se virar de lado para evitar bater em mim com seus portfólios. Subi mais e mais, e parei à janela pela qual tinha olhado no dia em que cheguei a Wickham. Meus dedos roçaram as pedras conhecidas, e hesitei quando avistei Justin entrando no Edifício Quartz.

Cheguei ao último degrau e entrei pela porta — e lá estava ele. Lá estava eu. Tony quisera pintar o retrato o tempo inteiro em que nos conhecíamos. Era baseado em uma fotografia que ele tirara de mim durante uma viagem de mergulho que fizemos. Olhei para mim mesma feita a tinta: minha imagem de costas, apenas da cintura para cima, a cabeça virada para o lado, de perfil. Os cabelos estavam puxados para o lado para revelar a tatuagem em meu ombro, o lema de meu coven: *Maldito Seja Aquele que Pensa o Mal*.

Não reparei em um primeiro momento, mas parada abaixo da pintura estava Claudia. Ela havia se abaixado para fechar o portfólio e, quando se levantou, olhou para o retrato e depois para mim.

— Ninguém foi capaz de tirar daí. A gente simplesmente fica pendurando os trabalhos ao redor dele.

— Não sabia que você era artista — falei.

Ela prendeu os cabelos em um rabo de cavalo.

— Ah, não sou — esclareceu. — Desenho é minha eletiva.

Juntas, olhamos meu perfil e a curva de meu sorriso.

— É como se estivesse olhando para mim mesma em uma outra era. Uma outra vida.

— Lenah, você tem 17 anos. Não precisa ser tão dramática — respondeu.

— Você está certa — concordei, no instante em que ouvi a batida de uma porta pesada.

— Foi a...? — Claudia começou a perguntar, mas não tinha necessidade. Eu soube de imediato.

A porta da torre de arte era antiquíssima e feita de madeira. Estava sempre aberta. Alguém a fechara. Claudia e eu nos viramos para olhar.

Odette.

Uma onda de horror me inundou, mas foi substituída em seguida por algo mais. Minhas faces queimavam. Senti a raiva explodir dentro do estômago, com a determinação conhecida que me dominava quando era a rainha dos vampiros.

Os cabelos perfeitamente penteados de Odette caíam em cachos delicados. Seus olhos verde-escuros se fixaram nos meus no mesmo instante em que um sorriso largo se desenhava em seu rosto. Como ousava surgir diante de mim? E ainda aqui? Podia quase sentir a rainha dos vampiros dentro de mim, arreganhando as presas.

— Claudia, fique aqui atrás — mandei, e Claudia escondeu-se atrás de minhas costas. Podia sentir sua respiração curta no pescoço.

— Sabe, não tenho mais medo de humanos — disse Odette. — Posso correr mais rápido que qualquer um agora.

— Você devia sentir medo de mim — respondi.

Seus olhos flutuaram até meu retrato.

— Lindo, não é? — Sorriu. — Uma pena pelo menino.

Claudia deixou escapar um pequeno gemido.

— Você achou que eu não ia perceber? — perguntou Odette. Seu tom era rápido e tenso. Falava do ritual.

— Na verdade, achei, sim — falei. — Não te acho lá muito esperta.

Odette parecia uma estátua. Com as pernas ligeiramente afastadas. Estava deslumbrante de calça jeans e blusa vermelha.

— Lenah... — murmurou Claudia. — Quem é essa?

— Shhh! — Sibilei, sem tirar os olhos dos de Odette.

— Você não acha que eu tentei mesmo fazer aquele ridículo feitiço falso, acha? — perguntou a vampira.

— Acho — desafiei. — Acho que tentou, sim. Acho que acreditou que eu era idiota a ponto de te dar o verdadeiro.

Mantenha-se forte, Lenah.

Odette andou a circunferência do cômodo e parou diretamente abaixo do retrato. Segurei o pulso de Claudia, mantendo-a atrás de mim enquanto me virava para vigiar a intrusa. Os dedinhos finos se fecharam nos meus.

Se eu conseguisse fazer Odette sangrar, teríamos tempo de abrir a porta. Tinha apenas que enfraquecê-la e ganhar tempo.

Continue falando.

— Você tentou fazer aquele feitiço dias depois que te dei as instruções, não foi? — sorri, debochada. — Mandou seus lacaios saírem em missões de busca aos itens ridiculamente raros que coloquei naquela lista. Cristal negro da costa africana!

A vampira subiu em uma banqueta perto da parede. Ergueu a mão fechada em garra. Ficou na ponta dos pés, e a mão pairava na frente de minha imagem.

Um som rascante horrível se fez ouvir enquanto Odette passava as unhas afiadas pelo centro do retrato. Sentia como se estivesse me rasgando ao meio, assistindo aos pedaços da tela de Tony caírem como plumas ao chão.

— O que está acontecendo? — gritou Claudia.

Cerrei os dentes.

A intrusa desceu e começou a andar outra vez. Peguei o pulso de minha amiga e nos afastei dela. Andamos em círculo por alguns instantes.

Não havia escolha senão manter distância. Meus dedos roçaram a madeira da porta ao passarmos. Claudia tremia, e seu corpo vibrava contra o meu cada vez que estremecia. Então eu vi. Ali, sob a pintura, havia uma estante com nichos e uma caixa de estiletes. Perfeito! Perfurar seu coração com uma lâmina tão pequena provavelmente não a mataria, mas talvez eu ganhasse tempo assim. E, se conseguíssemos abrir a porta, poderíamos sair dali.

— Claudia — sussurrei —, tente abrir a porta.

Odette parou a perseguição lenta e começou a cruzar o cômodo em marcha rápida. Em um piscar de olhos, já colocava os dedos em volta de meu pescoço e me tirava do chão. Minha cabeça bateu na parede da estante de madeira. As unhas da vampira entraram na carne de minha garganta, e uma dor quente explodiu onde Odette tinha furado a pele.

Minhas mãos procuravam atrás de mim pelos nichos, movimentando-se no ar em busca dos estiletes. Não consegui alcançá-los. Queria abrir a boca, sussurrar para que Claudia os lançasse para mim, mas ela estava parada de costas para a porta, boquiaberta. Levantei os joelhos à altura do peito e dei um chute direto na barriga da vampira. Ela tropeçou para trás e jogou os braços para se manter de pé. Rapidamente recuperou o equilíbrio, mas a expressão de surpresa em seu rosto era uma pequena vitória.

Meus joelhos acertaram o chão quando caí para a frente. Não era nenhuma tola; pedira que Song, o membro de meu coven, me ensinasse táticas de defesa. Odette viria em retaliação, e logo. Quando tentei colocar o peso do corpo no braço para me levantar, caí com a dor da queimadura.

— Sabe o que vai acontecer quando eu conseguir aquele ritual? Terei o coven mais poderoso do mundo — provocou ela, e caminhou devagar pelo cômodo. Não vinha atrás de mim.

Ah, não...

Claudia puxava a maçaneta da porta e soltava gritinhos enquanto fazia força e dava puxões. O rabo de cavalo louro balançava no ar sempre que ela fazia esforço para abrir a porta, mas era inútil.

— Queria pegar você sem Vicken ou Rhode por perto. E peguei, mas não posso te matar! Ironias assim não te deixam louca de raiva? — perguntou, batendo as mãos nas laterais do corpo. — Rhode *nunca* fica sozinho sem uma arma. Mortal idiota. Está sempre andando com outras pessoas ou falando com professores. Mas você... a arrogante Lenah. Escolhe ficar sozinha com uma garota humana.

Odette agarrou Claudia com um puxão de cabelo, da mesma forma como fizera com Kate. Em seguida posicionou-se, envolvendo seu pescoço com o braço direito. O golpe me lembrou o que ela havia tentado fazer com Vicken na lojinha de ervas. Não podia sequestrar Claudia no meio do dia, mas podia matá-la.

— Não...

Me aproximei das duas, mas tinha medo de me mexer e piorar as coisas.

— Lenah... — O queixo de minha amiga tremia. O rosto marcado por lágrimas e olhos confusos me assombraria para sempre. Odette puxou o rabo de cavalo para trás, expondo seu pescoço. — Por favor, não. — A voz de Claudia não passava de um pio.

Por favor, não. Tenho família. Amo minha vida. Não quero morrer. Eu podia dizer aquelas palavras em dúzias de línguas. Foram ditas para mim tantas vezes.

Odette mordeu o pescoço de Claudia. Agarrei as prateleiras dos nichos, e meus dedos finalmente encontraram um punhado de estiletes. Avancei para Odette e mergulhei as lâminas em sua coxa.

Ouvi um som de sucção. A vampira levantou a cabeça. Claudia, quase inconsciente, jazia mole em seus braços. Odette riu maniacamente enquanto um fio de sangue pingava do pescoço de Claudia para sua blusa.

— Você acha que essas faquinhas patéticas vão me machucar?

Levou as mãos até as orelhas de Claudia, encontrou meus olhos e quebrou seu pescoço, jogando-a no chão. O corpo contraiu-se instantaneamente. Braços e pernas atingiram o piso com um baque horrível.

Ficou estirada ali, inerte. Morta.

Os estiletes em minha outra mão caíram, fazendo um barulho insignificante ao se chocarem no chão. Meu estômago parecia oco.

Não. Ela não estava morta. Eu não deixaria aquilo acontecer. Engatinhei até Claudia e peguei sua pequenina mão.

Estava mole e imóvel, ainda quente. Os cabelos se espalhavam pelo chão como plumas, macios.

— Levante! — ordenou Odette, puxando-me pelos cabelos, machucando o couro cabeludo. Os estiletes continuavam presos em sua perna. Fiquei de pé, os dedos de minha amiga se separando dos meus e caindo. A vampira agarrava uma mecha minha e rosnou em meu ouvido: — A cada dia que passa, fico mais e mais forte. — Levou o rosto ao meu e pude sentir o cheiro de sangue apodrecido. — Mal posso esperar pela Nuit Rouge. — Soltou minha cabeça, aliviando a tensão no couro cabeludo e foi até uma estante de livros próxima de onde estava Claudia. — E como não vou poder te pegar na cadeia... — Com um sorriso zombeteiro horrível, ela usou as duas mãos para arrancar a estrutura da parede e mandá-la ao chão, esmagando o corpo sem vida.

Levantei em um pulo, corri para o outro lado da sala, para longe do corpo e para o abrigo de uma parede oposta.

— É melhor correr — aconselhou.

Com um sorriso condescendente, abriu a porta como se não pesasse mais que uma folha. Riu como se cacarejasse para mim, tirou as lâminas dos estiletes da perna e as jogou ao chão.

— Rainha — bufou em zombaria e desceu.

A areia da praia de Wickham deixava meus joelhos frios. Com um arrepio, abri os dedos, e os estiletes limpos fizeram um ruído ao caírem do casaco que eu tinha pegado no salão do Hopper. Com Claudia morta, eu não podia deixar pistas.

Meus dedos tremiam enquanto eu enrolava novamente as facas no casaco azul de Wickham. Envolvi minha mão no tecido, mantendo os estiletes afiados bem embrulhados. Como podia ter achado que seriam uma arma contra Odette?

245

Olhei os pequenos desníveis na areia, sabendo que antigamente, não há tanto tempo assim, podia ver suas características infinitesimais. Não me concentrei nisso, não de verdade. Minhas costas estremeciam quando respirava. Esperava chorar; essa teria sido uma reação humana normal. Ali, porém, sentada naquela praia, não consegui. Apenas fitava os grãos de areia, meu corpo inteiro tremia.

Ouvi o tinido de chaves atrás de mim, a perturbação da areia enquanto alguém caminhava em minha direção.

Que seja Odette.

Deixe que me leve. Deixe que acabe com isso de uma vez.

Pelo canto do olho direito, vi um par de botas de combate parar ao meu lado. Na esquerda, outro par de botas, desgastadas, a sola separada do couro. Olhei para cima e vi Rhode.

Aquelas botas eram outra pequena pista de que ele estivera vivo no ano anterior. De que era mortal e que andara pelo mundo. Ficou de joelhos, mas não me tocou.

— Claudia Hawthorne morreu — anunciou.

— Desci a escada alguns minutos... Não — falei sem fôlego. Não conseguia impedir que o ar entrasse e saísse tão depressa. Fitei as ondas rebentando à minha frente. —... saí correndo apenas segundos antes de o segurança chegar lá em cima.

— Melhor assim — garantiu Vicken. — Seria um interrogatório dos infernos e um rolo enorme com o sistema jurídico humano. — Ajoelhou-se do outro lado. — A polícia já está considerando tudo um acidente.

Meneei a cabeça, a incredulidade tomando conta de mim. Caía como gotas sobre meus ombros, rolava pelas costas, chegando até meus pés. Vicken pegou o casaco, segurando os estiletes.

— Ela tem uma força inacreditável. Não sei como. Não é como nós — falei, fitando os olhos de Rhode. Ele franziu o cenho, o olhar alternando entre o curativo no meu braço e a areia. — Nossa força nunca foi ampliada porque éramos vampiros. E ela consegue sair na luz do dia no meio de um bando de gente. Não tem medo de multidão nenhuma.

— Vamos — chamou Vicken, me levantando pelo cotovelo. — A gente precisa conversar sobre isso. Mas não assim, aqui fora.

— Concordo — disse Rhode, e olhou para a linha de árvores que contornava a praia. Qualquer um poderia estar escondido nas sombras.

Capítulo 18

Naquela noite, o internato inteiro estava movimentado com a notícia da morte de Claudia. Eu não sabia qual era o boato mais ridículo: o de que ela havia sido assassinada por uma gangue que invadira a escola para roubar equipamentos tecnológicos; de que a torre de arte era assombrada, e um poltergeist a matara; ou de que alguém tinha propositalmente desparafusado a estante de livros da parede para que caísse em cima dela. Nada fazia sentido, embora eu achasse que, mesmo para uma pessoa normal, não faria. Uma equipe de manutenção extra foi chamada, e aulas foram suspensas nos dois dias seguintes.

Depois de uma nova reunião emergencial convocada pela escola, Rhode, Vicken, Justin e eu nos encontramos em meu apartamento. Rhode e Vicken estavam parados perto da porta da varanda, de braços cruzados. Justin estava sentado ao meu lado no sofá.

— Então alguém vai me contar o que aconteceu de verdade, né? — indagou. Estava com os cotovelos sobre os joelhos, inclinado para a frente, as mãos cruzadas. — Porque passei por Lenah pouco antes de Claudia... — Justin deixou a cabeça baixa por um instante. — Pouco antes de ficar sabendo.

— Um a um. Vai ser assim. Na hora que nossa guarda estiver baixa — falei, fitando Rhode e Vicken, sentindo a culpa correr por mim. — Não consigo entender onde ela está conseguindo tanto poder. Sem sangrar Odette, não temos defesa. Especialmente se ela consegue sugar sangue tão rápido. Como ela consegue fazer isso daquele jeito?

Minha pele parecia tensa demais. Eu queria cuspir. Tinha sido tão egoísta querendo subir na torre de arte. Não: egoísta e estúpida. Seu poder superava o meu em muito, mesmo quando eu estive no auge de minha força como vampira. Ela foi ao shopping, sim, mas poderia ter se esgueirado pelo subsolo, ou ficado disfarçada dentro de um carro. Havia maneiras de se evitar a exposição direta à luz do sol. E Odette tinha deliberadamente me procurado sozinha. Dessa vez caminhara por um campus movimentado. Com centenas de pessoas. Era poderosa e ficava cada vez mais.

— Precisamos de uma estratégia — concluiu Vicken.

— Temos um ao outro — respondi.

— Não temos porcaria nenhuma — retorquiu Vicken, incisivo. — Conte para ele o que fizemos, Lenah.

— Obrigada, Vicken — falei, esperando que ele entendesse o sarcasmo no tom.

— Me contar o quê? — indagou Rhode.

Levantei-me do sofá e cruzei os braços.

— Tentei chamar Suleen. Para ajudar. Mas falhei — admiti.

— Como assim você tentou chamar Suleen? — perguntou Rhode baixo, inclinando-se para a frente.

Vicken limpou a garganta.

— Veja bem, fizemos esse feitiço de invocação.

— Vocês o quê?! — exclamou ele, se afastando da parede e levantando as mãos para o alto. — Vicken... você não achou necessário me contar uma coisa dessas?

— O quê, ele é seu espião? — perguntei.

— Me pareceu que podia ser útil! — defendeu-se Vicken, mas se dirigia a Rhode.

— Vocês não têm nada na cabeça? É como se nunca tivessem sido imortais. Estou surpreso que ela não tenha achado vocês enquanto faziam a droga do feitiço e enfiado uma faca no coração dos dois.

— Tem coisas que vale a pena tentar — argumentei. Mantive os braços cruzados, mas apoiei as costas na porta fechada do quarto.

— Tipo machucar seu braço? Foi isso que aconteceu, não foi? — indagou Rhode. Não respondi. — Você deixou ela fazer isso? — perguntou, virando-se para Vicken.

— Como se eu pudesse impedir, amigo.

— Suleen pode nos proteger — expliquei.

— Não fale essas coisas na frente dele! — disse Rhode, gesticulando para Justin. — Ele não entende.

Justin bufou.

— Entendo muito bem.

Rhode parece não ter ouvido, porque manteve o olhar fixo em mim e continuou:

— Acha que eu também não tentei? Chamei Suleen depois que você me disse que viu Odette na lojinha de ervas. Ele não respondeu. Você fez a escolha naquele campo de treino...

— Parou e refletiu sobre as palavras que diria em seguida. Inspirou, o fôlego curto. — Ninguém vai vir para nos ajudar.

Tinha sempre acreditado que, de todos nós, Rhode seria capaz de alcançar Suleen. Depois das lembranças que vi, estava certa de que viria.

— O que Odette quer? — indagou Justin.

— Ser Lenah — respondeu Vicken.

— O ritual — disse Rhode a Justin.

— E a gente não pode simplesmente dar isso a ela? — perguntou. — Para evitar mais mortes.

Vicken riu cruelmente, o som cortando o ar.

— Qual é o problema? — indagou Justin, seu olhar se alternando entre mim e Vicken.

— Qual é o problema? — zombou Vicken.

Rhode suspirou.

— Se criaturas sobrenaturais imbuem suas intenções em um feitiço poderoso assim, o tiro sai pela culatra. O ritual pode dotar Odette de poderes inimagináveis. Pode libertar seres malignos de verdade e atrair para Lovers Bay entidades que não bebem sangue... Bebem almas — explicou.

O sonho que tive mais cedo naquele mês, de um Internato Wickham abandonado e uma Lovers Bay arruinada, ressurgiu em minha mente.

Houve um silêncio palpável, e Vicken disse:

— Não é como se pudéssemos fazer um feitiço de barreira para proteger o campus inteiro.

Rhode suspirou.

— O que é que vamos fazer? — perguntou, mas era retórico. — Usar alho no cabelo? Crucifixos no pescoço?

— Precisamos de Suleen — falei outra vez. — Ou podemos chamar os Aeris. São mais poderosos que qualquer vampiro.

— Não tem como chamá-los — rosnou Rhode. — Você acabou de falhar quando tentou invocar Suleen. Agora quer tentar a mesma coisa com entidades ainda mais poderosas?

— Por que não? Temos tempo. A Nuit Rouge começa daqui a algumas semanas. A barreira entre nosso mundo e o sobrenatural já está enfraquecida.

— Lenah, você quase não sai viva daquela torre de arte — argumentou Rhode.

— Então o quê? — repliquei. — Ficamos trancados no quarto pelo resto da eternidade?

— Precisamos nos preparar — respondeu ele. — Sabemos que Odette fica mais fraca quando sangra. Temos de achar o momento certo de atacar da única forma que ainda podemos.

A única forma. É claro...

Uma pausa, e em seguida falei o que sabia que estava nas mentes de Vicken e Rhode.

— Armas. — Encontrei os olhos de Justin.

Rhode assentiu.

Lá estava... nossa última e única chance. Pois nossos corpos humanos não eram páreo para Odette e seus poderes antinaturais.

— É assim que tem de ser — decretou Rhode. — Nunca ficar sozinhos. — Olhou para mim. — Nunca ficar sem uma arma à mão. É muito simples. Permanecer alerta a todo instante. Levar um punhal para todos os cantos, ficar às vistas com várias pessoas. — Seus olhos sondaram o cômodo, finalmente pousando em Justin. — É isso que significa ser caçado.

O funeral de Claudia Hawthorne ocorreu na noite de lua cheia chamada de *Lua da Colheita*, a mais próxima do equinócio de outono, marcando o começo do mês da Nuit

Rouge, 1º de outubro. A altura que a maré atingia jamais havia sido registrada na história, com ondas de mais 3,5 metros de altura rebentando no litoral de Lovers Bay. Foi uma cerimônia curta, durante a qual mantive os olhos cravados no chão do cemitério. Quando todos entraram nos ônibus para voltar ao campus, Rhode deixou uma flor de jasmim sobre o caixão. Se soubessem por quê. Se tivessem a menor ideia do motivo que nos fazia sentir tão responsáveis.

Quando retornamos ao colégio, Tracy foi embora depressa. Como um raio, cruzou o pátio em direção ao alojamento.

Observei-a partir. Com as mortes de Claudia e Kate, o que restava das Três Peças era Tracy Sutton. Esperava que deixasse esse lugar amaldiçoado, que corresse para casa, para o conforto dos pais. Cerca de doze alunos das turmas do primeiro e segundo anos já tinham saído da escola.

Com o passar dos dias, alguns estudantes continuaram de luto, mas as cores lentamente foram voltando à mistura, bem como o entusiasmo pelo baile de Halloween que se aproximava. Parecia ser a única coisa que podíamos aguardar com empolgação no campus. Entre discussões sobre as várias barraquinhas que seriam montadas e sobre as fantasias que as pessoas vestiriam, o colégio anunciou que um pinheiro seria plantado próximo ao Hopper em memória de Claudia. Será que esses mortais não sabiam que pinheiros plantados por mãos humanas trariam tristeza a quem se sentasse a seus pés? Não sabiam que são os carvalhos as árvores que trazem paz? Ainda assim, era um pinheiro que queriam plantar, e eu não podia exatamente manifestar objeções abertamente.

Perguntava-me se Claudia já teria se juntado à luz branca dos Aeris. A ideia de sua presença lá, morta por minha causa, vítima de uma vampira criada por mim, me fazia esconder o punhal dentro da bota todas as manhãs depois de escovar os dentes. Sempre que pensava em deixá-lo no apartamento, lembrava dos belos cabelos louros de Claudia se agitando ao redor do corpo sem vida.

Alguns dias depois do funeral, Vicken e eu fomos ao refeitório para tomar café. Observamos alunos do terceiro ano carregando bandeiras e esqueletos de cartolina para decorar o ginásio onde seria o baile no fim do mês — dia 31 de outubro, a última e mais poderosa noite da Nuit Rouge.

Do outro lado do gramado, atrás do Quartz, Tracy surgiu do pequeno dormitório em que ficavam as garotas do último ano. Tive de olhar duas vezes para me certificar de que era mesmo ela. Pintara o cabelo de castanho-escuro, e as maçãs do rosto estavam tão pronunciadas que ela não parecia a mesma pessoa. Estava esquálida e amarelada, muito diferente da menina vibrante que quase brilhava no ano anterior. A adolescente que combinava as peças de roupa e desfilava pelo campus. Que usava maquiagem até para se exercitar e que tinha pijamas iguais aos das amigas. Amigas que já não existiam mais. Uma força emanava dela, a dureza férrea de alguém que segurou a morte pela mão. Não desejaria algo assim tão cedo para Tracy. Estava com a mochila no ombro e se vestia da mesma forma como vinha fazendo havia semanas, toda de preto. Seguia para a parte da floresta que permanecia sem guardas.

— Aonde você acha que ela vai? — perguntou Vicken.

Tracy olhou para trás para verificar se ninguém a seguia, e puxou a mochila para ficar mais firme no ombro.

— Vou atrás dela — falei.

— Não, Lenah. — Vicken tentou segurar meu braço. Desvencilhei-me.

— Você sabe o que vai acontecer na hora que ela ficar sozinha — retruquei.

Ele refletiu, depois disse:

— Bem, você não vai sozinha.

— Deixe-me ir na frente — pedi, e corri pelo gramado em direção à menina, que passava por trás da biblioteca.

— Tracy — chamei, alcançando-a. — Ei! Espere aí.

Ela virou-se, e eu esperava que sorrisse para mim, mas em vez disso me empurrou com violência para trás.

— Não, Lenah. Fique longe de mim.

Fiquei parada, piscando abobalhada. O azul de seus olhos se destacava, em contraste com os cabelos escuros.

— Eu? — perguntei. — Você quer que eu fique longe de você?

Tracy ajeitou a mochila, e algo lá dentro fez um barulho. Sons metálicos.

— Aonde você está indo, Tracy? — Eu quis saber.

— A lugar nenhum. — Ela fez uma carranca e cruzou os braços. Outro ruído pesado.

— Isso é ridículo — protestei. Atrás de nós, pela lateral da biblioteca, Vicken se aproximava. Ele acendeu um cigarro e fingiu, com uma perna descansada contra a parede, que tinha simplesmente saído para fumar.

— Tenho de ir — disse a menina. Virou-se e deu dois passos para longe.

— Não, Tracy. Não é seguro — argumentei, e quase no mesmo instante soube que tinha falado demais.

Mas ela não me ouviu. Correu.

Poucos segundos depois, Vicken juntou-se a mim.

— Tem alguma arma na mochila — falei.

— Que tipo? — perguntou, e começamos a correr atrás dela. Já estava na Main Street.

— Não sei.

— Ela te falou aonde ia?

— Não, mas tenho um bom palpite.

Vicken e eu nos certificamos, como sempre, de nos mantermos às sombras. O sol de fim de tarde brilhava por entre os galhos desnudos, e minhas botas esmigalhavam as folhas da cor de joias que encobriam o chão.

— Só estou com um punhal — sussurrei, enquanto virávamos para o cemitério.

— Estou com dois — respondeu ele.

— Quanto tempo você acha que demora até Odette chegar? — perguntei.

— Minutos — disse ele, grave.

Tinha de ficar me lembrando de que era Tracy que estava ali na frente enquanto a seguíamos. Seus cabelos agora caíam em compridas ondas achocolatadas. Ela agarrou as alças da mochila e virou, como esperado, na fileira onde ficava a sepultura de Tony.

— O que diabos ela está fazendo? — perguntou Vicken.

— Vem — sussurrei, e seguimos de fininho pela trilha. Parei, inspirando ao alcançarmos o local. Tracy deixara a mochila no chão e se ajoelhava na grama. Corria os dedos pelo círculo estranho de terra remexida que a espada de Rhode fizera ao redor do túmulo.

Segurei o braço de Vicken. Voltamos para o abrigo das sombras de um carvalho próximo e fiz o que tinha sido treinada para fazer durante séculos. Observei. Ela se ajoelhou, apoiada em uma das mãos, enquanto deixou a outra estendida sobre a tumba. Mantinha o peso sobre o primeiro braço e olhava para o solo.

A mão agarrou a terra com força, a cabeça pendeu, e Tracy caiu no choro. O braço cedeu, e ela tombou por cima da sepultura, escondendo o rosto na curva do braço. Observei-a arfar. Os soluços eram irregulares, o tipo de choro ao qual uma pessoa se entrega quando pensa que está só.

A luz do dia mantinha-se no céu, mas esta era a Nuit Rouge, e a luz não oferecia proteção. O ataque podia acontecer a qualquer momento. Inclinei-me para a frente, os olhos sondando a mata além do cemitério. Os pássaros piavam enquanto se preparavam para a noite. O vento era brando, trazendo consigo o cheiro almiscarado do solo. Como ex-caçadora, fiquei parada e ouvindo tudo atenta, sem pressa. Um caçador à espreita, esperando por movimentos antinaturais. Até o ar se move. Pode deixar ecos. Por enquanto, parecia que estávamos sozinhos.

Caminhei pela trilha do cemitério, Vicken atrás de mim. Tracy levantou a cabeça, os olhos cheios de lágrimas. Colocou a mão dentro da mochila e tirou um crucifixo.

— Fique longe de mim! — gritou a garota.

Vicken recuou, sobressaltado, e puxou a adaga da bota. Baixou o braço quando se deu conta de que ela não segurava arma perigosa alguma.

— Você está de brincadeira, né? — perguntou ele. — Primeiro, essas coisas não adiantam nada, e, segundo, não somos vampiros.

— Você sabe quem fez isso! — berrou ela para mim.

— Quem? — perguntou ele. — Fez o quê?

— Quem matou Claudia — continuou Tracy, mas olhava para mim. — Justin me disse que você estava lá com ela. Na torre de arte.

— Não toquei em Claudia — garanti.

— Ou foi você? — cuspiu, agora olhando para Vicken.

— Todo mundo sabe do que você é capaz. A torre de arte é seu lugar favorito.

Tracy estava sobre a sepultura redonda de Tony. Tudo o que conseguia ver das gravações na pedra tumular de granito era a palavra *Artista*. O corpo dela bloqueava o restante do epitáfio.

— Tracy, se acalme. Não fomos nós — insisti.

— Fui eu quem entrou em seu quarto com Tony no ano passado. Vi na escrivaninha sua foto com Rhode de, tipo, cem anos atrás. Você entra no colégio, e quem morre? Tony. Depois, minhas duas melhores amigas, Kate e Claudia. Eu sou a próxima, Lenah? Sou? — Ela finalmente perdeu o prumo, caiu no choro, soluçou, deixando o crucifixo tombar no chão.

Vicken e eu nos entreolhamos. Me aproximei e a envolvi em um abraço. Tracy chorava no meu ombro, molhando-o.

Ouvi o som de aplausos.

Alguém estava aplaudindo.

Alguém estava aplaudindo?

— Então a mortal sabe que vocês são ex-vampiros? — perguntou Odette, surgindo entre as árvores no extremo do cemitério. — Ah, se ela soubesse como você matava criancinhas por prazer.

Dessa vez, eu estava pronta.

— Fique atrás de mim, Tracy — ordenei, e uma lembrança da torre de arte me passou pela mente.

Abaixei e peguei o punhal dentro da bota. Segurei-o estendido à frente.

O coração. O coração. Mire o coração.

Odette deu um sorriso de desprezo, as presas à mostra. Os dedos de Tracy apertavam meus ombros. Odette avançou para nós, e Vicken, meu maravilhoso Vicken, correu para ela, com um punhal erguido no ar. Odette chegou até ele primeiro. Envolveu os dedos em seu pulso e jogou--o para o lado, como se não pesasse nada. O corpo dele voou por 3 metros no ar e aterrissou, contorcido, ao pé de uma árvore.

Ficou lá, inerte. Meu estômago se dobrou, mas eu precisava manter o foco. Tinha de fazer isso.

Não falharia com Tracy como tinha feito com Claudia. Não dessa vez.

Fiquei onde estava e ergui a lâmina à frente.

— Você não aprendeu nada? Por que saiu do campus sem seu precioso Rhode? — provocou, e se aproximou com uma garra apontada para mim. Tracy e eu pulamos para trás; por pouco Odette não acertou meu peito.

— Tracy, corra! — ordenei.

Odette movia-se tão depressa que era uma mancha cor de mel e preta. Mas eu sabia que era aquilo que faria. Segurei Tracy pelo ombro e joguei-a no chão, me posicionando entre as duas. A vampira atacou meu peito — suas unhas rasgaram minha blusa e arranharam a pele. Gritei, a dor queimando onde tinha sido acertada.

Ela riu e lançou um olhar maligno a Tracy. Eu sabia o que precisava fazer a fim de protegê-la; não perdi tempo. Enquanto Odette ria de minha dor, esfaqueei seu antebraço. A lâmina perfurou a pele endurecida de vampiro. Não era nenhum estilete desprezível dessa vez: esta faca a fez parar. Ela encarou a ferida como se não conseguisse acreditar que eu tinha conseguido.

— Isso aqui é um pescador perfeitamente bom vazando de meu braço. — Cuspiu as palavras para mim.

Aos pés de Odette, Tracy puxou uma longa lâmina de prata da mochila. Cintilou nos raios do sol poente, mas a vampira não pareceu notá-la. Deu o característico sorriso zombeteiro e veio para mim, querendo vingança. Ergui o punhal, pronta para atacar outra vez.

Odette não prestou atenção à humana caída perto de seus pés. Por que prestaria? A esperança me invadiu quando Tracy perfurou o meio do sapato de couro da vampira. Ela gritou e caiu de costas na grama.

— Vá! — gritei, encontrando os olhos azuis marejados de Tracy. Desta vez, ela obedeceu.

Fugiu pelo labirinto de lápides e árvores. De súbito, eu voava pelo ar. Odette tinha me dado uma rasteira com o pé bom, fazendo com que tombasse no chão.

Caí com um baque e bati de costas na terra, trazendo mais dor aos cortes no peito. Sem fôlego, tentei inspirar, mas não consegui. *Respire, Lenah.* Um chute me acertou na lateral direita. Outro, na esquerda. Os cachos dourados como dentes-de-leão balançavam diante de mim. O sorriso diabólico desapareceu quando lágrimas inundaram meus olhos e nublaram minha visão.

— Sua amiguinha achou que acertar meu pé ia conseguir me parar? Você ainda não viu como sou poderosa? — Eu lutava para tomar fôlego. — E só vou ficar mais com o passar dos dias. Ah, querida, você não está conseguindo respirar, não?

Ela agachou-se e levantou o dedo indicador, mostrando a unha afiada como faca novamente. Lentamente voltei a ser capaz de respirar, com parcimônia, meus pulmões congelados enfim voltando à vida. Apontou para o braço com o curativo.

Não... Não me acerte aí.

— *É claro* que vou te acertar aí — garantiu ela, lendo minha súplica emocional com sua percepção extrassensorial. — Pensei que tinha te alertado, mas acho que você não ouve. Essa história de ser rainha e tal... Você ainda acha que dá as cartas. Não dá mais. — As longas unhas vermelhas pairaram sobre a gaze de meu antebraço queimado. — Me. Dê. O. Ritual.

— Nunca — falei, arfando.

Ela riu e golpeou o braço queimado. As unhas perfuraram o curativo e chegaram até a pele ainda em carne viva. Ouvi som de algo sendo rasgado, aberto, e depois dor quente me incendiou. Gritei tão alto que feri a garganta. A dor era tão intensa que bile pungente subiu à boca. Onde estava Vicken?

— Por quê, rainha de todos os vampiros? Por que você insiste em tornar tudo tão difícil para si mesma?

Rainha de todos os vampiros.

Olhando de cima para mim, com sua pele de porcelana e a boca cheia de sangue, o tempo pareceu desacelerar. Nossos olhos se encontraram. Os meus, azuis; os dela, verdes. Juntos. Sim. Dentro daqueles olhos podia me ver como vampira, jogando a cabeça para trás, boca arreganhada, rindo dentro da noite.

Como era familiar o desejo avassalador de sentir outra vez. Tudo o que queríamos era sentir. Tão entorpecidos. Nenhuma sensibilidade nos dedos ou mãos. Diminuir o sofrimento. Preciso do sangue descendo pela garganta e do poder percorrendo meu corpo. Podia sentir a dualidade dentro de mim.

Eu era a rainha dos vampiros outra vez.

Pegue-os de surpresa. Um espetáculo público. No Halloween.

Eram os pensamentos de Odette. Sabia seu plano porque, naquele momento, enquanto seus olhos de jade antinaturais perfuravam os meus, podia ver sua intenção. Era exatamente o que eu teria arquitetado.

Ela tentaria me matar durante o baile de Halloween, quando eu estaria ocupada demais me esforçando para proteger os humanos ao meu redor. Já podia ver as decorações; via os corpos de Vicken e Rhode, ensanguentados e sem vida no chão do ginásio.

E com a lembrança de minha crueldade de vampira vieram algumas recordações de que me esquecera no estado humano.

O assassinato de Odette, quando ela se tornou vampira.

— Lembro o dia que você foi transformada — sussurrei, trêmula. — Foi só algumas horas antes de minha hibernação. Falei para Vicken te transformar. Mas ele não me obedeceu. E eu queria a emoção, a sensação de trazer outro vagante noturno ao mundo.

Ela se afastou, e vi seus punhos se fecharem por uma fração mínima de segundo. Meu braço latejava novamente, levando lágrimas aos olhos. Era mais fácil dizer tudo aquilo quando não podia vê-la com clareza.

— Me desculpe — falei. — Me desculpe pelo que fiz.

Odette segurou meus ombros com força. Levantou-me apenas ligeiramente e, com um empurrão, me jogou de volta no chão.

— Não me distraia! — gritou.

A dor pulsava na frente de minha cabeça.

— Ataquei Rhode em Hathersage para conseguir o ritual, mas tudo que ele fez foi colocar fogo na droga do lugar. Vocês são dois covardes. Vou te levar comigo hoje. Vou te levar, e aí... — Ela me lançou um sorriso diabólico, que fez meus ossos gelarem. — Quando Rhode vier te procurar, e você estiver morta, seca, acorrentada à parede, ele vai me contar tudo sobre o ritual.

— Vai ser inútil — avisei. — Você não é poderosa o bastante para trazer a escuridão que procura. — Tentei fitar seus olhos outra vez, resgatar nossa conexão, mas não funcionou.

— Você não sabe nada sobre meu poder — retrucou Odette, erguendo as mãos para atacar outra vez.

Contraí-me toda, antecipando o momento.

De súbito, ela se dobrou. Ouvi um baque horrível e depois o ruído de carne se rasgando. O punhal de Vicken estava atravessado no pescoço da vampira. Ela caiu para a frente, as mãos na ferida, e rolou de lado, procurando o cabo da faca.

Vicken surgiu ao meu lado, com os cabelos revoltos e um arranhão ensanguentado na bochecha. Ergueu a bota e pisou de leve na barriga da mulher. Ela mostrou as presas e chiou.

— Ei, ei, calminha — disse ele.

— Ela é muito forte — adverti.

— É por isso que enfiei o punhal ali, amor — respondeu ele pelo canto da boca. — Agora conte para nós: onde foi que você conseguiu sua superforça? — perguntou, com a bota ainda no estômago da vampira.

— Realizei feitiços que você nunca nem sonhou em fazer — zombou ela. — Cada vez fico mais rápida, forte, ágil.

Naquele instante, porém, havia medo em seus olhos. O sangue escorria do pescoço até o ombro, e dele para o chão.

Ela tentou se levantar, mas caiu sonoramente de volta na terra, ainda sob a sola da bota de Vicken.

— Lenah, preciso de outro punhal — pediu ele, gesticulando para a faca de Tracy, que estava caída perto do túmulo de Tony.

Odette se debatia contra a pressão do pé, mostrando as presas como um animal.

Sim, eu a tinha transformado em vampira, embora não a tivesse criado no sótão como planejara originalmente. Levei o sofrimento para o andar de baixo. Ela se escondera atrás da mobília antiga. Os olhos eram então belos e verdes, desesperados pela salvação. A primeira noite em que tentei transformá-la, foi mais esperta que eu, correu do sótão e encontrou a família nos estábulos do lado de fora nos jardins dos fundos.

— Lenah! A faca — gritou Vicken.

O pai suplicou por ela. Naturalmente, o matei primeiro. Fitei o chão. Ella era seu o nome de batismo.

Tenho uma vida inteira pela frente, dissera, implorando.

— *Tem mesmo?* — falei, com uma risada impiedosa.

Distante do devaneio, ouvi a voz de Vicken:

— O punhal, agora! Ela está se curando!

— *Não, criança patética* — continuei. — *Sou eu quem tenho uma vida inteira pela frente e não posso hibernar a menos que esteja saciada. Você é jovem e saudável.*

Odiava como minha versão vampírica falava.

— *Por favor...* — A voz humana de Odette ecoou em minha mente.

Seguida da mesma risada morta. Como eu rira e rira enquanto a jovem gritava por piedade e me implorava para poupar sua vida.

— Lenah! — berrou Vicken outra vez.

Voltei a me concentrar em Odette, que procurava a faca presa no pescoço.

Não podia me mover. Uma sensação nauseante me dominava. Inconfundível e inegável.

Odette puxou a lâmina ensanguentada da carne. Ficou de pé em um pulo e chutou Vicken, que caiu. No tempo que ele levou para se levantar, a vampira tinha corrido para a floresta.

— O que diabos você está fazendo? — gritou para mim.

Encolhi os ombros. Sua raiva foi interrompida quando Tracy surgiu do nada, pegou a faca na sepultura de Tony e correu na direção da mata.

— Ei! — gritou Vicken para ela. — Garota maluca, volte aqui! Agora!

Ela parou no limiar da floresta, a lâmina balançando ao lado de seu corpo.

Odette desaparecera.

Vicken caminhou pela longa raia de lápides e parou ao lado da menina.

Ofereceu-lhe a mão. Ela se moveu, como para lhe entregar a faca, mas o ex-vampiro sacudiu a cabeça. Tracy ergueu os olhos para encontrar os dele e fitou a palma estendida outra vez. Foi o bastante para partir meu coração. Ela deixou o punhal cair na grama e enlaçou os dedos nos dele.

Capítulo 19

— De onde você veio? — indagou Vicken a Tracy. — Pensei que tinha fugido do cemitério.

— Fiquei escondida no mausoléu. Quando vi a mulher correndo, sei lá, tive um momento de valentia — respondeu.

Eu mantinha o suéter de Tracy apertado contra o braço ferido e atravessava os portões do campus, passando os seguranças. O agasalho absorvera um pouco do sangue que perdi, mas, fora um leve latejamento, a dor não era insuportável.

— Desculpe — pedi. — Por não ter...

— Tudo bem — respondeu Vicken.

— Não está tudo bem — repliquei. — Eu congelei.

A expressão de Tracy era reflexiva.

— Demorei as férias inteiras para aceitar a morte de Tony.

Vicken abaixou a cabeça de leve. Ela olhou para ele.

— Você o matou porque era um vampiro?

— A gente fez muita coisa que nunca nem sonharia em fazer na forma humana — respondeu ele com gentileza.

— Foi ela quem matou Kate e Claudia, não foi?

Seus olhos brilhavam na luz azul fantasmagórica do anoitecer. Assenti.

— Passei o verão todo pesquisando como se mata um vampiro. Sei por que você tem uma espada na parede. Por que tem ervas na porta. Dizem que lavanda protege a casa. E alecrim. — Ela passou a mão pelos cabelos. — Alecrim é para recordar. — Puxou um colar para fora da camiseta. Era um medalhão de prata. Quando o abriu, havia um pequeno ramo de alecrim seco guardado nele.

Minha respiração era curta. Não podia deixar de encará-la.

— Tony também pesquisou — revelou ela. — Era por isso que você tinha aquelas cinzas brilhantes no pescoço ano passado. Que nem as que vi em sua varanda. Aí Justin confirmou — disse ela. — Que você era... — pausou, e seus olhos encontraram os meus. — Que você era uma vampira.

Jamais achei que Tracy fosse tão esperta. Aparentemente a tinha subestimado.

— Eu amava Tony — afirmei. Senti uma pontada no centro do peito, tirando a atenção da dor no braço. — Era meu melhor amigo.

— Não vou dizer nada — garantiu ela. — Sobre nenhum de vocês. Demorei o verão todo só para aceitar que os boatos podiam ser verdade. E aí Justin confirmou tudo. — Tracy passou os dedos pelos cabelos outra vez. — Bem, ele não confirmou exatamente, mas obriguei que me dissesse.

— Como? — perguntei. A alfinetada da traição se desfez quando ela contou.

— Ameacei quebrar os faróis do carro dele. Quando não adiantou nada, mostrei minha pesquisa. Tudo que tinha achado. Falei das fotos. Aí ele finalmente me contou a verdade.

— Você e Tony são mais parecidos do que eu pensava — falei. Sua obstinação me lembrava de como ele também desenterrara meu segredo sozinho.

— Quero saber. Um dia. Não hoje, mas quero saber exatamente o que aconteceu com Tony. — Tracy olhou para Vicken ao dizer isso — E é só. Pode me prometer isso?

— Posso — respondeu ele. — Prometo.

Cruzamos o campus para encontrar o movimentado corpo de alunos, todos andando em duplas ou trios em direção ao refeitório, à biblioteca ou seus dormitórios.

— O que a gente faz a respeito do baile de Halloween? — perguntou Tracy.

— Você fica fora do caminho, amor — disse Vicken, acendendo um cigarro.

— Se precisarem de mim, vou ajudar — afirmou ela, segurando a mochila com mais firmeza sobre o ombro. — De qualquer jeito que puder.

Naquela noite, fiquei parada à porta da varanda olhando os azulejos. Apenas quando me movimentava, vislumbrava ocasionalmente a cintilação de minhas reminiscências vampíricas. Enfiei a mão nos bolsos e senti o cartão que Claudia me dera de presente de aniversário.

— Então era como se sua percepção extrassensorial tivesse voltado? — indagou Rhode.

— Isso — confirmei. — Ficou claro para mim o que Odette queria. Pude sentir os desejos mais profundos dela. Vi imagens dos planos que fez para a noite de Halloween.

— O que pode ter feito sua percepção voltar? — perguntou Justin.

269

A única razão que podia encontrar era que o laço criado entre mim e Odette naquele dia sombrio cem anos antes me conectava eternamente à sua mente.

— Fui eu quem a criou — sussurrei. — É a única explicação. Entendia as motivações dela, por mais que não quisesse.

— Por que você não a matou quando teve a chance? — perguntou Rhode.

Mantive o olhar fixo no dele, a mandíbula trincada. Meu coração martelava no peito. Odiava pensar em mim mesma naquele momento, com o punhal ao lado, Vicken pronto, aguardando, precisando de minha ajuda. Não sabia como responder. Conhecia aquela mulher. Ela estava só e assustada, e eu sugara sua vida. Eu a matara. Pior, criara o monstro em que se transformou. O momento de sua morte se desenrolou em minha mente; a lembrança de como era quente, como seu corpo tremia de medo e minha alegria ao tirar tanto seu calor quanto sua vida.

Encontrei os olhos de Rhode.

— Porque eu já a matei. Desculpe, mas é a verdade, e isso me paralisou.

Silêncio. Depois Vicken anunciou:

— Falando nisso, está na hora do jantar.

Houve um tinido das botas de Vicken quando se ele levantou, e o farfalhar de papéis se movendo. Virei-me de costas para a sala e encarei a varanda outra vez. Sabia o que aconteceria em poucos dias, e teria apenas uma espada antiga e alguns punhais para enfrentar Odette. Não sabia se conseguiria.

— Tudo bem? — perguntou Justin, pousando a mão em meu ombro. A voz estava próxima à minha orelha.

A porta se fechou, e percebi que Vicken e Rhode tinham partido sem despedidas. Isso significava que Justin e eu estávamos a sós pela primeira vez desde a noite de meu aniversário.

Encostei na porta de vidro da varanda e olhei para a runa no pescoço de Justin. Concentrei-me nela. Ele tinha colocado o cordão ao contrário, e o pingente estava virado. Não consegui avisá-lo.

Justin beijou minha testa e, quando se afastou, sorriu para mim. Seus olhos se demoraram nos meus. Pensei em como ele reagira naquele dia, o dia em que transformei Vicken em humano com o ritual. Como caíra de joelhos quando entrei na varanda. Estava tão pronta para deixar tudo para trás.

— É a parte mais difícil — dissera eu. — Os ingredientes e as palavras são importantes, claro, mas o sacrifício, a intenção, é sempre a parte mais importante em qualquer ritual.

A intenção...

Imagens do feitiço de invocação flutuaram em minha mente: o pulo das chamas e a porta brilhando na areia. Minhas intenções eram puras? Eu as estava canalizando para dentro do feitiço de modo que me trouxesse o que desejava?

— Claro! — exclamei. — Claro. — O feitiço deu errado porque meus propósitos não eram puros. Para que um encantamento funcionasse, era preciso direcionar as intenções em um sentido apenas, mas as minhas estavam divididas. Queria nos proteger de Odette, mas estava de fato invocando Suleen para ajudar Rhode.

Sabia o que tinha de fazer!

Meu humor melhorou consideravelmente.

— Preciso de sua ajuda — falei para Justin.

— Ok... — concordou ele.

A faísca intensa em seus olhos brilhou para mim. Aquilo me fez lembrar por que dormi na barraca com ele na noite de meu aniversário. Por que deixei que me levasse de volta ao ano anterior, quando eu achava que ser humana seria simples. Que poderia ser uma menina de 17 anos, apaixonada, sem sofrer as repercussões do passado.

Mas o pagamento pelas atrocidades feitas será sempre exigido. É por isso que a intenção por trás de todos os encantamentos importa.

— Lenah? — chamou Justin.

— Vou tentar de novo — falei.

— O quê? O feitiço de invocação? — indagou ele.

— É. — O fogo em meu estômago tinha voltado. Sim. Sim. Chamaria Suleen novamente, e, desta vez, meus propósitos seriam puros. E ele viria!

— Vamos.

Depois de pegar o livro de encantamentos de Rhode, *Incantato*, uma garrafinha para água e todos os ingredientes de que precisaria, desci correndo as escadas do Seeker, ignorando as pontadas de dor na queimadura do braço. Passei por alunos sentados no hall, montando fantasias de Halloween.

— Espere. Ei! — gritou Justin.

— Acompanhe! — falei, e saí do dormitório. Encontrei Vicken no banco em frente ao Seeker, um cigarro na mão.

— Espere aí — pediu Vicken, quando se deu conta de que eu não ia parar. — Onde você está indo?

— Vou tentar fazer o feitiço de invocação de novo.

— Ah, certo — zombou ele, me seguindo. — Então agora você ficou oficialmente maluca.

Continuei andando, sem me importar com o que ele pensava.

Justin juntou-se a nós no estacionamento.

— O que ele está fazendo aqui? Aonde estamos indo? — perguntou o garoto.

— Estamos voltando à praia de Lovers Bay — respondi, lançando um olhar a Vicken enquanto destrancava o carro.

— Você está surtada, sabia? Me deixou com tanta raiva que nem fumar consigo — acusou Vicken.

Abri a porta e joguei no banco o livro e a mochila com os ingredientes do feitiço.

— Então já considero a viagem um sucesso — provoquei.

Estava pronta para sentar no banco do motorista quando Vicken me parou, segurando meu ombro e me forçando a encará-lo.

— Lenah. Você pode morrer. Você ainda nem sarou direito. — Olhou para o curativo em meu braço. — A gente já não aprendeu a lição quando saímos do campus da última vez?

— Se Lenah quer fazer isso, ela vai sem você — desafiou Justin, do lado do carona.

— Bonitinho, você não tem ideia do que está falando. Então saia de perto do carro e cale a boca.

Justin passou para nosso lado tão depressa que tropecei para conseguir me colocar entre os dois.

— Você pode morrer também — disse Vicken a Justin entre dentes.

— Vou fazer o feitiço — avisei, as mãos pressionando o peito arfante de Vicken. — E o acordo era ninguém sair do colégio sozinho. Não estou sozinha. — Apontei para Justin.

— Então vou junto. Três são mais fortes. — Vicken fez uma expressão de ironia. Encontrou meus olhos e deu um passo atrás. — Triângulos são símbolos do infinito. Pode funcionar... melhor.

— Ótimo — falei, e Justin também recuou. — Se vocês me prometerem que não vão brigar. Tenho de me concentrar.

— Eu prometo — respondeu Justin. — Se ele prometer que não vai chegar perto de mim. Não curto nem um pouco assassinos.

Virei, a ira fervendo em meu peito.

— Então você não me curte nem um pouco.

A expressão de Justin era de estupefação. Estava de queixo caído.

— Eu não... quis dizer...

— Só entre logo no carro — falei. — Vocês dois.

Desenhava o contorno de uma porta, a areia era fria ao toque. A lua coroava o horizonte. Desta vez, fazíamos o ritual ao crepúsculo.

— Você está pronta? Tem certeza? — indagou Vicken.

Os olhos de Justin estavam esbugalhados enquanto observavam a porta. E, estranhamente, ele quase sorria. Quando viu que eu o fitava, tratou de ficar sério depressa, a boca transformando-se em uma linha fina.

— Desculpe, é só que... você sabe... nunca tinha visto um ritual antes — explicou.

Abri a tampa da garrafinha com água do porto e salpiquei-a sobre as chamas.

— Eu te invoco, Suleen, a este local sagrado. — Meus olhos levantaram-se até a lua ainda baixa no céu. — Eu te convoco a vir aqui e nos proteger do perigo iminente. — Era sincero. Queria proteger nossas almas, nossas vidas.

O âmbar vinha em seguida, e, quando a resina oleosa atingiu o fogo, o desenho da porta, como da última vez, queimou com um tom dourado vibrante. Nós três fitamos o contorno chamejante.

—Eu te invoco — repeti. O fogo crepitou novamente, as chamas mais baixas desta vez. Bom sinal! Sim! Parecia que funcionaria!

Um vento bateu em meus cabelos, e um grande estouro veio da fogueira.

Pulei para trás. Esperava que uma labareda de 3 metros subisse. Mas não. O fogo tinha se extinto totalmente, deixando apenas madeira queimada e enegrecida para trás.

Uma minúscula bola de luz azul esperava no centro da lenha onde estivera a fogueira. A esfera azulada flutuava diretamente acima das brasas, brilhando e se expandindo para uma forma vertical oblonga à medida que os segundos passavam.

—O quê...? — perguntou Justin.

—Shhh... — falei.

Ela cresceu para atingir o tamanho da porta desenhada na areia. Reluziu alguns momentos mais, e eu esperava que Suleen, o homem que passei a amar, a atravessasse. Esperava ver suas roupas brancas e o turbante conhecido.

A porta não se abriu. Como um filme antigo, deu pulos e engasgos, mostrando uma cena passada em um salão de baile de uma mansão familiar. A luz azul da esfera ficou mais intensa e ampla.

—Ah, não — disse Vicken.

Uma batida de coração... um pulso.

O globo já tomava conta quase do céu inteiro. Tão grande... um portal para outro mundo? Não...

Uma explosão de luz azul e em seguida...

1740, Hathersage

Vicken, Justin e eu éramos parte da cena diante de nós, parados na ponta do salão.

— Estamos em Hathersage — disse Vicken, admirado.

— Shhh! — Pedi silêncio, passando a mão pelo ar como se que quisesse apagar sua voz.

Justin não disse qualquer palavra. Assistia ao desenrolar dos acontecimentos perante seus olhos, boquiaberto de incredulidade, medo, ou ambos.

Taças cheias de sangue se chocavam em brindes. Uma pequena orquestra de vampiros tocava em um canto do cômodo. O burburinho de dúzias de convidados ecoava pela sala de jantar.

— Lenah, o que é isso? — perguntou Vicken. — Não reconheço essa gente.

— Foi antes de seu tempo.

Sabia o que era. Foi a noite terrível que me garantiu notoriedade pelo mundo.

A noite em que matei uma criança.

Nós, os três mortais, éramos invisíveis aos olhos dos vampiros que celebravam.

Engoli ar quando avistei minha versão vampira girando um cálice na mão. O vestido de baile era preto e espartilhado. A era de 1740 foi uma de muitas cores, mas eu vestira preto... propositalmente. O traje de seda era ornado com rosas de azeviche e pérolas negras.

— Você sabia — começou a vampira que fui outrora — que a Nuit Rouge é o mês em que se pode acessar magia negra? — O corset fazia pressão nas costelas quando ela ria, se jogando sobre o corpo de um homem de túnica branca e calças pretas. Um fazendeiro local que tinha tido todo o sangue sugado. — Hoje é a Vigília de Todos os Santos!

Os vampiros ao redor dela ergueram as taças e beberam. Tochas ofuscantes iluminavam o salão com uma onírica luz alaranjada.

Um Rhode vampírico surgiu à porta do salão de jantar em finíssimos trajes de seda. Também usava o preto tradicional, tinha os cabelos penteados para trás, os olhos turquesa destacados da escuridão do corredor atrás dele. Levou a mão à boca e correu para o corpo da criança que enterrara havia apenas horas. Estava em um canto da sala, onde eu queria que ficasse. Apenas por aquela noite.

— Eu a desenterrei! Com minhas mãos! — gritou minha versão vampírica para ele, rindo e bebendo um longo gole do cálice de sangue. A dança se intensificou no meio do salão, os vampiros animados pela música.

— Não é linda? — perguntou a Rhode, que estava de joelhos perto da criança. — Ela meio que se parece comigo, não acha? Podia ser minha irmãzinha.

As flores pulavam com a vibração das dúzias de pés batendo no chão, para cima e para baixo, para cima e para baixo. Rosas, lavandas, margaridas, orquídeas, todas em abundância fragrante. A vampira Lenah pegou algumas margaridas e rosas e as levou a Rhode, que continuava ajoelhado, fitando a criança.

Ela cobriu os olhos da menina com as margaridas. As pétalas chegavam a suas sobrancelhas.

— Vou fazer um enterro digno para ela — disse a vampira, alegre. — Convidei todos os nossos amigos em Derbyshire — continuou, dançando ao redor de Rhode, segurando a saia do vestido de forma que pudesse deslizar pelo círculo onde estavam ele e a menina morta. Espalhou rosas e margaridas sobre o corpo. — E esta mocinha! Aqui está uma margarida! Eu te daria violetas, mas todas murcharam quando meu pai morreu. Dizem que ele teve um bom fim.

Rhode ficou de pé. Enquanto eu observava, sabia o que viria a seguir.

— Ora, você não aprecia o mestre Shakespeare? — perguntou a vampira Lenah.

Ele fitou os outros cadáveres espalhados pelo chão. Seus olhos encontraram os dela, que sustentou seu olhar por alguns instantes.

— Por quê...? — indagou.

— Por quê? O sangue dela era o mais puro de todos! — Minha versão vampírica caminhou até os pés da menina, ainda de vestido branco, e alegremente salpicou mais flores sobre ela.

— Basta! — gritou Rhode. Ele agarrou meus ombros, me empurrando contra a parede sonoramente. — Lenah, no que você se transformou?

Ela riu diante do olhar sincero.

— Ora, vamos, vou mandar alguém enterrá-la outra vez quando a festa tiver acabado.

Ele rosnou, e foi quase um grito. Franziu a testa, fazendo as sobrancelhas se juntarem. Era a angústia de um vampiro que queria chorar. Segurou a antiga Lenah outra vez e a chacoalhou com tanta força que seus ombros vibraram e os dentes bateram. Odiava me ver daquele modo.

— Por que você simplesmente não me deixa amá-la? — perguntou ele, os dentes trincados.

— Porque estou me despedaçando — respondeu ela. — E só o poder consegue aliviar a dor. O amor, não.

Ele a soltou e se afastou, saindo pelo corredor escuro. Assisti minha versão vampírica correr atrás dele até a perder de vista. Segui-a, com Justin e Vicken em meu encalço.

278

— O que você está fazendo? — gritou ela. — Rhode!

Mas não teve resposta. Ele continuou andando até chegar ao corredor na frente da casa. Ao lado da porta estava uma pequena mala de couro preto; ele pegou a alça e abriu a porta. O pôr do sol, em um laranja queimado, fez meus olhos arderem. A vampira instantaneamente levou as mãos à face, mas era a década de 1740 e, depois de 322 anos, não tinha por que temer o sol.

— Rhode! — chamou.

— Você é imprudente — sibilou ele, virando-se. — O poder não vai salvá-la. Vai apenas promover a deterioração de sua mente. — Ele atravessou a porta e caminhou para longe da casa, para as infinitas colinas adiante. A vampira deu alguns passos em sua direção.

— Sei o que estou fazendo — falou ela, parando e erguendo o queixo em desafio.

Vicken, Justin e eu assistíamos da entrada. Rhode parou e virou-se a fim de encará-la.

— Sabe mesmo? — Voltou até estar a poucos centímetros de sua face. As presas apareciam quando ele sussurrou: — Sabe? Você assassinou uma criança. Uma menininha, Lenah.

— Você sempre disse que o sangue das crianças era o mais doce. O mais puro.

A expressão de Rhode parecia tingida de horror. Ele afastou-se dela.

— Falei como um fato conhecido, não como um convite a experimentá-lo. Você mudou. Não é mais a garota de camisola branca que amei no pomar de seu pai.

Seus olhos estavam tristes, e, mesmo como lembrança, podia ver que reformulava seus pensamentos.

— Falei para se concentrar em mim hoje. Que se pudesse manter o foco no amor que sente por mim... poderia se libertar. Mas você não consegue fazer isso; agora vejo — disse ele. Observei enquanto Lenah tentava falar, mas Rhode continuou antes que encontrasse as palavras. — Você mesma viu. Vampiros de sua idade começam a enlouquecer. A maioria escolhe o fogo ou uma estaca no coração para levá-los à morte, para evitar a derrocada lenta em direção à insanidade. A perspectiva da eternidade é demais. E, para você, a vida que perdeu foi o que a enlouqueceu. Viver nesta terra para todo o sempre levou sua mente a um lugar onde já não posso alcançá-la.

— Não estou louca, Rhode. Sou uma vampira.

— Você me deixa arrependido do que fiz naquele pomar — confessou com tristeza, voltando para a trilha das colinas.

— Você está arrependido de mim?

— Encontre-se, Lenah. Quando isso acontecer, voltarei.

Minha versão humana lembrava-se desse momento tão claramente. Naquele tempo, poderia ter ficado para vê-lo partir. Poderia ter seguido a silhueta com meus olhos até estar fora do alcance da vista, mas dessa vez a dor era muita. Queria sair daquela luz azul, daquela memória. Em vez disso, vi a vampira virar-se e voltar para o salão fortemente iluminado. A música ecoava lá de dentro, mas era outro mundo para mim. Ela colocou a mão na parede de pedra. Lembrava-me de que não tinham temperatura, nem eu podia sentir a textura áspera sob os dedos.

Nada... Nada... Nada.

— Quero sair! — gritei, caindo de joelhos. Não havia mais casa. Wickham era minha vida agora. — Sair! — repeti.

Houve uma explosão de luz azul, e senti a areia fria de Lovers Bay sob os joelhos. Escondi o rosto nas mãos. Uma espécie de choro me rasgava. Um fluxo enorme de tristeza. Tinha de respirar; podia sentir o cheiro do sal da água e do âmbar nas palmas das mãos. Chorei, um uivo terrível cheio de soluços. As lágrimas molhavam meus dedos, e, enquanto inspirava o ar como se estivesse sufocada, deixei o horror daquela recordação passar por mim em ondas de constrangimento e vergonha.

Justin e Vicken estavam calados.

Não conseguira trazer Suleen até mim. Eu invocara a verdade, um lembrete de minha natureza. Era uma assassina.

E não merecia ajuda.

Capítulo 20

Corri o mais rápido que podia, avançando pela rua, para longe da praia.

Venha me pegar, Odette. O peito doía do trabalho que os pulmões precisavam fazer enquanto me movia, mas continuei em frente. O som incessante dos pés batendo no concreto ecoava atrás de mim.

— Lenah! — Era a voz de Justin. — Lenah, não é seguro!

Não respondi. O vento cortante açoitava minhas bochechas. Um motor de carro acelerou e parou, cantando pneu à frente. As luzes do farol giraram, e meu carro azul bloqueou o caminho. Recuei e protegi os olhos com as mãos.

Ouvi a porta bater. As botas de Vicken caminharam até mim pelo concreto. O barulho dos passos corridos de Justin me alcançou e cessou.

— Não me toque! — gritei. As palavras queimaram minha garganta.

Olhei as palmas de minhas mãos.

— Quanto sangue derramamos, Vicken? — indaguei. As costas tremiam quando lágrimas forçaram caminho por minhas faces. — Responda.

Empurrei o peito dele, fazendo com que recuasse alguns passos.

— Não posso fazer isso. Não posso matar Odette. Tentei e não consigo.

Vicken aproximou-se e me abraçou em silêncio. Chorei apoiada em seu peito até ensopar a camisa.

— Você pode, sim. Vamos te ajudar — garantiu ele.

Voltou os olhos para Justin e partilharam um olhar que dizia: *É, a gente está nessa junto.*

De alguma forma, caminhei de volta ao carro; de alguma forma, entrei; e sabia que, de alguma forma, teria de encontrar a assassina em mim uma vez mais, para acabar com Odette.

Estava quieta no banco do carona, a mão descansando na janela enquanto retornávamos a Wickham. O céu ainda tinha um colorido azul, como o do globo que nos mostrara meu passado. Meu passado terrível. Enquanto Vicken dirigia, pude apenas tentar adivinhar o que ele pensava. Eu lhe explicara tantas vezes, mas agora, finalmente, ele teve um vislumbre de minha vida antes de 1850, antes de se juntar à minha loucura.

Justin estava no banco de trás lançando perguntas a Vicken:

— O que diabos foi aquilo?

Ele se esquivava.

— Não sei.

— Mas por que a gente viu aquilo tudo?

— Não sei — repetiu.

— Mas a gente...

— Olhe, amigo. Feche o bico, falou?

Quando estacionamos no campus do internato, todos estavam completamente ocupados com as preparações para a feira e o baile de Halloween. Saí do carro e inspirei o perfume de cidra e canela que vinha do refeitório. Segui pela via principal. *Que estranho*, pensei, enquanto deixava o estacionamento para entrar no gramado. Os passos de Vicken e Justin ecoavam atrás de mim. Pareciam, porém, o rufar de tambores. *Que estranho*, pensei de novo, quando abóboras laranja e bandeiras pretas se transformaram em borrões das cores de outubro. *Como uma pintura de Monet.* Era tudo uma confusão colorida que eu não entendia.

Alunos enrolavam fitas pretas ao redor de postes de luz. Uma equipe lá no campo de lacrosse montava barraquinhas e estandes. Não pareciam estudantes. Ou talvez eu não parecesse. Talvez não soubesse mais o que era.

— Espere — chamou Justin baixinho. Continuei andando.

— Deixe ela ir. — Ouvi Vicken dizer.

Passei pelo Seeker, pelo Edifício Curie, onde uma vez não consegui dissecar um sapo porque sentia que não podia destruir outra criatura.

Continuei e ultrapassei o Edifício Hopper. Um lugar sagrado cuja torre de pedra eu não conseguia sequer encarar, pois dois de meus amigos haviam sido mortos entre aquelas paredes.

— Lenah! — gritou Tracy, enquanto passava pelo dormitório Quartz. Estava sentada sobre uma toalha, lendo um livro. Eu não tinha como explicar o que aconteceu, então a ignorei. Fui até a estufa e abri a porta. O ar turvo e úmido me engolfou, e corri pelo corredor, colhendo rosas, sálvia e lavanda de vários potinhos. Segurei-as nos punhos cerrados e apertei com força. As pétalas se despedaçaram sob a pressão dos dedos. Afundei no chão.

Aquela criança...

Ouvi o rangido da porta atrás de mim. As solas de tênis contra o concreto molhado chiavam. A rajada súbita de ar fresco trouxe consigo o cheiro úmido da estufa, misturado à fumaça de um feitiço de invocação que falhou. Justin ficou de joelhos ao meu lado. Colocou a mão quente na minha e fechou-a sobre as pétalas, enlaçando os dedos nos meus.

— Sinto muito por você ter tido de ver aquilo — sussurrei. Era tudo o que conseguia dizer.

— Você era... — começou a falar. — Você era muito poderosa.

Levantei os olhos lentamente. Ele inclinou-se para mim e sustentou o olhar.

— Foi isso que você viu? — perguntei. — Poder?

Abriu a boca para falar. Tudo o que pôde dizer foi um não, e imediatamente tirou a mão da minha.

— Não quis dizer desse jeito. Só que... você não tinha medo de nada naquela época. Era...

— Loucura pura. Nada mais. Nada menos.

— Verdade, era mesmo. Mas...

Quando encontrei seu olhar, até a cor verde parecia diferente. Não me fazia lembrar as árvores balançando na rua dos pais dele. Não via as folhas verdes das florestas que cercavam o internato Wickham. Apesar de seus melhores esforços, ele jamais me entenderia. Não podia saber o que era estar vivo depois de passar tanto tempo morto. Ter beijado a morte e vivido para contar.

Justin segurou minha mão. O calor do toque me aterrou à estufa. Pisquei para afastar a imagem da menininha. Em vez disso, concentrei-me nos sons dos borrifadores d'água e nas bandeiras de tons laranja e preto que avistava do lado de fora. Naquele espaço, com flores e ervas, ficava calma, e minha mente era capaz de suavizar a atrocidade do que tinha feito. Justin acariciou minha pele. O ano anterior, com toda a sua beleza e todos os seus horrores, tinha me tornado uma pessoa diferente. Não devia ter sobrevivido àquele ritual, mas sobrevivi. E Rhode também. Minha relação com Justin jamais seria a mesma. Coisas demais tinham mudado. Eu mudei.

Jamais amaria Justin.

Poderia passar por todas as emoções, vestir as roupas, usar os perfumes e dizer tudo o que há para ser dito, mas não fui feita para viver neste mundo moderno. Não era para estar aqui.

Seguiria em frente com minha vida por Rhode, mesmo que isso significasse que teria de viver sem ele. Ele era o único. Minha alma gêmea. Meu amor.

Ainda que jamais me perdoasse.

Ainda que tudo tivesse acabado.

Capítulo 21

Um dia, muito tempo atrás, corri por um pomar de maçãs salpicado de neve. O vento batia, cortante, na ponta do nariz. De braços abertos, eu corria e corria, o vento passava por entre os dedos e cabelos.

— Lenah! Lenah! — chamava minha mãe da porta de casa. Sorriu para mim quando virei e me embrenhei ainda mais no pomar. Estávamos no século XV, o que significava que a lareira funcionaria o tempo inteiro. Sem ela, morreríamos de frio.

Parei no fim de um longo corredor formado por duas fileiras de macieiras. O frio lambia meu nariz, e podia senti-lo no ar, não como um vampiro, mas como uma criança do mundo medieval. A primavera estava para chegar; a neve que caía era molhada, quase como chuva. Parei nas raias das terras de meu pai e contemplei o mundo vasto à frente. A floresta era meu lugar favorito naquela época do ano, as belas árvores rendadas com prata e diamantes de gelo.

Respirei o ar fresco e frio. Fitei a mata, absolutamente sem medo do mundo diante de mim.

— Então você vai comprar as fantasias? — perguntou Justin a Rhode, que assentiu. — Vai dar para esconder as armas assim.

Na noite anterior ao Halloween, eu estava na sala de estudos, encostada na janela. Justin, Rhode e Vicken sentavam-se à mesa, analisando um desenho que Rhode fizera do ginásio.

— Todo mundo já sabe quais são as posições? — perguntou Rhode, tirando os olhos do esquema. — Lenah?

Já examinava o esquema havia uns dez minutos. Sabia exatamente o que fazer; apenas torcia para conseguir.

— Vamos repassar tudo de novo — sugeriu ele.

Suspirei e recitei o plano pelo que me parecia a milionésima vez.

— Vamos isolar os membros do coven, para eu ter uma visão boa do alvo. Uma estocada — falei, finalmente encontrando os olhos dele enquanto tentava me convencer. — Um golpe, no coração.

Naquela noite, sonhei com vampiros sem presas. Eram demônios sem rosto: não tinham olhos nem nariz, apenas bocas com buracos nas gengivas. O sangue pingava de seus sorrisos zombeteiros, escorrendo em seus queixos.

Foi difícil afastar a imagem quando acordei na manhã de Halloween. O que ajudou foi o campus ter passado por uma completa metamorfose. Faixas diziam *Feliz Halloween*; abóboras margeavam os caminhos do internato e decoravam as entradas de vários edifícios. Aulas foram canceladas. Depois que Rhode voltou com as fantasias

290

compradas, decidimos que seria melhor ficar entre os alunos durante todo o dia. Bati na porta de Justin duas vezes, mas ele não respondeu. Já devia estar, presumi, para cima e para baixo com os amigos. Fiquei me perguntando por que não teria ido falar comigo, depois de tudo o que acontecera no dia anterior.

Passei um tempo olhando uma barraquinha onde havia dúzias de aquários com peixinhos dourados.

— Ah, atire logo — disse Vicken. — Um joguinho em homenagem à Nuit Rouge. E nem vai envolver o assassinato de ninguém por lazer. — Revirou os olhos para mim. — Você não vai abandonar o colégio se ganhar um peixe.

Se acertasse uma bola dentro de um dos aquários, poderia levá-lo para casa e ficar com o peixe como animal de estimação. Bufei. Eu? Cuidar de algo... vivo?

No momento em que Vicken se apoiou na barraquinha, ouvimos o rufar de bumbos.

— Ah, não, lá vêm eles... de novo — grunhiu ele. Pela quarta vez naquela tarde, a banda da escola tocava e marchava pelo campo de futebol em direção à feira, como uma massa gigante de lã branca. Usavam chapéus engraçados com o que parecia uma pluma dourada reluzente no topo; era uma das cores do Internato Wickham. Muitos dos alunos ao redor abandonavam os jogos pela metade e corriam para o campo. Vicken acenou, fazendo um gesto enojado com o braço.

— Olhe só para eles! Abandonando os joguinhos. Se fosse eu ali atirando uma argola, com certeza não ia parar.

— Você ia mesmo levar a coisa a sério — falei, fitando as dúzias de aquários, cada um contendo um peixinho dourado gracioso, que movimentava o rabo na água.

Vicken colocou a mão no bolso da jaqueta e pegou um cigarro, depois apalpou os bolsos das calças à procura do isqueiro. Houve um clique mecânico e depois uma nuvem delicada de fumaça, no momento em que ele deu uma tragada profunda e, em seguida, expirou.

— Olhe, só estou dizendo que, se você vai fazer uma coisa, então faça direito.

— Vicken Clough! Apague isso agora!

A Srta. Warner, a enfermeira da escola, avançou na direção dele, o dedo apontando diretamente para seu peito. Vicken deixou o cigarro cair e o pisou com a bota.

— Minha cara Srta. Warner! Como a senhorita está linda hoje.

— Quantas vezes vou precisar repetir, Vicken? É proibido fumar no campus. E você não tem 18 anos... É ilegal. Dê isso aqui.

— Dar o quê?

— O maço de cigarros.

Vicken bufou.

— Não me olhe assim, Vicken. Passe para cá.

Deixei meu peixe em potencial para um outro dono mais capaz e abaixei a bola.

— Não vai atirar? — perguntou o homem que tomava conta da barraca.

— Hoje não.

Enquanto me afastava de Vicken e da enfermeira, pensava nos peixinhos. Em como passariam a vida inteira naquela pequena bolha. Iriam nadar, girar, subir e descer naquele mundinho diminuto.

Diante de mim, vi que a equipe de remo transformara a garagem de barcos em uma casa mal-assombrada. Fios soltos de teias de aranha falsas estavam espalhados pelas janelas em decorações irregulares. Alguém pendurara uma cortina preta a fim de impedir que as pessoas vissem o interior da atração. A porta se abriu de repente, e um aluno vestido com um lençol branco jogou para fora dois outros estudantes. O casal sorriu e correu de volta para o campo de futebol.

A menina deu um risinho.

— Isso até que foi meio assustador!

O fantasma olhou para mim pelos recortes no lençol.

— Entre! Se tiver coragem...

Olhei para trás para ver se Vicken estava lá, mas havia gente demais. Alunos corriam de barraca em barraca; a banda se reunia ao pé do campo e saía para uma marcha sincronizada. De súbito, Rhode surgiu de um canto, e congelei. Ele sorriu para mim de leve, apenas de canto de boca.

Compartilhamos aquele pequeno momento, mas terminou rápido demais.

— Entrem! Entrem! — encorajou a Srta. Williams, gesticulando para a casa mal-assombrada. Estava vestida de gato, com direito a orelhas pretas e peludas, rabo e tudo.

— Num minuto — falei para a diretora. Rhode parou ao meu lado, e esperei um instante para tentar falar com ele. Vicken saiu do meio da multidão com o que parecia ser todo e qualquer tipo de balas e doces que existia na feira.

Com uma maçã do amor na boca, perguntou:

— O quê?

— Dá para ver que está morrendo de medo dessa noite — comentou Rhode.

— Se não se importa, quero aproveitar um doce antes de lutar pela vida.

— Lenah! Vicken — chamou Tracy. Seu tom estava diferente do usual: uma linha de preocupação desenhava-se entre as sobrancelhas. A pele lembrava porcelana, com os cabelos tão escuros.

— Tudo bem? — perguntou Vicken, quando mais alunos passaram por nós, entrando na casa.

— É Justin. Ele não se registrou com o monitor ontem à noite. Ninguém o viu hoje também. O colégio ligou para a polícia.

Rhode, Vicken e eu nos entreolhamos. Meu coração ficou apertado. Eu não entraria em pânico. Ainda não. Não era um comportamento totalmente atípico de Justin sair com os amigos ou o irmão por um tempo.

— Quando foi a última vez que o viu? — Tracy me perguntou.

— Ontem à tarde.

— Aconteceu alguma coisa? Algo que pudesse tê-lo deixado machucado? — perguntou, e eu sabia pelo tom que ela se referia a Odette.

— Não, a gente estava na estufa. Aqui na proteção do campus.

— Que horas foi isso? — Seus olhos se acenderam. Parecia que eu tinha lhe dado novas informações.

— À tardinha. Seis? Sete? — supus.

— Ok, valeu — agradeceu, recuando, com um sorriso esboçando-se em seu rosto. — Já é alguma coisa. Está ótimo. — Virou-se e partiu pela raia de barracas de volta para o campus.

— Justin? Desaparecido? — perguntei. Não o vira o dia inteiro. Também explicava por que não tinha respondido quando bati à sua porta depois do café da manhã.

— Se ele estivesse realmente desaparecido, não fariam uma reunião? Cancelariam a feira? — indagou Vicken. Estávamos evitando o óbvio. Sabíamos que Odette poderia ser a culpada. — Vou dar uma olhada por aí — avisou ele. — Conto para vocês o que descobrir. — Jogou fora a metade da maçã e desapareceu entre a multidão.

— Devíamos procurar também — sugeriu Rhode.

Eu não entendia. Por que Justin iria embora? Depois de tudo o que aconteceu? Será que ele tinha pensado melhor e começou a ter dúvidas depois do que vira durante o feitiço de invocação?

Rhode e eu passamos uma barraca de tiro ao alvo e uma de argolas. Dispersos entre os estandes de alunos, havia também quiosques profissionais de uma empresa que o colégio contratara. Uma grande barraca branca tinha uma placa onde se lia *Casa dos Espelhos* em luz branca.

— Procuramos aqui? — sugeriu Rhode.

Sem responder, entrei.

Sabia que Justin não estaria ali, mas queria entrar ainda assim. Queria continuar afastando a ideia de que ele poderia estar em perigo real. Ou pior, morto.

Não, Lenah. Pare.

Virei na primeira curva. Havia espelhos de distorção pendurados nas telas. Alguns me faziam parecer alta e magrela. Outro colava minhas bochechas uma na outra.

Rhode seguia atrás de mim, os passos ecoando os meus.

— Pensei que fosse querer procurá-lo com Vicken — falei.

Rhode balançou a cabeça.

— Só quero que essa luta acabe.

Paramos diante do mesmo espelho, que fazia nossos reflexos se mesclarem um no outro, indistintos. Meu braço era o braço de Rhode. Seu peito era o meu.

— Suas mentiras são demais — falei, virando para encará-lo. — Odette me disse que foi ela quem atacou a casa de Hathersage.

Ele ficou parado ao lado da parede.

— É, Odette foi a primeira a chegar na casa — admitiu, enfim. — Para começo de conversa, eu não sabia o que ela estava procurando. Parecia até cordial, mas as coisas ficaram feias rapidamente. Tentei lutar, mas, como você viu, ela é muito habilidosa. Só não era rápida de um jeito fora do comum na época, então consegui escapar. Esse dom em particular é recente — comentou.

— Por que você simplesmente não me contou? — perguntei. — Não precisa esconder tudo de mim.

Ele se inclinou em minha direção.

— Porque pensei que podia te proteger... Que podia chamar Suleen, ou cuidar de tudo eu mesmo.

— E conseguiu? — Quis saber.

— Não consegui sozinho — respondeu Rhode. — Como sempre, sou melhor quando estou com você. Mais forte.

E estávamos perto outra vez, lado a lado, separados por apenas alguns centímetros. Sua pele já não estava mais maltratada e escoriada, era lisa outra vez, como a de um jovem que tem a vida inteira pela frente.

— Por que você tem medo de meu toque? — murmurei.

— Não tenho — respondeu, com um suspiro profundo. — Jamais foi isso.

Não soube como responder, a não ser dizendo:

— Você não me deixa chegar perto há meses.

— Lenah — disse ele com suavidade —, só tenho medo do que sou capaz com um coração que bate. Do que os Aeris nos advertiram. Não posso prometer que vou ficar longe de você.

— Me tocando?

Por favor, implorei silenciosamente, *não deixe ninguém nos perturbar agora.* Ele levantou a mão, e pude ver a palma. Encarou-me, e os olhos brilhavam, mas a boca era uma linha séria. Estendeu o braço, com a palma virada para a frente, e a colocou no centro do meu peito, logo abaixo do pescoço, onde Odette pisara na lojinha de ervas.

Sua pele, sua maciez, nunca desejei algo com tanta intensidade quanto seu toque naquele segundo. Nosso mundo havia sido ocupado pela sede de sangue. Tínhamos sido perpetradores da dor, e aqui nos tocávamos de verdade pela primeira vez como seres humanos. Estendi a mão para tocar sua face, e senti meu coração martelando contra sua pele. Queria respirar Rhode, seu cheiro, ver todos os poros de sua pele, sentir seu coração pulsando.

Estremeci. Ele continuava fitando a mão que pressionava meu peito.

— Você... — sussurrei — vale cada segundo que ainda tenho nesta terra. Mesmo que tenha que te amar a distância pelo resto de meus dias.

O lábio inferior de Rhode tremeu, e o meu também. Engoli com força.

As lágrimas rolaram por sua face enquanto observava a mão subir e descer com minha respiração. Eu não conseguia fitar seus olhos, que choravam por mim.

Maçãs! Não! Agora, não! Maçãs. Em todos os lugares. O cheiro me dominou. Uma luz branca me cegou.

Rhode está no centro de uma grande biblioteca. Nunca vi um cômodo assim na vida. Estantes de madeira gigantescas se estendem até o teto decorado com um afresco de estilo italiano. No entanto, não consigo me concentrar nos querubins ou nas nuvens brancas que voam pelo céu da pintura.

Seus cabelos estão curtos. Tem as mãos cruzadas atrás das costas e veste um terno de três peças. Deve ser o ano de 1910, ou próximo disso.

— Ela está hibernando — explica ele a pessoas que não consigo ver. — Sob a terra em Hathersage.

— Você deseja trazê-la para cá? — pergunta uma voz profunda do outro lado do cômodo.

— Desejo fazer um acordo — esclarece ele.

— Lenah Beaudonte em Lovers Bay? — diz a voz com uma risada áspera. — A rainha dos vampiros em pessoa.

— Ela viverá como mortal, senhor — diz Rhode.

— Fascinante! Discutamos este acordo — diz novamente a voz profunda.

Uma onda de luz branca apaga minha visão, e a biblioteca desaparece. Para onde foi Rhode? Rhode? Agora estou de volta àquela sala de estar que vejo havia meses. Mesmo no escuro, ele entra em foco... lentamente. Um Rhode dos dias modernos, um Rhode humano, cai de joelhos.

— Não posso fazer isso! — grita ele. — Entendo as consequências. Conheço os riscos.

Imagens vêm como projéteis.

Uma estrada perto da praia, margeada por altos penhascos.

O mar se estendendo a distância.

Uma casa enorme, uma mansão gótica, afastada do mar.

O número 42 gravado na placa de pedra do lado de fora da mansão.

Soube instantaneamente que era um lugar terrível. De poder sombrio. Tinha de encontrá-la.

De volta à Casa dos Espelhos, Rhode me tocava. Eu arquejava e tropecei para trás, no espelho que estava às minhas costas. Balançou, seguro pelas dobradiças. Pisquei, tentando me recordar das imagens.

— O quê? O que foi isso? — indaguei. — Aquela casa.

Rhode secou os olhos rapidamente e olhou para o chão. Minha pele ainda pulsava onde sua mão estivera.

— Aquela casa. O que você fez? — sibilei.

— Você teve uma visão? — perguntou ele, e deu um passo à frente, o braço estendido.

Rhode barganhara com alguém naquela mansão. Pessoas poderosas que me conheciam e sabiam exatamente o que eu fizera no passado. E eu ia encontrá-los.

Saí depressa da sala de espelhos, de volta para a luz do sol.

— Lenah — chamou Rhode, em meu encalço. Alunos ao nosso redor falavam a respeito de suas fantasias para o baile da noite.

— Tenho de ir — falei, determinada.

— Lenah! — Rhode correu atrás de mim, mas fui rápida, passando as várias barracas até ver algo que me parou. Roy Enos e alguns jogadores do time de lacrosse faziam uma reunião muito fechada e íntima. A expressão de Roy era sombria, sua postura recurvada, dobrada.

Não tem nada de errado, disse a mim mesma. *Nada aconteceu com Justin. Vou dar um jeito nisso.* Tinha de ir até aquela casa. Algo dentro de mim dizia que isso era de importância crítica. Que eles me ajudariam a enfrentar Odette.

— Lenah! — ecoou a voz de Rhode. — Lenah! — Ele estava logo atrás de mim.

Me virei.

— Não, Rhode. Seja o que for... conheço aquela estrada. Aquela casa. Vou até lá.

— Não — pediu, e ficamos na extremidade do campo.

— Apenas uma vez, não siga seus instintos.

— Você não pode me impedir — falei. Rhode tirou o pé do chão para dar um passo em minha direção quando...

Com o choque de pratos, a banda marchou alegremente no campo pela quinta vez aquela tarde. Os trajes de lã branca e os chapéus estúpidos nos separaram. Observei enquanto Rhode tentava se abaixar e passar por um espaço aberto, mas os alunos eram incansáveis. Considerei aquela minha chance de virar as costas e correr.

Capítulo 22

Aquela casa era essencial. Eu tinha certeza disso. Alguém me ajudaria. Ajudaria a nós todos. Poderíamos enfrentar Odette e ganhar. Encontrei Vicken perto da garagem de barcos, observando Roy e seus amigos.

— Preciso que venha comigo a um lugar — falei. — Enquanto ainda é dia.

— Não.

— Tive outra visão. Vi um lugar dentro da mente de Rhode.

— Que lugar? O que você está fazendo, confiando nessas visões?

— Não dá para explicar aqui. Preciso que venha agora. Até uma casa.

— Acho que já disse que não. Chega de feitiços, chega de invocações.

Ele jogou o cigarro na grama e suspirou, encontrando meus olhos outra vez.

— O que vai custar dessa vez se formos até essa casa? Mais queimaduras? Sua pele? Sua alma? — perguntou ele.

— Certo — falei, e cruzei o gramado em direção à via principal, deixando a feira de Halloween para trás. Entraria no carro e iria sozinha. Conhecia a estrada. Passava a praia da cidade e seguia para Nickerson Summit, onde eu pulara de bungee jump no ano anterior.

Tinha de ser rápida, antes que Rhode pudesse me encontrar e impedir.

— Que droga, Lenah! — suspirou Vicken. — Você sabe que vou te ajudar. Mas essa casa, essa visão, isso pode ser qualquer casa.

— Não, não pode. Era uma casa de pedra, e já estive na estrada que leva até lá... reconheci o caminho — revelei ao nos aproximarmos do carro.

— Não é bom irmos sozinhos — disse ele.

Abri a porta e entrei.

— Aonde vamos, não vamos estar sozinhos. Vamos lá para conseguir ajuda.

Sabia que estávamos perto. A estrada ficava cada vez mais íngreme, subindo cada vez mais. Exatamente como na lembrança de Rhode, a oeste havia uma queda de centenas de metros; penhascos e dunas de areia que acabavam na água lá embaixo.

— A gente precisa voltar a tempo do baile, Lenah — lembrou Vicken. — Ela vai começar a criar caos no colégio.

— Nós vamos. E vamos voltar com ajuda.

— É o que você diz.

— Ali! — exclamei. Enterrei o pé no freio, fazendo os pneus cantarem. Numa pequena placa de pedra, pendurada em uma árvore perto do longo caminho que levava para dentro da mata, longe do mar, estava o número 42.

302

Saímos da estrada e seguimos as curvas sinuosas do caminho. Devemos ter percorrido mais de 1,5 quilômetro de carro. Quando finalmente chegamos à casa, fomos obrigados a parar, pois um portão mecanicamente controlado protegia a entrada para a área de uma enorme construção de pedra cinzenta. Havia grandes torres à esquerda e nos fundos da casa, e apenas duas janelas na parte da frente; eram completamente negras.

Vicken expirou pesadamente e disse:

— Não sei você, mas para mim essa casa diz: "Entre se quiser morrer."

Baixei o vidro. No portão, uma placa próxima a um interfone dizia: APERTE AQUI PARA ENTRAR.

Enquanto meu dedo pairava acima do botão, uma voz profunda com sotaque indistinguível falou pelo fone:

— Você é bem-vinda aqui, Lenah Beaudonte.

— Que reconfortante — disse Vicken.

Engoli o medo. Tínhamos de seguir em frente.

Estacionei em uma vaga logo ao lado da porta da frente. A frente do carro encarava a mata, mas pelo espelho lateral eu pude ver a monstruosidade de pedra. Como minha casa em Hathersage, essa mansão quase não tinha janelas.

Vicken estava ao meu lado. Eu amava os cabelos que lembravam uma juba e os olhos pensativos. Ele olhou para mim do banco do carona, esperando que lhe dissesse o que faríamos e por que tínhamos vindo.

— Que bom que você está aqui — falei.

— Como é que eu perderia uma coisa dessas? — respondeu, tirando o cinto de segurança. Não deixou que eu saísse do carro quando fiz menção de fazê-lo. — Pode ser que a gente realmente morra aqui — disse, com seriedade nos olhos castanhos.

— Não vou pensar mal de você se decidir ficar no carro. Eu é que preciso fazer isso — argumentei.

Vicken saiu sem dizer outra palavra.

Nossos pés esmagaram pequenas conchinhas no chão. Foi só quando já estava fora do automóvel que me dei conta de como aquela propriedade era bem-cuidada. Estátuas de pedra escondiam-se entre flores. Ao fim da longa extensão da casa estava o vidro de uma estufa. Não era apenas uma casa. Era um complexo.

Caminhamos até a porta da frente e paramos juntos diante do grosso carvalho escuro. Com uma das mãos acima da aldrava, por um instante imaginei que Vicken e eu estávamos indo a um jantar na casa de um amigo. Éramos pessoas normais, não ex-vampiros. Apenas pessoas. Adolescentes que queriam viver a vida. Estava prestes a bater quando a porta se abriu.

Com um pequeno sobressalto, reconheci o homem atrás da porta. Era o homem da visão, mas ele não vestia uma túnica, como nos sonhos. Estava de suéter de algodão e calças sociais tradicionais. Podia ser um professor, a julgar pelos óculos e roupas. Seu olhar se alternava entre mim e Vicken.

— Ah, que bom — disse, com um suspiro aliviado. — Os dois são não olvidados.

Com um gesto de mãos, a roupa se fundiu em uma nuvem de cor, como se fosse feita apenas de pó. O homem subitamente trajava calças e beca pretos. Era esse o vestuário que eu tinha visto antes.

— Não olvidados? — indagou Vicken.

— Vocês dois são condenados. Ex-vampiros. São bem-vindos aqui — explicou, e abriu a porta totalmente. Quando nossos pés atravessaram a soleira e entramos na sala, lancei um último olhar de soslaio para o lado de fora. Com um baque pesado, a porta se fechou, deixando-nos momentaneamente no escuro total.

Vicken prendeu a respiração. Estava pronto para me defender.

— Não há necessidade de pensar em estratégias de velocidade e força, Vicken Clough. Seriam bastante inúteis aqui — advertiu o vampiro.

Estalando os dedos, velas tremeluziram, e sua luminosidade aumentou. Havia castiçais de parede nos quatro cantos do cômodo. Acima de nós, um pequeno lustre brilhava. Cinco castiçais, cinco velas... um pentagrama. Essa sala guardava poder.

— Meu nome é Rayken, Lenah Beaudonte — apresentou-se, e estendeu a mão. Quando o cumprimentei, minha suspeita de que era definitivamente um vampiro se confirmou pela temperatura de seus dedos e pelas pupilas dos olhos castanhos, largas e pretas. Rayken sustentou meu olhar, e um sorriso discreto se desenhou nos cantos dos lábios.

— Você é quente — disse, liberando minha mão. — Fascinante. — Recuou. — Podem esperar aqui. Vou alertar meus irmãos de sua chegada.

Ele caminhou pelo longo corredor e virou à direita. Vicken e eu ficamos a sós na salinha. Ele se virou e colocou a mão na porta. Não havia maçaneta.

— Estamos trancados... — sussurrou, olhando em volta e para cima. — Opa! O teto é de ônix! — admirou-se.

O negro da pedra mostra a alma original. E lá, brilhando acima de mim, estava o verdadeiro reflexo da minha. Nele, pairando acima do coração, estava uma esfera cinzenta. Quando me movi, ela seguiu. Olhei para baixo, tentando alcançar a frente do peito a fim de tocá-la, mas não conseguia enxergá-la a não ser no teto de ônix, onde flutuava logo à frente do local em que meu coração batia.

— O que é aquilo? — perguntou Vicken, apontando.

— Acho... — balbuciei. — Acho que é minha alma. Nunca me vi no ônix antes, então não dá para saber com certeza.

— Não podíamos — respondeu ele. — Como vampiros.

Concordei, intimidada com aquela estranha esfera. Vicken também tinha uma, de um cinza prateado que pairava sobre seu coração. Agora que éramos mortais, conseguíamos nos ver no teto de ônix; vampiros não poderiam enxergar porque não há alma a ser refletida. Ônix, como pedra, abriga um enorme poder. Poder das trevas. Quanto mais escura a alma, mais escura a gema vai parecer. Ela suga a energia negativa.

— Por aqui, por favor — disse uma voz da escuridão do corredor. Vicken e eu lançamos mais um olhar para nossos reflexos no teto e seguimos pelo corredor, atrás de Rayken. Demos voltas e fizemos curvas por um labirinto de passagens até chegarmos a um arco de madeira. Havia duas portas decoradas com esculturas de centenas de corpos retorcidos e angustiados, com longas línguas de serpente e olhos esbugalhados. Desviei o olhar. A aparência grotesca das figuras me incomodava.

O vampiro estendeu a mão para a maçaneta que tinha formato de um punhal. Eram semelhantes às que tive na minha casa, em Hathersage. Feitas pelos vampiros Linaldi, na Itália. Verdadeiros mestres artesãos; lembrava-me bem, pois matei muitos no ano de 1500.

— Boa sorte — desejou o vampiro, e abriu a porta.

Olhei para Vicken, que segurou minha mão. Entramos em uma biblioteca enorme. A da visão de Rhode! Enquanto meus olhos sondavam a circunferência do cômodo, vi que todas as paredes eram revestidas, do chão ao teto, com livros. Acima de mim, o afresco familiar recriava o céu mais claro do dia mais lindo de verão.

O crepitar do fogo desviou minha atenção do teto. Uma enorme lareira tomava metade da extensão de uma parede, no fim do cômodo. As chamas bruxulearam, jogando a luz alaranjada pelo espaço. Diante dela estavam três vampiros, sentados em cadeiras confortáveis, cada um com um livro nas mãos.

No meio estava Rayken, que segundos antes nos recebera no corredor.

Engoli em seco, tentando permanecer calma.

— Sejam bem-vindos, Lenah Beaudonte e Vicken Clough. É com grande prazer que vejo que o ritual de Rhode funcionou... duas vezes — disse Rayken.

— Você tem um poder impressionante. Sua rapidez — comentei.

— Meu objetivo não é impressionar, Srta. Beaudonte. Meu poder está no conhecimento. Vampiros não podem mover-se mais depressa que o ser humano comum.

Ele não conheceu Odette, pensei. Era óbvio que Rayken chegara a seu lugar muito antes de Vicken e eu termos passado pela porta. De qualquer forma, não acreditava nele. Tinha visto o que Suleen e Odette eram capazes de fazer.

— Você sabe nossos nomes. Acho que devíamos saber os seus. Seria justo — argumentei.

Rayken olhou para a esquerda.

— Laertes — disse o vampiro a que nos dirigimos.

— Como em *Hamlet* — observou Vicken atrás de mim, e por um instante pareceu satisfeito consigo mesmo. Limpou a garganta. — Se você lê esse tipo de coisa.

O vampiro Laertes sorriu, em um gesto caloroso o bastante para fazê-lo parecer humano.

— Fascinante — disse o terceiro. Sorriu também, de boca aberta, e foi então que vi que não tinha presas. Apenas dois buracos onde elas normalmente estariam. Exatamente como no pesadelo!

— Ela vê que somos diferentes — comentou Laertes, e colocou a mão sobre o joelho de Rayken.

Via que eram diferentes, mas também via seu poder. Queria que me ajudassem a enfrentar Odette, mas antes queria respostas.

— Srta. Beaudonte, já conheceu Rayken — apresentou Laertes. — E à sua direita está Levi. Nós somos...

— Os Ocos — completei. Os homens da visão de Rhode.

Os três fizeram um cumprimento com a cabeça ao mesmo tempo.

— Os Ocos? — repetiu Vicken.

— Sei muito pouco sobre vocês — admiti um pouco constrangida. — Mas ouvi falar.

— Seu amigo Rhode não lhe contou sobre nossa especialidade? — indagou Levi. Tinha grandes dobras de pele e rugas profundas sob os olhos, indicando que devia ter sido transformado em vampiro já tarde na vida.

— Ele veio aqui, disse eu sei. Tive em uma visão — revelei, e me atrevi a dar um passo na direção deles. — Na visão que tive, você e Rhode se encontravam. Implorava que você poupasse a vida dele. Suplicava.

— Poupar a vida dele? — repetiu o vampiro. — Rhode Lewin nunca nos pediu que poupássemos sua vida.

Não pediu?

— Hmm. Hmm... — Os Ocos entreolharam-se, e seu tom era de preocupação.

— Você disse que teve uma visão? — perguntou Laertes.

Assenti.

— Interessante. Como foi que você conseguiu acesso aos pensamentos dele? — inquiriu Rayken, cruzando as mãos sobre o colo.

— Somos almas gêmeas. Depois que os Aeris decretaram que não poderíamos ficar juntos, ele se recusou a me tocar. Mas parecia que eu estava conectada aos pensamentos dele. Algumas vezes, às memórias.

Laertes, Rayken e Levi trocaram um olhar rápido e falaram em uma língua estranha e apressada. Ouvi a expressão *Anam Cara*. Em seguida o nome Suleen.

— Almas gêmeas verdadeiras, aquelas cujas essências de vida estão entrelaçadas, encontram uma ligação ainda que não possam estar fisicamente juntas — explicou Laertes.

Aqueles vampiros me conheciam, sabiam de minhas atrocidades. Eu não precisava de feitiço de invocação desta vez. Precisava da força deles para me ajudar a resolver a questão de Odette. Não precisava solucionar o mistério de Rhode ainda. Tinha de me concentrar na missão prioritária.

— Vim aqui pedir um favor diferente daquele que Rhode pediu — falei.

— Não fazemos favores — respondeu Rayken.

— É verdade — concordou Laertes com um suspiro. — Conhecimento, e conhecimento apenas. Rhode procurou nossa proteção, que podia ser alcançada apenas por meio de uma troca.

Sabia que aquela troca, qualquer que fosse, seria perigosa. Poderia me matar.

— O que foi que Rhode barganhou? — perguntei.

— Amor — revelou Laertes.

— O quê? — murmurei. Não fazia sentido.

— Foi para isso que Rhode veio. Se ele nos desse a capacidade de amar que tinha, para estudarmos, nós protegeríamos você pelo resto de sua vida mortal.

— Como podem fazer isso? — perguntou Vicken.

— Podemos fazer muitas coisas — respondeu Rayken.

— Não podemos amar, Srta. Beaudonte — respondeu Laertes.

— Vampiros podem, sim, amar — repliquei.

— Rejeitamos essa capacidade há muito tempo. Diminuía nosso poder de aprendizado — esclareceu Laertes.

— Então vocês tirariam dele o amor que sente por mim? — Minha voz tremeu enquanto o horror me percorria. — E ele fez isso? — A voz falhou. Pensei em todas as visões. Mais cedo, na Casa de Espelhos, Rhode tinha me tocado. Ele chorara.

Tentei respirar enquanto ia me dando conta de tudo. Tinha sido tão estúpida! Pensei que Rhode não conseguia lidar com sua mortalidade. Mas era tão mais que isso. Considerara abrir mão de seu amor por mim a fim de me manter a salvo? Era essa a fonte de seu tormento?

— Ele falhou — revelou Rayken. — Não conseguiu.

— Qual é seu desejo, Srta. Beaudonte? — questionou Laerte.

— Rhode não conseguiu abrir mão do amor que tinha por mim? — indaguei. Queria a confirmação antes de pedir que nos protegessem de Odette.

— Não — repetiu Rayken. — Ele não concordou em ceder sua capacidade de amá-la, apesar de sua posição perante os Aeris.

Tinha de ser verdade. De que outra maneira saberiam a respeito dos Aeris?

Rhode não conseguiu deixar de me amar. Tinha dito na visão: *O que está pedindo é demais*. E na Casa dos Espelhos finalmente sucumbira ao tormento. Não importava a situação, jamais conseguiríamos ficar afastados um do outro. Voltaríamos sempre a esse momento. Eu podia chamar isso de uma variedade de nomes: *Anam Cara*, almas gêmeas, amor de minha vida; era meu Rhode.

Para sempre.

Mas nem tudo dizia respeito apenas a Rhode.

Imagens flutuavam por minha mente, e uma nova compreensão do que era o amor me esmagou. Não era somente o que sentia por Rhode... era algo mais.

Tracy dizendo que me ajudaria... não importava o que acontecesse.

A pintura de Tony em frangalhos.

Os olhos fechados da Srta. Tate, quase como se dormisse. O recado sobre seu peito.

O rosto de Claudia, manchado de lágrimas momentos antes de sua morte.

Isso era vida? Foi por isso que eu havia implorado durante os dias de insanidade que vivi em Hathersage? Meu coração ardeu dentro do peito quando pensei em mim mesma espalhando margaridas como uma louca pelo chão da mansão.

Fitei os Ocos. Eu sabia o que queria, e não era mais proteção. O que tinha de fazer, deveria ter feito havia meses. Era a única maneira de finalmente me libertar de Odette e da vida que levara em Hathersage. Se de fato deixara de ser um monstro, então tinha de deixar para trás minha vida como humana em Wickham. Sabia o que precisava fazer, sabia por que todos os eventos do ano tinham me trazido àquele momento, diante dos Ocos.

— Estou disposta a fazer uma troca — afirmei. — Não sei o que vocês podem querer de mim. Mas estou disposta a dar o que for.

— Lenah! — disse Vicken, chocado.

Abaixei a cabeça. Tinha de sair daquilo.

— Vim pedir ajuda para enfrentar uma vampira que está atrás de mim. Mas não é mais isso que quero. Quero uma coisa muito mais importante.

O desejo dentro de mim mudava enquanto eu falava.

— Quero que chamem os Aeris para mim — revelei. Queria voltar à Idade Média, como o Fogo propusera meses atrás.

Laertes me perscrutou por um momento.

— Que criatura curiosa você é, Srta. Beaudonte...

— E tola, talvez — falei. — Sei que não posso desistir de minha capacidade de amar. Rhode e eu somos iguais nesse sentido.

Laertes esperou um minuto e disse:

— Seu sangue bastará como moeda de troca.

— Meu sangue? — Levantei a cabeça.

Vicken veio para meu lado.

— Não — negou, e seu tom era sério.

312

— Vamos ajudá-la. Seu ritual é muito intrigante, tanto quanto a história de sua habilidade de manipular a luz do sol. Jamais vimos o sangue de alguém com essas aptidões. Nem mesmo o de seu Rhode.

A concordância ecoou dos outros dois.

— Não — repetiu Vicken. — Isso aqui é alguma trama idiota para te matar.

— Seu guarda-costas precisa ficar quieto, ou terá de esperar lá fora — avisou Laertes, enquanto vasculhava dentro de uma caixinha. O tinido de metal e vidro soou.

— Lenah, não — pediu Vicken, colocando as mãos em meus ombros. — Eu te imploro que seja razoável.

Fitando os olhos sinceros e zelosos de Vicken, soube que a atitude que tomava era a certa. Olhei para meu velho amigo, sabendo que jamais deveria tê-lo tirado da casa de seu pai. Da mesma forma como Rhode não abriria mão de seu amor por mim, sabia que jamais poderia seguir com uma vida em que todas as pessoas que amava poderiam morrer nas mãos de vampiros. Ou sair feridas. Tudo para que eu pudesse ser humana. Estava claro para mim. Para mim, e para Rhode também. Continuaríamos nos machucando, tentando encontrar maneiras de estar juntos sem quebrar o decreto impossível.

Aquilo não era vida.

Precisava voltar ao mundo medieval, para desfazer todas aquelas mortes, toda aquela dor.

Laertes deu longos passos até mim, com a beca flutuando às costas, criando correntes de ar que faziam as chamas bruxulearem. Os outros Ocos permaneceram sentados, e Vicken recuou.

— Vou coletar quase todo o seu sangue, Srta. Beaudonte. Quando acordar, estará em um quartinho. Logo ali. —

Apontou para um arco que se materializou ao lado da lareira. Havia uma porta de madeira pesada, decorada com formas curvas que pareciam estranhas flores alienígenas. — Estará em uma sala vazia. Não volte aqui até que seu encontro com os Aeris tenha terminado.

— Vocês podem me matar e nunca me dar a chance de me encontrar com eles — falei, sentindo o coração pulsar na garganta.

Laertes segurava uma faquinha, uma pequena lâmina. Agora que se aproximava, pude ver os buracos em sua boca, nos pontos de onde removera as presas.

— Ela deve ir sozinha — avisou, olhando para Vicken. Virei-me para ele, e sustentamos o olhar um do outro. Suas mãos pendiam na lateral do corpo. Ele engoliu com esforço, mas nada disse. Não sabia se devia deixá-lo daquele jeito. Mas tinha de correr o risco.

— Acho interessante, Srta. Beaudonte, que precisamente às dez horas da noite de hoje, você vai enfrentar um coven de vampiros. A nova rainha dos vampiros e seu coven, para ser mais exato. Ainda assim, você escolhe não pedir proteção. Em vez disso, pede uma reunião com os Aeris. Por quê? — Laertes deixou a cabeça pender para o lado com o mais leve dos sorrisos.

— Porque acho que posso vencer essa luta.

— Então, se morrer com essa coleta de sangue, não tem importância.

— Ah, tem, sim — respondi, e desnudei o pulso para ele. — Tenho de levá-la comigo.

Laertes sorriu, mostrando apenas a gengiva sem presas.

Capítulo 23

Vicken precisou ser contido por dois homens de preto que surgiram do corredor. Não assisti enquanto meu sangue fluía para dentro do grande recipiente de vidro. Tentei ignorar a pulsação do coração pelo corte no pulso. Quando comecei a me sentir tonta, as pernas dormentes, tudo ficou escuro.

Tentei piscar uma ou duas vezes, mas minhas pálpebras estavam grudadas. Queria levantar os braços. *Então ande. Levante os braços, Lenah.* Tentei, mas não conseguia. Outra tentativa, grunhi, mas as mãos eram pesadas demais. Tentei me concentrar, mas tudo nadava na escuridão. O rosto de Laertes surgiu acima de mim. Seus olhos percorreram minha face.

Ai, Deus. Ia me matar. Ele conseguiu. Foi tudo um truque.

— Não — arfei, mas era só o que consegui dizer.

O Oco pegou um pequeno frasco das dobras de seu traje. Um minúsculo tubo de vidro com um líquido azul. Levantou meu braço, que parecia flutuar no ar e em sua mão. Um fio negro de sangue corria do meu pulso até o antebraço. Laertes pingou nele duas gotas do líquido. Chiou como se estivesse queimando, mas não doeu. A pele retesou-se como se tivesse sido costurada.

Dentro de segundos, o sangue no braço pareceu mesclar--se com a carne, tornando-se do tom da pele. Logo depois, minhas mãos e dedos começaram a formigar como se estivessem sendo furados com alfinetes e agulhas.

— Seu sangue vai se regenerar depressa. Não se levante até sentir que consegue mover os dedos dos pés. Boa sorte — desejou, e, com sons de poucos passos, desapareceu.

Fiquei deitada, paralisada. A temperatura da superfície abaixo de minha cabeça era fria. O peso do corpo parecia afundar no chão gelado.

Espere...

Podia sentir a temperatura. Tentei pressionar o piso com as palmas das mãos. Deu certo. Forcei os dedos contra o piso, tentando dar um impulso para cima. Caí outra vez, batendo a cabeça. Grunhi e tentei mais uma vez. *Levante!* Os músculos do estômago tremiam. *Continue fazendo força, Lenah!* Sentei, expirando, e olhei para a frente. Não havia coisa alguma ali, exceto uma parede de pedra. Nenhuma janela. Olhei para cima, os pés ainda dormentes. O teto também era feito de ônix, e não havia janelas ou velas, mas ainda assim eu podia ver. Atrás de mim havia uma porta de madeira, a maçaneta em forma de punhal negro. No vão, havia uma linha de luz dourada. A única saída. Não podia ir, porém, Laertes dissera. Não antes de terminar de falar com os Aeris.

Com as pernas estiradas à frente, examinei os fundos do cômodo com um giro árduo do pescoço.

A porta começou a brilhar como se um canhão de luz estivesse direcionado para ela. Girando um pouco os quadris, encarei a parede de pedra. Usei as mãos, que ficavam mais fortes a cada momento, para empurrar meu rosto na direção da claridade. Como o rabo de um peixe, minhas pernas espasmavam.

Como no campo de treino de arco e flecha, uma pequena manchinha de luz branca surgiu no centro do cômodo. Cresceu mais e mais até o lugar inteiro estar ofuscante. Dentro da luz discernia-se as silhuetas de centenas de corpos, inclusive aquela pequena forma infantil.

As quatro figuras dos Aeris se materializaram na frente do mar de corpos, dando um passo à frente em conjunto, como tinham feito no planalto. O Fogo destacou-se dos três demais elementos.

Ela olhou para minhas pernas. As alfinetadas e agulhadas viajavam pelas coxas. Não demoraria muito.

— Perdão — pedi. — Ficaria de pé, mas não consigo.

O Fogo se agachou, e o vestido ficou suspenso sobre seus joelhos e se espalhou pelo chão. Os outros três Aeris se uniram aos meus pés. Juntaram as mãos uma em cima da outra e as colocaram sobre meus tornozelos. A pressão era como pétalas delicadas sobre a pele; tão leves, ainda que apoiassem seu peso em mim.

Fizeram algo passar por meu corpo, uma onda de luz, amor ou vida; não sabia. Inspirei uma grande rajada de ar. Foi rápido, e cerrei os punhos. Passei as mãos pelas coxas e pude sentir a maciez da pele sob as roupas.

Fiquei de pé enquanto os outros elementos recuavam e se posicionavam atrás do Fogo.

— Obrigada — falei. Olhei para os Aeris, um por vez, e repeti: — Obrigada.

Cada um deles fez um gesto de cabeça.

— Você é destemida — disse o Fogo.

Hesitei e disse:

— Acho que podia ter resolvido tudo antes.

— Por que nos chamou? — perguntou, com gentileza.

— Admito que parte de mim queria implorar a você. Suplicar para quebrar o decreto que me separa de Rhode. Não tem nada no mundo que deseje mais.

— Mas...? — perguntou ela, guiando minhas palavras. Usava seu vestido vermelho, e os cabelos crepitavam numa onda de labaredas vermelhas que cuspiam e emanavam luz nos tons tangerina e dourado.

— Me queimei, me coloquei em perigo para tentar evitar um ataque de vampiros.

Levantei o pulso para mostrar o curativo que ainda protegia a queimadura, mas a lesão tinha desaparecido quando me curaram. Deixei o braço cair.

— Os Ocos queriam estudar meu sangue. Pediram que Rhode abrisse mão do amor — contei, encontrando os assustadores olhos vermelhos do Fogo.

Ela sorriu com compreensão, quase orgulho.

— E depois de tudo isso, sabe o que queria? — perguntei.

— Diga — pediu ela, e sua pele parecia brilhar. Evoquei as palavras das profundezas de meu cérebro e alma humana. Sussurrei minha confissão mais verdadeira, que pronunciara apenas uma vez a Tony, antes que ele morresse.

— Queria nunca ter saído para o pomar naquela noite. Queria ter morrido no século XV, como era para ter sido.

— Enquanto falava, minha voz falhava e os olhos ardiam com as lágrimas.

O Fogo sustentou meu olhar e assentiu uma vez, lentamente. Deu um passo para o lado e me convidou a olhar para a luz branca às suas costas. Uma forma destacou-se da massa indistinta. Um jovem parou ao lado do elemento e ganhou corpo. Entrando em foco outra vez, tomando forma, até que me dei conta de quem era. Alargadores nas orelhas, um sorriso caloroso, as mãos nos bolsos.

Tony. Tony ao vivo; inconfundivelmente ao vivo e em cores. Senti o centro do peito explodir com calor, que foi se espalhando pelas mãos.

Ele fitou meus olhos, mas não falou.

— Sinto sua falta — sussurrei depressa. Ele recuou com um sorriso nos lábios e desapareceu dentro da luminosidade. As últimas feições claras e distinguíveis que vi foram as maçãs de seu rosto enquanto ele sorria.

O Fogo acenou com a cabeça.

— Às vezes, tomar a escolha mais difícil é o que nos liberta — argumentou.

Tentei encontrar Tony outra vez, mas o contorno de seus ombros e as mãos de artista eram apenas luz agora.

Inspirei profundamente.

— Quero... — falei, e a olhei nos olhos. Cada palavra que saiu de minha boca era sincera. — Quero o que você me ofereceu no campo. Voltar para o século XV. Mas sozinha. — Respirei. — Sei que Rhode é um vampiro no século XV, e que a única maneira de ficarmos juntos é se me transformar. É tentador demais. Então peço que ele fique aqui, nos dias de hoje.

— Fique? — repetiu o Fogo.

319

— Ele morreu por mim, ou tentou, pelo menos. Quero que viva. Se lembrar do passado, vai enlouquecer. Então peço que não se lembre de nada. Que ele tenha uma família, livre.

— E Vicken? Se você for, se retornar — explicou —, Vicken volta ao século XIX. Jamais se tornará um vampiro.

Uma lembrança me engolfou momentaneamente. Vicken vestido com uniforme azul de soldado. Dançando sobre uma mesa, dando chutes, sorrindo. Está suando. É humano... e feliz.

— Ele está vivendo em uma época que não era para ser a dele.

O Fogo veio até mim, para fora da claridade e dentro da escuridão do cômodo. Ficou exatamente na linha que nos separava. Que dividia seu mundo de luz branca do meu, de escuridão e cor — o mundo mortal. Ela olhou para mim, virou a cabeça e sorriu de lábios fechados outra vez.

— Todos os ciclos devem se completar. O sol que dá início ao dia precisa se pôr. A centelha que acende o mundo precisa se apagar. Termine o que começou. Quebre o ciclo do ritual e será atendida.

— Derroto Odette, e vocês me mandam de volta, como estou pedindo?

Ela assentiu.

— E minhas vítimas? Serão livres? E as pessoas que foram mortas pelos vampiros que criei?

A massa branca de almas atrás dos Aeris balançou e se agitou como se uma leve brisa tivesse soprado pelo quarto.

— Serão livres — garantiu o Fogo.

— Mas não terão almas puras? — perguntei.

— Terão de construir seu próprio caminho, como deveria ter sido.

Como no campo de tiro de arco e flecha, o Fogo começou a esvaecer; já conseguia ver a parede atrás dela.

320

— Quando estiver tudo acabado, você deve ir ao platô. Ao nascer do novo sol, você será levada de volta.

— E a batalha? — perguntei, sabendo que ela entenderia.

— E se eu morrer?

Água, Terra e Ar já se dissipavam com a luz, mas o Fogo continuava forte como antes. Veio até mim e levantou minha mão para que tocasse a sua. A pele parecia seda na minha.

— Tenho fé de que você pode fazer isso, Lenah.

— Eu mesma não tenho nenhuma — respondi.

Com um sussurro grave, a criatura disse:

— O conhecimento é a chave.

— Conhecimento? O quê...? — parei, enquanto ela olhava para trás, na direção da massa de pessoas que desaparecia.

Com palavras resolutas, ela disse:

— Os mortos não se mostram aos vivos. A menos que mereçam, a menos que tenham uma alma branca, limpa.

— Minha alma não era branca. Vi no teto de ônix. Era cinza.

Recuou em direção aos fios finos de luz branca. Começava a desaparecer também.

— Olhe agora.

Minha boca se abriu, e, pela primeira vez no que parecia uma eternidade, sorri.

— Espere! — chamei, dando um passo em sua direção. O Fogo bruxuleou diante de mim como uma chama que se extingue. — Rhode... ele vai ser feliz?

Ela abriu um sorriso e desapareceu.

Virei-me para a porta e girei a maçaneta. Esperava voltar à biblioteca. Em vez disso, encontrei-me na porta da frente, lá fora no sol do fim de tarde, encarando o caminho de conchinhas. Protegi os olhos da luz. Vicken ficou de pé em um pulo; estava sentado no último degrau, olhando a estrada e fumando um cigarro.

Ele se virou e me agarrou em um abraço apertado. Abracei seu corpo esguio. Cheirava a tabaco. Fiquei assim por um momento, assimilando-o.

— Estou me sentindo mal de verdade — disse ele, e senti a voz grave vibrar dentro de seu peito. — Agora sei por que esses mortais idiotas dizem que estão tendo um ataque de nervos.

— Está tudo bem comigo — garanti, e me afastei.

— Faltam seis horas para as dez da noite, Lenah. Temos de ir — avisou ele. Procurei as chaves do carro no bolso e as dei a Vicken. Mas ele não correu para o automóvel. Em vez disso, perguntou: — E aí? A gente vai lutar?

— O Fogo disse que, não importa o que aconteça, precisamos derrotar Odette. Isso vai quebrar o ciclo do ritual.

— Quebrar o ciclo?

— O ritual vai desaparecer para sempre se acabarmos com ela — expliquei.

— Excelente. O Señor Sem Presas ou a Srta. Fogosa chegaram a mencionar o que vai acontecer se vencermos?

Não podia contar a ele o que aconteceria se vencêssemos. Vicken tentaria me convencer a ficar neste mundo, a ficarmos todos juntos, porque era tudo que tinha vivenciado pelos últimos 160 anos. Mas eu precisava mandá-lo de volta para o lugar ao qual pertencia.

Balancei a cabeça e consegui sorrir quando uma estranha calma me dominou. Entramos no carro. Enquanto Vicken dirigia, encostei a cabeça no banco, ouvindo o som do motor. Escutava o motor, o rádio e as marchas sendo passadas. Observava os postes de luz ficando para trás.

Absorvia tudo e qualquer coisa. Qualquer coisa que não existia — que não existiria — em 1417.

A porta se abriu com um rangido quando entrei no apartamento. Esperava estar sozinha, mas havia alguém no sofá. Alto, a postura encurvada, cabelos espetados. Rhode estava com a cabeça enterrada nas mãos. Quando fui transformada em humana pela primeira vez e ele foi para a varanda com a intenção de morrer, Rhode estava tão certo, tão absolutamente certo de sua morte. Olhou para cima ao ouvir o ruído da porta.

— O que você fez? — Exigiu saber. Sentei-me ao seu lado. Os olhos esbugalhados me fitavam.

— Durante meses, pensei que você estivesse tentando se ferir. Que achava não merecer sua humanidade ou coisa assim — admiti.

— Por que achou isso? — perguntou ele.

— Desde que voltou de Hathersage, estive conectada com você. Podia ver seus pensamentos. Às vezes suas memórias. E interpretei mal seu sofrimento. Foi o que aconteceu na Casa dos Espelhos.

— Conectada? — repetiu Rhode, sem entender.

— O que achei que era sua mente se desintegrando era seu conflito com os Ocos. Porque você não conseguia desistir de seu amor por mim.

Ele franziu a testa e se levantou do sofá.

— Entendo. Então você descobriu meu envolvimento com os Ocos — disse, e caminhou até a escrivaninha.

Pousou as mãos sobre ela e baixou a cabeça. Observei os fortes músculos das costas se contraírem sob a camiseta fina enquanto ele falava.

— Quando acordei do ritual, você estava dormindo no sofá. Fiquei olhando para você. Finalmente humana, finalmente, depois de ter desejado tanto isso.

Voltou-se para mim e se encostou na escrivaninha. Eu tinha medo demais de falar. Como se interromper seus pensamentos fosse impedi-lo de me dizer o que esperei tanto tempo para ouvir.

— Não podia deixar de contemplar. Estava orgulhoso — continuou, com um rápido meneio da cabeça. — Tinha orgulho do que tínhamos sido capazes de conquistar com o ritual. Isso nunca tinha sido feito antes. Uma simples combinação de feitiços e ervas. Mas a intenção, o ingrediente crucial, mais variável, era o mais difícil de encontrar. Porque nós dois tínhamos de encontrá-la dentro de nós.

Rhode parou à minha frente.

— Então, eu tinha duas opções. Podia acordá-la e começar nossa vida humana juntos, ou podia deixá-la viver a sua sem mim. Tinha tantas dívidas a pagar. Uma grande com Suleen... devo muito a ele. — Ele encontrou meus olhos, e, mesmo sem entender tudo, senti que estávamos quase lá, na beirada, próximos da verdade.

— Devia a você — completou — a chance de ser humana sem minha interferência. Então escolhi pagar minhas dívidas, achando que você se adaptaria à vida humana e, se nós dois voltássemos a nos encontrar um dia, com certeza eu conseguiria explicar com o tempo. Foi aí que procurei os Ocos. Eles prometeram que a protegeriam pelo resto de sua vida mortal se eu pudesse... — hesitou, e ouvi com fascinação. — Me deram uma tarefa impossível, Lenah. Queriam que eu lhes entregasse o amor. Amor de verdade. Se pudesse capturá-lo, encontrar encantamentos ou feitiços que roubassem o amor para dar aos Ocos, eles a protegeriam. Você estaria livre da escuridão que te engoliu durante séculos.

Rhode pegou uma fotografia minha da escrivaninha e me perguntei momentaneamente se a jogaria pelo quarto.

— Falhei — admitiu ele, e a voz mal era audível. — E foi assim que me encontrei em dívida com os Ocos. A proteção foi negada. Vicken veio, e não cheguei a tempo para tirá-la de Lovers Bay.

Fiquei em silêncio e olhei para minhas mãos. Não imaginava Rhode falhando em nada.

— Para onde você foi? — perguntei com a voz rouca.

— Para longe, pesquisar. Para os cantos mais distantes. Falhei de novo. — Caiu de joelhos na minha frente e pousou as mãos sobre minhas coxas. — Se tirarmos o amor de uma pessoa por meio da magia, ela não pode mais amar. Não é mais cruel, não sente raiva; se torna oca e vazia, o que é quase pior. Eu não podia mais sugar a vida de ninguém. Tinha feito isso por centenas de anos, bebendo o sangue das pessoas.

Pensar em Rhode fazendo algo assim me deixava toda arrepiada.

— Não podia entender e não entendo esse tipo de maldade. Quando retornei... — Ele engasgou e levou um momento para terminar. — Quando voltei a Lovers Bay para falar com os Ocos, fiquei sabendo que você era vampira outra vez.

Rhode segurou meus joelhos com mais força, e quis abraçá-lo. Queria dizer que estava tudo bem.

— Vi sua vida como uma esfera dourada pairando diante de mim. Me atraindo como o sol mais ofuscante. Não tinha medo de sua luz.

— Você não conseguiu abrir mão de seu amor por mim — falei.

— Não consegui — respondeu ele, em voz baixa. — Não desisti.

Era minha vez de dizer a verdade em troca.

— Fiz um acordo com os Ocos, Rhode. Pedi que chamassem os Aeris.

Os olhos de Rhode se levantaram para encontrar os meus. Ele deixou as mãos caírem de minhas pernas, e o clima no cômodo mudou consideravelmente.

— Eles nunca fazem nada de graça... O quê...?

— Em troca de meu sangue, o sangue de uma vampira que podia manipular a luz do sol e que sobreviveu ao ritual duas vezes, eles chamaram os Aeris para mim. — Engoli em seco, tentando controlar minhas emoções.

Rhode levantou-se e chutou a mesinha de centro, mandando livros e canetas pelo ar. Encolhi-me e desviei os olhos dos objetos que caíam.

— Como pôde? Eles não são confiáveis, Lenah. Você não sabe o que essa negociação pode significar para você daqui a anos. Vão ficar com esse sangue. Essa magia. — Ele passou a mão pelos cabelos. — Você podia ter morrido.

— Não morri, Rhode. — Meu tom se tingia de exaustão.

Fitei a curva de seu pescoço, a faixa de pele entre os cabelos e a camiseta preta. Queria tocá-la enquanto ainda podia.

— E o que você pediu aos Aeris? Proteção contra Odette? Lenah, mais vampiros vão vir, sempre. Você pediu que quebrassem o decreto?

— Não! — exclamei, e Rhode suspirou. O silêncio era sua resposta. — Você espera tão pouco de mim, sempre a garota egoísta. Se lembra do que os Aeris disseram? Que éramos almas gêmeas e que não podíamos fazer nada quanto a isso?

Rhode assentiu.

— Por todo esse tempo pensei em mim mesma. Em você, em mim, no que não podemos ter. Nunca me preocupei com as pessoas que realmente mereciam justiça.

— Lenah...

— Não — cortei o que ele dizia. — Chega de formalidades. Precisamos derrotar Odette. O Fogo disse isso especificamente. Então, depois de matarmos Odette, na manhã seguinte, vou voltar ao século XV, e o Fogo vai desfazer todas as nossas atrocidades. Apagar nossos assassinatos.

— O quê?!

— Por que não nos preocupamos com as pessoas na luz branca atrás dos Aeris? Com Tony ou Kate ou Claudia? Até Justin? Quem sabe onde ele está agora, se é que está vivo?

— O mundo medieval... — Rhode começou a dizer, sacudindo a cabeça.

— Minha vida vai ser curta. Vou casar jovem, morrer jovem. Mas vou viver, Rhode. E nós vamos poupar todas aquelas pessoas que matamos.

Ele pareceu refletir a respeito de algo e em seguida disse:

— Mas não vou conseguir viver sem poder te amar. — Meu coração doía enquanto eu ouvia suas palavras. — Serei um vampiro no século XV, observando você. Esperando você.

Engoli em seco. Reunindo forças. Não podia fitá-lo enquanto falava. — Resolvi essa parte também. Quando eu voltar, você ficará aqui, sem lembranças do passado. Vai ser o Rhode de 17 anos, com uma família. Um garoto com a vida toda pela frente.

— Não, Lenah. Isso não é justo. Não tive escolha nisso tudo.

Avancei até ele, apontando o dedo para seu peito e fazendo-o tropeçar contra a escrivaninha.

— Não! — gritei. — Não. Eu nunca tive escolha. Você entrou no pomar e me transformou em vampira. Tudo que aconteceu desde aquele dia será desfeito por essa escolha.

Recuperei meu fôlego no momento de silêncio que passou entre nós.

— Você chegou a me perdoar algum dia? — perguntou ele, baixinho.

— E você, me perdoou? — indaguei. — Eu te vi. Dizendo para Suleen que não tinha certeza de que me perdoaria. Que eu talvez não fosse digna de amor depois... — hesitei — depois do que fiz. — Minha voz falhou. Não conseguia evitar.

Rhode e eu estávamos a poucos centímetros um do outro. Vi a compreensão surgir em seu rosto.

— Essa foi uma lembrança que tive alguns meses atrás. Me arrependi de ter falado isso.

— Então sua lembrança foi...?

— Só um pensamento que tive. Você estava conectada aos meus pensamentos.

Deixei que aquilo assentasse.

— Você me perdoou? — perguntei em voz baixa.

Inclinei-me para ele e levei os lábios a milímetros dos dele. Rhode olhou para mim, e poderíamos facilmente ter-nos beijado. Sua respiração era tão delicada em minha boca.

— Não estou sempre te dizendo a mesma coisa, Lenah? Você é minha única esperança.

Ele chegou para a frente ligeiramente, nossos lábios se roçaram. Estava prestes a beijá-lo pela primeira vez como mortal.

— Eu te amo, Lenah — sussurrou ele.

Estava perdida na possibilidade de sua boca acariciando a minha. Meu coração cantava, e todos os poros de meu corpo ansiavam por seu toque. Queria estar unida à sua alma.

Bam!

Alguém batia à porta do apartamento.

Separamo-nos com um pulo.

— Eu atendo — disse Rhode, e quando se afastou, o ar entre nós parecia estranho e arruinado.

Vicken estava no corredor, todo de preto, os cabelos penteados para trás, de modo que as feições pareciam mais proeminentes. Sorriu sem mostrar os dentes, como se escondesse algo. Então o sorriso alargou-se, e duas presas afiadíssimas brilharam.

— Uau! — exclamou Rhode, recuando, e meu ânimo melhorou quando ele deu uma risadinha.

— Você está fantasiado de vampiro? — perguntei.

Rhode balançou a cabeça como se não acreditasse, e deu outra risadinha.

— O quê? — perguntou Vicken, dando de ombros, como se fosse a coisa mais normal do mundo.

— Maravilha... — disse Rhode. Ele abriu a mala de lona e tirou a espada. A lâmina de prata refletiu a luz e lançou pequenos raios pelo chão.

— Issho se chama ironia — explicou Vicken com um cicio. As presas falsas dificultavam os movimentos da boca. Ele entrou, fechou a porta e deu alguns passos para o centro da sala. — Olha só para vocêix doix. Patétxico — disse. — Onde é que extão xuas fantaxiax? Vocêix não podem simplexmente entrar num baile com uma expada nax coxtax.

Rhode gesticulou para a mala aberta no chão.

— Já cuidei disso. — Jogou o conteúdo da bolsa no piso e cinco punhais caíram. — Agora me ajudem aqui.

Capítulo 24

Babados brancos feitos em tecido barato; rostos pintados para parecerem os de demônios ou anjos. Eram esses os pedaços das fantasias que eu conseguia ver ao meu redor no campus de Wickham na noite do baile de Halloween, a última da Nuit Rouge.

A decoração combinava bem com as luzes vermelhas e verdes que piscavam. Viaturas da segurança iluminavam as vias do campus.

Esse era um novo Internato Wickham.

Um Wickham apavorado.

Marcado pela sede de sangue de vampiros.

Sondei a multidão à procura da silhueta alta de Justin, mas não a vi.

Rhode, Vicken e eu paramos na alameda próxima ao Seeker e observamos nossos colegas cruzarem o gramado em direção ao Hopper para entrar no ginásio. Ajustei o cinturão, uma faixa de couro que prendia a espada próxima a meu corpo. Batia nas costas sempre que me movia.

— Então me conte o que o Fogo falou — pediu Vicken pela décima vez.

— Disse que o conhecimento era a chave.

— Não podemos nos preocupar com enigmas dos Aeris. Temos de manter o foco — cortou Rhode, os olhos fixos no campus escuro.

— Laertes disse dez horas — lembrei a Rhodes.

— Bem, fica fácil assim, então — disse Vicken. — A gente espera aqui até as dez, aí ataca.

— Não podemos deixar aquelas pessoas sozinhas lá dentro — argumentou Rhode. — Vamos ao baile. Ao primeiro sinal de algo fora do comum, atacamos. Lembrem-se, precisamos tirar Odette de perto do coven para que Lenah possa acertar seu coração. É crucial que ela consiga.

— É — concordou Vicken, tentando empurrar as presas falsas para cima a fim de deixá-las mais firmes na boca. — Mas você só está esquecendo um detalhe importante sobre essa luta.

— O quê? — perguntou Rhode.

— Vai ter centenas de pessoas naquele ginásio. A gente vai se revelar na frente deles.

Rhode lançou-me um olhar significativo. Nós dois sabíamos as mudanças que viriam ao amanhecer. Tínhamos de conseguir. Ou ficaríamos presos aqui, com o decreto dos Aeris e vampiros à procura do ritual.

— Vamos — chamou Rhode, e seguimos para a via principal. Sabia que Vicken merecia saber sobre minha decisão de voltar ao mundo medieval, mas não sabia como explicar a escolha que fiz.

— Já falei que vocês estão arrasando? — comentou Vicken, olhando para mim e Rhode de cima a baixo.

— Eram as únicas fantasias que faziam sentido com a espada de Lenah e minhas flechas — respondeu Rhode.

Estávamos vestidos como vikings. Teria rido ou talvez sugerido que tirássemos fotos, mas, naquela situação, não era apropriado. Os únicos eventos que requeriam fantasias nos séculos XVII e XVIII eram bailes de máscara. Aquilo era diferente. Minha fantasia era composta de uma regatinha, shorts e botas forradas de pele falsa. A de Rhode era um kilt com regata preta. Tentei não notar a curva de seu bíceps ou os músculos trabalhados das costas.

Combinando com a faixa de couro em meu ombro, havia uma aljava presa nas costas de Rhode, onde ele levava as flechas. Tudo que se via eram as penas saindo do topo. Rhode segurava o arco, uma elegante arma preta, de aparência moderna.

— Você fica com ela — dissera ele, enquanto prendia a espada às minhas costas, mais cedo no apartamento.

— Mas é sua espada — argumentei, sentindo o peso do metal quando a faixa foi ajustada ao meu peito.

— Só peguei emprestada — disse ele, referindo-se à tarde em que visitara o túmulo de Tony. — Deixei-a com você por um motivo. — Nossos olhares se encontraram, e ele levantou o canto da boca, me dando um sorriso triste e irregular. Jamais lhe perguntara sobre a cerimônia no cemitério.

Enquanto caminhávamos, era difícil não apreciar o zelo e o esforço que o Internato Wickham empregara na decoração de Halloween. Finalmente podíamos vê-la finalizada. Serpentinas pretas envolviam as árvores que margeavam as alamedas, luzes laranja piscavam como vaga-lumes em todas as estruturas possíveis. Wickham tentava unir seus alunos... Tony teria amado.

Como estavam todos encasacados enquanto caminhavam em direção ao ginásio, tudo que eu vislumbrava era pedaços de fantasias. Sentia calor, mas podia ser a adrenalina correndo em meu corpo.

Vicken, Rhode e eu andávamos juntos, como uma equipe, como soldados, carregando nossas armas. Viramos para o caminho que seguia até o Hopper, e ao lado ficava a colina que terminava no platô de treinamento. Lembrei-me de Suleen, que não se revelava havia meses. Mesmo quando mais precisei dele, não viera. Os únicos restos da feira eram as barracas dos estudantes. Parecia que a companhia profissional tinha removido a Casa dos Espelhos.

Inspirei o ar fresco algumas vezes; os aromas do campus de Wickham clareavam minha mente. Grama molhada, ar limpo e o cheiro do mar em algum lugar próximo. Tentei não dizer adeus enquanto expirava, mas sabia que, de alguma maneira, já o estava deixando resvalar para longe. Diretamente à frente, tínhamos uma boa vista do campus, inclusive da mata para além do Hopper.

Ouvimos expressões de surpresa e gritos de alegria quando a porta do edifício abriu-se diante de nós. A música alta do ginásio mandava ondas de som para a noite lá fora. Disse a mim mesma que me lembrasse da forma como a eletricidade iluminava a escuridão. Que café podia ser derramado automaticamente dentro de uma xícara. Aquela música, o tipo tocado no ginásio, teria de ser escondida nas profundezas do coração, onde sempre a escutaria.

— Lenah! — Me virei e vi Tracy, de casacão preto e jeans. Ela correu para mim, Vicken e Rhode. Quando nos alcançou, vi que os olhos estavam vermelhos. Ela cruzou os braços na frente do peito.

— Tentei te encontrar mais cedo — disse ela.

— O que foi?

— Justin — respondeu.

— Tem alguma notícia? — perguntei. *Por favor, ele tem de estar vivo.*

— Ele ainda está desaparecido. É oficial agora — revelou ela.

— Está tudo bem contigo? — perguntei.

— Não sei — murmurou ela. — Só estou torcendo para que ele esteja bem. — Seus olhos diziam que esperava que Justin não fosse a nova vítima de Odette. — Mandaram Roy para casa — acrescentou. Quase tremia enquanto continuava a falar. — A polícia não sabe de nada. Não acharam nenhuma mensagem. Nenhum sinal de violência — disse.

— E vocês? — perguntou, e finalmente nos fitou. Não pude deixar de notar seus olhos movendo-se de minha espada para o arco e flecha de Rhode. Ela terminou examinando Vicken. — Você está...? Você está fantasiado de vampiro? — perguntou, surpresa.

Engasguei com nervosismo.

Ah, Vicken, seu imbecil.

Um sorriso assustador foi se abrindo devagar no rosto de Tracy.

— Você é meio doente.

Ele abriu a boca para responder, mas a Srta. Williams interrompeu.

— Ei! Vamos lá, gente — chamou a mulher, surgindo à porta do ginásio. Usava a fantasia de gato outra vez e desenhara bigodes no rosto. A música ressoava pelo campus novamente. Enquanto entrávamos, a Srta. Williams parou e pousou a mão com gentileza em meu ombro. Disse, baixinho:

335

— Já estão fazendo buscas, querida.

Teria me preocupado mais, contudo algo dentro de mim disse o que estava para acontecer. Talvez fosse um sexto sentido, vindo da vampira que ainda existia em meu interior e que era tão imperiosa, que comandara não centenas, mas milhares de imortais. Aquela parte poderosa de mim sentia que Odette estava com Justin e que ele seria parte de seu jogo de poder. Eu não podia dizê-lo em voz alta, porque isso significava que ele não estava em algum lugar se comportando como o malandro típico que era. Que não tinha voltado a ser o garoto que adorava corridas de barco e chegaria ao baile de surpresa, carregando o irmão Roy a tiracolo, sorrindo e gargalhando. De alguma forma, dizer aquilo tornaria tudo real demais, avassalador demais.

Contar a Tracy seria demais.

— Lenah! — chamou ela, parando à entrada. — Eu amo Justin. Não do mesmo jeito de antes. Ele é meu amigo.

Coloquei a mão no ombro dela.

— Eu sei — respondi. — Vou fazer o que tiver de fazer.

Odette o usaria como isca. Para nos atrair até ela e nos fazer lutar. Me preparei para isso. Mesmo que não o amasse mais, eu o salvaria.

À medida que andávamos, nossas botas se juntaram aos saltos altos e sapatos de fantasia. Tracy me olhou quando entramos, e pude ver a força por trás da preocupação. Apenas uma pessoa muito especial poderia correr por um cemitério, pronta para enfrentar um vampiro que jamais vira antes.

Rhode e eu nos mantínhamos em silêncio ao seguir a fila de alunos.

Tracy foi falar com alguns outros conhecidos do terceiro ano que ocupavam um ressalto da parede nos fundos do salão.

Eu tinha trançado os cabelos, que caíam compridos pelas costas. Queria-os fora do caminho quando mergulhasse a espada no coração de Odette.

— Ok — disse Rhode. — Temos vinte minutos.

— Será que a gente não devia circular por aí? — perguntou Vicken.

Rhode meneou a cabeça.

— Cada um devia ir para um canto e ficar de olho para ver se acontece alguma coisa fora do comum.

Concordei. Em lugares diferentes do ginásio, poderíamos ver se aqueles vampiros chegassem por qualquer entrada. Perto de onde eu estava, havia três mesas de comida, o que fez meu estômago roncar.

Se minha teoria estivesse correta e Odette tivesse feito Justin de isca, não havia como dizer o que faria com ele naquele cenário. Iria me atrair sozinha para um corredor? Faria uma cena? Ajeitei a faixa nos ombros e costas, trazendo a espada de Rhode mais para perto.

Vicken e eu estávamos nos fundos, em cantos opostos, com as arquibancadas empilhadas nos separando. Sua faca principal estava escondida na bota, embora eu soubesse que ainda tinha mais dois punhais em algum lugar do corpo. Fingimos estar nos divertindo. Quando cheguei a Wickham pela primeira vez, tinha rezado para que pudesse ser uma garota normal, que pudesse me esquecer dos anos que passara manipulando pessoas e vivendo do prazer que sentia pela dor alheia. Era uma forasteira, e Justin me fizera acreditar que podia ser aceita.

Jamais me sentiria assim outra vez.

Tentei prestar atenção da melhor forma possível. As fantasias teriam sido uma diversão em si mesmas se tivéssemos sido capazes de apreciá-las: coelhinhos, super-heróis, gatos e cavaleiros da Távola Redonda. Havia muita pele à mostra, então não me senti deslocada com minha econômica roupa viking.

O ginásio estava tomado de pessoas dançando coladas, tão próximas que seus quadris se tocavam. Pequenas gotas de suor se juntavam nas testas e escorriam pelas bochechas. Vicken e eu estávamos nas laterais das arquibancadas, vigiando. Rhode estava na outra ponta, de olho na entrada. De vez em quando, eu o via falar com um professor. Era sempre rápido para inventar uma desculpa e voltar para as sombras e para sua vigília.

Olhei o grande relógio na parede. Segundo a previsão de Laertes, Odette tinha se atrasado dois minutos. Rhode estava encostado na parede, os braços cruzados. O olhar dele encontrou o meu, e ele o sustentou. Sempre me perderia naquele azul. Como os milhares de céus noturnos que vira quando era vampira.

Com o cheiro de tabaco, Vicken surgiu ao meu lado. Seus olhos fitavam o outro lado do cômodo. Disse, simples e gravemente:

— Bem, aí está uma reviravolta interessante.

Segui seu olhar até a frente do ginásio. O que vi me chocaria pelo resto dos meus dias mortais. Não conseguia me mexer. Sabia que tinha de proteger todos ali, mas meus pés e mãos pareciam não pertencer ao restante do corpo. Recuperei o fôlego e pisquei com força, tentando fazer o mundo voltar ao foco.

Foi então que os gritos começaram.

Pois a fantasia de Justin não era uma fantasia. O viço jovem tinha desaparecido de sua pele, e os poros estavam apagados. Os olhos que se suavizavam para mim, que me diziam o quanto me amavam, eram agora vítreos. Endurecidos. Não tinha como confundir a loucura.

Justin Enos era um vampiro.

Capítulo 25

Dois guardas jaziam sem vida no chão. Tinham os pescoços deslocados em ângulos estranhos. Mortos. De pronto. Será que tiveram tempo para chamar reforços? Teriam alcançado sua tecnologia moderna a fim de salvá-los? E falharam?

Justin parou na entrada, estendeu a mão para o corredor e puxou Odette para dentro do ginásio. Envolveu sua cintura com um braço, jogou-a para trás, fazendo suas costas se arquearem, e lhe deu um beijo intenso. Minha boca se abriu com incredulidade. Juntos, eles entraram no cômodo, flanqueados por três outros vampiros. Justin vestia a camisa polo com a qual eu o vira centenas de vezes.

Dobrando os joelhos de leve, ele pulou sobre a mesa de comida e chutou as batatas fritas e os doces, que saíram voando pelo ar.

— Bem-vindos — gritou, e apontou para o DJ, que abaixou a música — ao Baile de Halloween. Sabem, eu estava animado para a noite de hoje. — Justin agachou na mesa e ofereceu a mão para que Odette subisse.

Justin era um vampiro. O horror passou por mim. Ela venceu. Odette venceu. Tinha roubado Justin da humanidade, pegado todo o seu belo calor e sua vida, e o transformando em um vampiro gelado e sem alma.

Odette e Justin estavam sobre a mesa, deliciando-se com o terror que criaram. A maioria das pessoas se aglomerava em pequenos grupos, enquanto outros se encostavam nas paredes, paralisados. Um aluno do segundo ano que reconheci da aula de ciências do ano anterior estendeu lentamente a mão na direção de uma faca na mesa de bolos. Antes que ele conseguisse alcançá-la, Odette caminhou pelo tampo, arrebatou a faca do bolo, debruçou-se e esfaqueou a lateral do pescoço do garoto. Mais gritos ecoaram pelo ginásio, e uma multidão de pessoas correu para a saída.

O sangue espirrou em um arco largo, e ele agarrou a faca, tentando removê-la sem sucesso. Odette ficou de pé como se tivesse simplesmente se livrado de uma mosca. Tive de desviar os olhos. Não queria assistir àquela morte; seus gritos me deixavam com o estômago revirado. Mas precisei olhar. O aluno tombou, sem vida, no chão.

— A próxima pessoa que pensar em me enfrentar morre. — Ela virou-se para mim com um sorriso doentio. — Com exceção de você, querida.

Não conseguia tirar os olhos de Justin. Como era estranha sua aparência como vampiro. Como era assustadoramente régio e forte. Sólido e escultural. Aquela manhã em que eu tinha batido à sua janela, ele tinha sido tão suave. Tão gentil. Ali, não era nada. Apenas um casulo abrigando raiva e morte.

Engoli com esforço. Tinha de me mover; a ira pulsava em minha alma. Tinha de matar Odette. Assim poderia consertar as coisas. Justin não se tornaria um vampiro. Meus amigos estariam vivos e seguros. Tudo seria revertido pela manhã.

— Viemos aqui hoje à noite para fazer um pedido muito especial — anunciou Odette.

Dois vampiros estavam abaixo de Justin, montando guarda. Meu estômago se revirou quando me lembrei do vampiro que tinha matado com o feitiço de barreira. Justin era o membro que completava o coven.

Odette ficou subitamente de costas para Justin, pulou para o chão e caminhou depressa até a porta. O mar de estudantes se separou à frente, mas Tracy ficou firme contra as arquibancadas empilhadas perto da parede. Riu para a vampira. Planejava algo. Avançou um passo, brandindo algo que eu não consegui ver.

Odette investiu contra Tracy pegando e puxando seu rabo de cavalo. Vi um brilho prata, e me dei conta de que a garota segurava uma faca. A arma bateu sonoramente no chão. Eu precisava chegar até ela.

Quando dei um passo, Justin pulou da mesa na minha frente, desviando meus olhos de Tracy.

— Eu cuido desses dois debaixo de Justin — gritou Vicken, e passou correndo por mim. Não pude ver porque meus olhos estavam fixos nos de Justin, que pareciam mármore. Procurei por qualquer sinal do garoto humano que um dia amei.

Ouvi um estrondo perto da porta. Olhei para as sombras onde Rhode estivera, mas não o vi. Odette jogara um garoto usando uniforme de futebol americano contra as arquibancadas enquanto ainda mantinha os cabelos de Tracy presos na mão. Ele ficou caído em um amontoado no chão.

— O famoso Rhode Lewin. — Ouvi-a dizer, e aquilo me partiu ao meio. Quis correr pelo cômodo, mas Justin caminhava para mim em passos lentos e largos.

O instinto me fazia recuar, apesar do fato de que apenas 24 horas antes, Justin tinha segurado minha mão. Recuperei o prumo e encontrei alento puxando o cinturão para perto do corpo. A Srta. Williams e outros professores tentavam conduzir os alunos para fora por uma janela dos fundos do ginásio.

Vamos lá, Fogo. Pensei comigo mesma. *Que conhecimento tenho? Qual é a chave?*

Justin abriu um sorriso zombeteiro, e tomei aquilo como minha deixa.

Tirei a espada da faixa de couro e a brandi diante de mim.

— Lenah! — gritou Rhode de algum lugar.

— Estou bem! — gritei de volta.

— Sempre admirei essa espada — disse Justin, parando alguns centímetros à minha frente.

Meu corpo reagiu, mas minha mente ainda não acreditava. Um vampiro atrás de Justin deixou alguns alunos acuados em um canto. Juntaram-se, a maquiagem preta escorrendo por suas bochechas.

— Você vai me dar o ritual — disse ele. Estendeu a mão e agarrou as costas da fantasia de uma menina que corria em direção às janelas. Justin segurou-a à sua frente e sorriu para mim com os olhos frios e mortos. As presas desceram.

Talvez fosse a conexão entre nós, mas eu podia sentir a presença de Rhode. Sentia seu poder, sua concentração. Não precisava olhar. Todas as experiências que tive compartilhando seus pensamentos me mostraram que naquele instante ele levantava o cotovelo, pronto para cravar uma flecha no coração de Justin. Em minha mente, podia ver a ponta afiada apontada diretamente para ele.

Via o rosto de Rhode, salpicado de manchas de sangue e pingos de suor. *Não*, pensei. *Rhode, você não pode matar Justin*. Dei um passo para ficar imediatamente diante dele, tornando impossível matá-lo sem me acertar primeiro.

Rhode baixou o arco e a flecha.

— Me dê o ritual, Lenah — exigiu Justin, e segurou a aluna com mais força ainda. — Ou mato a garota. Não, espere. Melhor ainda, vou transformá-la em vampira.

Mantinha a espada à minha frente. Foi apenas naquele instante que me dei conta de que a aluna era Andrea, a menina com quem ele flertara anteriormente naquele ano. Lágrimas lhe escorriam pelo rosto.

— Deixe ela ir — falei com a voz estável.

Obriguei-me a esquecer o garoto que me fizera sentir tão quente e humana. Concentrei-me na dureza de seus olhos.

— Deixe. Ela. Ir — repeti.

Não sabia ao certo o que fazer. Ouvia o som de vidro quebrando ao redor, e um alarme soava em algum canto do Hopper. O que acontecera a Tracy? Justin jogou Andrea para a frente, fazendo que caísse de joelhos. Ela correu, meio trôpega, para trás de mim.

— Justin, sei que esse não é você. Às vezes o humano lá dentro consegue se lembrar.

— Me lembro de seu poder, Lenah. Daquele dia na praia. Seu poder como vampira. E sempre quis aquilo para mim.

Ele estava para avançar, eu sabia disso. Os olhos verdes, agora tão alheios, tão estranhos, perfuraram os meus.

Eu era menor que Justin, mas tinha de escolher apenas uma parte de seu corpo, uma pequena parte, para conseguir

345

desarmá-lo. Podia tomar uma variedade de ações para quebrar sua concentração, e depois teria de acertá-lo diretamente no coração ou decapitá-lo.

Apenas esse pensamento já era impossível. Justin investiu para desferir um golpe, com um punhal de súbito na mão, tentando me acertar, mas pulei para o lado.

— Vá! Vá! — gritou Vicken, e o som de sua voz me reconfortou. Ainda estava vivo. Mas onde estava Odette? Onde estava Rhode?

Justin e eu não tiramos os olhos um do outro. Estava pronta e, quando ergui a espada, avancei, com todo o peso do corpo sobre a perna esquerda. Dei uma estocada com a arma, mas errei. A lâmina fez um arco no ar, e a ponta mergulhou no piso, ficando enterrada. Uma vibração reverberou por toda a espada até chegar à minha mão. Queria gritar pela pressão que sentia nos dedos.

— Eu podia simplesmente ter trazido um revólver — comentou Justin, quando desviou sem problemas de meu ataque. Mantive os pés plantados firmemente no chão, sem sair da posição, e fiz força para recuperar a espada.

— Você não ia perder a oportunidade — retorqui. — Adora ser o centro das atenções.

— Você não me disse uma vez que eu daria um ótimo vampiro?

Engasguei. Tinha dito aquilo, não tinha? E, o que era pior: estava certa.

— Você pode ser de carne, osso e sangue agora, mas ainda é uma assassina — acusou ele. — Foi responsável pela morte de Tony.

— Você amava Tony — falei, e odiei a falha em minha voz. Olhei para o chão do ginásio, observando as serpenti-

346

nas amassadas aos nossos pés. Ergui a espada novamente e, quando Justin pulou para a frente a fim de me acertar com o punhal, desviei para o lado, evitando o ataque.

— O mundo vampírico inteiro sabe de seu ritual — disse, fitando-me. — Conte o segredo para mim. Posso te dar proteção.

— Vou morrer antes disso.

— Devia ter deixado Odette pegá-la muito antes daquele dia na torre de arte. Pensei que você ia ter sacado até lá.

— Do que você está falando? — perguntei.

Estávamos nos cercando, voltas e voltas, minha espada erguida, o punhal de Justin pronto. Para alguém que não tinha experiência com armas brancas, ele era certamente ágil. Foi aí que... suas palavras se infiltrarem em meus pensamentos.

"Você, o ritual. Rhode. Por que você continua viva... Então, o que quer que seja que você fez com aquele ritual, não me importa. Quero..."

Estava falando do ritual o tempo inteiro. Daquela noite em diante.

Trinquei o maxilar, mordendo e engolindo as palavras, mas não consegui me conter. Não tinha ideia de que Justin estivera de conluio com aqueles vampiros por semanas.

— Há quanto tempo? — indaguei. — Há quanto tempo você está sendo controlado por ela?

— Vi sua natureza, Lenah, na noite de seu aniversário. Você acha que não arranjei isso aqui? Fui eu quem planejou tudo. Para que você confiasse em mim.

Tinha ficado comigo aquela noite pelo ritual?

Atrás dele, um dos vampiros pulou em cima de Vicken. As costas de meu amigo se arquearam quando foi atingido, e ele bateu no chão. Virou-se depressa, com o punhal ainda na mão. Eu tinha de manter o foco.

Justin parou de rodar e deu um passo para mim. Estava perto dele, mais do que precisava para perfurá-lo com a espada. Concentrei-me no local entre o braço e o peito. Ia atacá-lo ali; para desarmá-lo. *Sim... bem ali, bem entre o braço e o peito.* Minha mão direita apertou o cabo da espada com mais força.

Pulei para Justin, mas ele foi rápido demais e chutou minha barriga, me jogando no chão. A espada fez um ruído metálico contra o piso do ginásio. Meu estômago doía. Coloquei a mão sobre ele a tempo de ver Justin se preparar para avançar em minha direção, a fim de me golpear. Rastejei e peguei a espada novamente. Ao mesmo tempo, dei um chute para o alto, tirando o punhal de sua mão. Ele soltou um rosnado, levantou o pé e pisou em minha barriga antes que eu pudesse rolar para longe. Minha mão soltou a arma, e o fôlego me faltou. A tosse saiu seca e entrecortada. Minha garganta já estava tão ferida.

Respire, Lenah. Mas não conseguia. O peito estava comprimido. Eu estava deitada no chão do ginásio, e foi então que as palavras... As palavras de Odette de semanas antes no provador me voltaram à mente.

Dá para ver por que ele gosta de você. Era de Justin que falava! A runa ao redor do pescoço balançava para a frente e para trás, acima de meus olhos, quando ele se colocou sobre mim. Conhecimento, o Fogo dissera. O conhecimento é a chave.

Precisava entender o que ela queria dizer.

Também precisava da espada. Tentei respirar outra vez. *Respire, Lenah!* Gritei para mim mesma mentalmente.

— Mortal — rosnou ele e ergueu o pé outra vez —, me dê o ritual!

Um estrondo enorme chamou nossa atenção para os fundos do cômodo. Uma flecha se projetava do peito de um dos vampiros do coven de Odette. Ele tombou contra um conjunto de cadeiras e a mesa de bebidas, levando-os consigo ao chão.

O tempo pareceu desacelerar ainda mais. Ao pé dos bancos, avistei Odette. Seu pescoço estava esticado enquanto ela se alimentava de Tracy. Os olhos da menina estavam fechados, e a boca, aberta e mole, da mesma forma como vira Claudia ficar. Rhode surgiu do caos, chutando Odette para longe, o que fez a besta loura soltar Tracy. Ela abriu uma careta e, antes que pudesse recuperar o prumo para investir contra ele, antes que pudesse pegar a faca que eu estava certa de que tinha, olhou para o outro lado do ginásio, para Justin. A raiva transformou-se em olhos enormes e um sorriso zombeteiro e ameaçador.

A dor que se espalhava pela minha coluna até os braços vinha em pequenas ondas. Justin avultava-se sobre mim, trazendo meus olhos de volta aos seus. Ele aproximou o belo rosto do meu... era ainda mais bonito agora que os poros tinham sido fechados. Na mão direita estava minha espada; ele ergueu o braço apenas o suficiente para apontar a lâmina para meu peito. Quando foi tomar impulso para mergulhá-la, rolei, chutando-o em cheio no peito com o que esperava que fosse força suficiente. Meu pé doeu com o impacto. Ele tropeçou para trás, mas fui rápida e, enquanto pulava para ficar de pé, levantei a perna outra vez, aplicando um novo chute em seu peito. Justin abriu os braços quando tombou ao chão, largando a espada. Peguei-a e segurei-a com a ponta para baixo, os dedos no cabo.

Deixei-a ficar entre nós. Vi a mim mesma como era séculos antes, estalando os dedos e ordenando centenas de vampiros a matarem uma holandesa indefesa. Vi minha imagem bebendo cálices cheios de sangue. Festas da morte, Nuit Rouge.

— Vá, Lenah! — gritou Vicken atrás de mim enquanto corria para fora do ginásio, atrás de um dos vampiros que fugia do edifício.

Um sorriso se desenhou na boca de Justin.

— Vou arrancar esse ritual de você de um jeito ou de outro, Lenah — garantiu.

Joguei a espada no chão a fim de confundi-lo, e, como esperado, seus olhos seguiram o movimento da lâmina pelo piso.

Ali, contra a pele nua do peito estava a runa. A runa do conhecimento.

Claro.

Não tinha ideia de quanto tempo fazia que aquela runa o vinha controlando. Runas enfeitiçadas, itens infundidos com magia, podiam tomar o controle da mente de alguém fraco, alguém dominado pelo sofrimento, de coração partido.

— Justin, seu colar! — gritou Odette, movendo-se com velocidade. — Proteja a runa.

A maligna vampira loura estava diante de mim. Usava seu corpo como escudo entre nós dois. Eu precisava estar livre para tirar o pingente do pescoço de Justin.

Não era apenas sangrar Odette que a enfraqueceria — me livrar da runa também.

Aquela era a ligação entre Odette e Justin. Ela podia ter invocado força incomum por meio de feitiços e encantamentos, mas o pendente era a chave! Como estive cega!

350

A runa do conhecimento canalizava aquela força, ligava-a à sua velocidade sobrenatural. Ela conseguira energia se alimentando da mente de Justin.

A intenção é o que importa. Intenção na alma, na mente. Mente acima da matéria, chame do que quiser. A mente é sempre mais poderosa que o corpo.

O símbolo gravado na runa, o do conhecimento, quando invertido, pode ser usado em feitiços de enganação e manipulação.

Conhecimento é a chave. Foi o que o Fogo dissera.

Uma flecha voou pelo ar e se instalou no ombro de Justin. Ele gritou e caiu no chão, onde se debateu, fechando a mão na haste da flecha.

Odette agarrou minha blusa e tentou me imobilizar, mantendo-me perto dela. Me apertava mais sempre que me movia; tossi, lutando para respirar. Algo em meu peito parecia estar prestes a explodir.

Tinha de me livrar daquela runa. Era a única forma de enfraquecê-la. Odette apertou mais, fazendo a pressão em meu peito aumentar. Justin ficou imóvel por um segundo, a mão segurando a flecha. Era isso, minha única chance.

Estiquei o corpo. Apenas um pouco para a frente. E minha mão estava... quase lá. Estendi os dedos, que se curvaram ao redor de uma faixa de couro. Puxei-a do pescoço de Justin. Imediatamente, Odette me liberou. Tropecei para longe, com o pingente balançando entre os dedos. Rapidamente, virei. Tinha de manter os olhos fixos nela.

— Vou destruir isso! — ameacei, segurando o cordão no ar.

Odette ergueu um pé, ameaçando pular, mas parou. Seus olhos voaram da runa para mim. Uma fração de segundo passou enquanto ela parecia considerar suas opções.

Então Odette lançou-se no ar, avançando com as unhas afiadas como faca na direção de meu rosto. Abaixei e desviei, mas vi as garras vermelhas pelo canto do olho. *É agora ou nunca, Lenah.* Ela virou-se para me encarar outra vez. Era isso. Ergui a mão direita e fiz o que Vicken me treinara a fazer 150 anos antes.

Cravei o punhal em seu coração morto de vampira.

— Não... — gritou Odette, mas era um berro oco, animalesco. Ela foi ao chão, o peso todo jogado em apenas uma das mãos. Olhou para o peito como se não acreditasse que eu pudesse tê-lo feito. Que tivesse sido mais esperta que ela. Caiu de joelhos, toda retorcida. Olhou para mim, os lábios abertos. As presas surgiram, mas já não eram mais assustadoras; eram deprimentes. Parecia uma versão estilhaçada da jovem que outrora tinha sido.

Tombou ao chão, sem vida. Uma linda mulher que morreu jovem demais. Ao amanhecer, não passaria de cinzas. E, eu estava quase certa, iria se juntar à luz branca dos Aeris para finalmente poder retornar ao curso natural de sua vida.

E eu, eu teria meu desejo concedido. Ao nascer do sol, tudo estaria acabado, e voltaríamos a um tempo antes da morte súbita, antinatural, e da tristeza vazia. Retornaria ao mundo medieval. O alívio me invadiu apenas momentaneamente, porque Justin levava a mão ao pescoço. Sacudia a cabeça como se tentasse clarear a mente e cambaleava diante de mim. Tinha arrancado a flecha do ombro. Deixei a runa no chão e me ajoelhei diante dela.

Rhode parou ao meu lado quando o som distinto de sirenes soou a distância.

— Você precisa quebrar isso — disse ele. — A mente de Justin está conectada à runa mesmo depois da morte de Odette.

Entregou-me seu punhal, e olhamos para Justin uma vez mais. Ele continuava a segurar o pescoço nu. Usei toda a força nos braços para enterrar a lâmina no pingente de prata. O golpe tinha tanto vigor que o pingente explodiu com um estrondo. Uma nuvem de fumaça branca saiu dele. Olhei da runa para Justin, que agora segurava a cabeça. Mas o peito estava exposto, à minha frente.

Poderia perfurar seu coração e acabar com tudo. Acabar com sua vida humana e com sua vida vampírica. A runa estava quebrada no piso.

— Apunhale-o, Lenah! — gritou Vicken.

As sirenes ficavam mais altas, mais próximas. O ginásio estava quase vazio e tínhamos de ir.

Justin sacudiu a cabeça como se quisesse fazer tudo entrar em foco. Nesse mundo, seus olhos jamais precisariam daquele reajuste novamente. Era um imortal.

Vicken voltou a urgir que apunhalasse Justin. Não o faria, contudo. Não perfuraria o peito onde um dia repousara a cabeça, nem mesmo se tudo fosse mudar pela manhã.

Por causa do Justin daquele dia em que o conheci, debaixo da chuva. Por causa do Justin no corredor da casa de seus pais, na noite em que lá dormi. Por causa de seu amor à vida e de como um dia, não havia muito tempo, ele me mostrara como ser humana, e eu o amara.

Ele piscou para mim em choque por alguns minutos; aqueles belos olhos verdes de mármore exibiam um estranho olhar fixo. Os olhos margeados por cílios bonitos se fecharam para mim; Justin sacudiu a cabeça outra vez, como se ainda não pudesse enxergar direito.

Rhode levantou-se, e, juntos, o fitamos. Ele olhou o punhal que tinha na mão como se não soubesse bem o que fazia com aquilo.

353

— Bem-vindo de volta — disse Rhode a ele. O ginásio já estava vazio, a não ser por nós três e Vicken, que tinha um fio de sangue correndo da têmpora até o maxilar.

— O que você fez comigo? — perguntou.

— Eu te libertei do controle mental de Odette... através daquela runa — expliquei.

— Runa? — indagou.

— Esta coisa — disse Rhode, pegando os pedaços quebrados. Ele mostrou o pingente a Justin, abrigando-o na palma da mão.

— Você é um vampiro, Justin — falei, e seus olhos pularam para os meus.

Ele levou as mãos à boca e tateou as presas, que surgiram ao comando. Tirou os dedos quando o dente picou o indicador e uma gotícula de sangue surgiu.

— Não desperdice — avisou Rhode. — Vai precisar de todo o sangue que conseguir, vampiro.

— Sei o que sou! — gritou Justin, e se afastou de nós em direção à porta. — Eu sei. Não precisam ficar me dizendo.

Uma reação típica de vampiros. Arrogância. A incapacidade gritante de admitir o erro. O vampiro jovem não sente falta da humanidade de imediato. Tem sede de conhecimento. De poder. Muitas vezes, está empolgado demais com sua imortalidade.

Ele, porém, realmente não sabia. Não sabia o que lhe acontecera. Aquela talvez fosse pior que todas as nossas histórias. O pingente o impedira de perceber o que tinha acontecido. A runa não apenas tinha dado força a Odette, como também anuviara a mente de Justin. Havia tomado seu controle, transformando-o em outra pessoa.

Justin passou pela porta. Segurava o ombro onde tinha sido atingido pela flecha de Rhode. Olhou para ele, procurando sangue, mas, como eu já suspeitava, curava-se rapidamente. Manteve os olhos em mim e depois no chão, para Odette. Após ver o corpo retorcido, ele virou-se e correu.

Não fugiria. Corri também.

— Lenah! — chamou Rhode.

Eu o segui o mais rápido que pude. No entanto, Justin era um atleta e tinha muito mais velocidade que eu. Infiltrou-se no grupo de pessoas e correu para longe. Eu continuava atrás dele, mas fui parada pela multidão.

— Lenah!

— Tudo bem?

De onde estava, perto do grande carvalho no centro do campus de Wickham, virei-me para olhar o campo de tiro de arco e flecha onde, havia tanto tempo, Suleen me separara de Justin por um escudo de água. Agora ele estava ao pé da colina e virava-se para mim. Nossos olhos se encontraram. No início da vida vampírica, é possível lembrar de sentimentos tais como alegria e preocupação. O que meus olhos viram foi arrependimento. Mas já se desvanecia. Justin fugiu para a mata perto da colina e foi engolido pela escuridão.

Dentro de momentos, fui envolvida por mãos e rostos preocupados, ainda pintados com tintas do Halloween. Um grupo de pessoas me cercava e levava para longe.

Capítulo 26

Notícias a respeito de Justin espalhavam-se como centenas de penas que se agitam pelo ar.

— O que houve com ele?

— Ele se juntou a uma gangue?

— Com quem estava?

As mais diversas especulações corriam pelo campus silencioso, acumulando-se no que pareciam mil sussurros. Como? O quê? Por quê? Quem? As perguntas das vítimas. Perguntas que jamais seriam respondidas.

Vicken, Rhode e eu estávamos sentados sob uma árvore, esperando o quê? Não tinha certeza. Rhode estendeu a mão para a minha. Fiquei surpresa por um momento; não estava acostumada a seu toque. Vicken segurava uma camiseta ensanguentada junto à cabeça. Não trocamos muitas palavras depois que sentamos ali.

— Vai ficar tudo bem — disse gentilmente uma bombeira. — Vai dar tudo certo. — Consolava garotas chorosas que estavam sentadas em um grupo, bem juntas, perto do

Edifício Hopper. Outros bombeiros e policiais passavam correndo por nós, entrando e saindo do ginásio. Entravam com machados e uma mangueira, armas e sacos para cadáveres nas mãos. Eu não queria pensar a respeito, não queria saber. O grande relógio no Hopper dizia que eram 4h30 da manhã. Só faltavam duas horas para o nascer do sol.

Ouvi um fragmento da conversa entre um policial e a Srta. Williams.

— Tem certeza de que ele está em uma gangue? — perguntou o homem, fazendo anotações em um caderninho.

— Tenho. Com certeza, ele entrou para uma gangue. Das violentas — garantiu a diretora.

— Vamos ter de levar esses adolescentes para dentro. Começar a ligar para os pais — explicou outro policial, passando por mim.

Vicken, Rhode e eu nos entreolhamos em silêncio. Um paramédico aproximou-se de nós com sua maleta. Agachou-se e estreitou os olhos, examinando o ferimento na cabeça de Vicken.

— Venha comigo — chamou. — Vai precisar de pontos. — Vicken tirou a camiseta e um pequeno fio de sangue escorreu da testa até seu lábio superior. Quando fez a curva para baixo, pela primeira vez em nossa história, ele não o lambeu.

— Se importa de me descrever a forma desse machucado em minha testa, senhor? — pediu o ex-vampiro, enquanto seguia o paramédico.

Rhode e eu continuamos sentados, as costas apoiadas no tronco, nossos punhais, arco, flechas e a espada escondidos na lateral do Edifício Hopper. Recostei a cabeça na árvore e olhei para Rhode. Já tirara a fantasia, e tudo que restava dela agora era a regata preta. Usava de novo jeans. Tão moderno.

Foi então que me dei conta... também estava envelhecendo. Embora eu não fosse presenciar isso.

Ele apertou minha mão e fez meu coração se acelerar. Tão certo, pensei, enquanto o caos prosseguia ao nosso redor, que agora, depois de tudo isso, ele ainda consegue fazer meu coração bater com tanta força.

Tinha esperado tanto por isso.

— O que você fez foi muito corajoso — elogiou ele. Expirei, perdendo-me na suavidade de seus olhos azuis.

— Não me sentia corajosa. Só sentia que era... — procurei as palavras — o fim.

— Quantos eram? — A voz do policial atraiu minha atenção. Ainda fazia perguntas à Srta. Williams.

— Acho que eram quatro ou cinco — respondeu ela.

— Você acha que quando o sol nascer — sussurrei —, Justin vai continuar sendo vampiro? Quero dizer, quando eu voltar ao século XV?

— Acho que o Fogo vai manter a promessa que fez — respondeu Rhode. Virou a cabeça preguiçosamente para me fitar. — Ele vai voltar a ser apenas o Justin, acho.

— Aonde você acha que ele foi? — perguntei.

— Procurar outros vampiros. Não vai demorar muito até encontrar. — Rhode suspirou e continuou: — Talvez seu plano seja de fato a melhor coisa para todos.

Ele não olhou para mim quando falou. Depois soltou minha mão para procurar algo no bolso. Estendeu a runa quebrada para mim. Não a peguei. Não queria entrar em um jogo de adivinhação para tentar acertar quando Odette teria arrebatado Justin.

— Ei... — chamou ele, a testa franzida. — Onde está seu anel?

Estendi as mãos diante de mim e afastei os dedos uns dos outros.

Meu anel de ônix. Não estava comigo.

— Deve ter caído durante a luta — falei, sem conseguir acreditar. Olhei para o Edifício Hopper. — Vou até lá procurá-lo. — Dei um impulso contra a árvore e fiquei de pé.

— Ah, esquece. É uma pedra amaldiçoada, de qualquer forma. Ela mantém as pessoas presas. Almas também. Conecta as pessoas ao passado em um mundo que provavelmente não as quer mais.

Assenti e voltei a me sentar, sabendo que em algum lugar no chão do ginásio, meu anel estava abandonado sob decorações de Halloween e ponche de festa, o anel que me ligara de vida a vida, de humana a vampira e então humana.

Rhode ofereceu-me o pingente quebrado novamente. Desta vez, peguei e deixei os pedaços descansarem na palma da mão, frios contra a pele. Compreendi naquele instante. Tinha acreditado em Justin tão facilmente. Nem desconfiei quando disse que usava a runa porque se preocupava comigo, porque queria me entender. Todas as vezes em que ficávamos a sós, ele perguntava sobre o ritual. Estava tão ansioso para presenciar o feitiço de invocação. Tão interessado no poder.

— Você não podia ter adivinhado — disse Rhode.

— Quando... Quando eu e ele... — Parei, escolhendo as palavras. — Aquela noite. Do meu aniversário. Ele me disse no ginásio... que não estava com o juízo perfeito.

— Provavelmente foi capturado antes. Não acho que tenha feito nada disso por vontade própria. — Suspirou. — De qualquer forma, acabou — disse ele baixinho.

Inclinou-se e colocou uma mecha de cabelo atrás de minha orelha. Justin fizera o mesmo, mas, quando Rhode o fez e seus dedos roçaram minha pele, meu pulso se acelerou.

— Lembra aquela história que você contava? Sobre o *Anam Cara*?

Rhode assentiu e tocou minha face com ternura.

— Você acha que somos assim? — indaguei. — Ou é uma coisa reservada apenas a vampiros muito poderosos, como Suleen?

— Acho que Suleen diria que o amor que existe entre nós é até maior que o que o vampiro sentia pela mulher.

Ele não tirou a mão de meu rosto, e seu calor me trouxe à memória todos os momentos frios da vida. Durante todos aqueles longos anos, seu toque me dera alento. Sim, eu era um ser humano agora, e o toque era diferente; havia terminações nervosas e sentidos envolvidos.

O amor, porém, era o mesmo.

— Lenah? — falou uma voz fraca.

Girei para ver quem chamava meu nome. Todos continuavam fantasiados, os olhos delineados com glitter cintilante, lábios e narizes pintados ou cheios de pelos. Mais além do grupo de estudantes ocupando a via para o dormitório Quartz, dois paramédicos carregavam alguém em uma maca. Quando passaram, Tracy virou a cabeça lentamente para mim.

— Lenah! — Ela repetiu meu nome.

Pulei da grama, mas parei e gemi quando uma dor lancinante viajou pelo braço. Segurei o ombro direito; não tinha precisado de tanta força da última vez que brandira uma espada.

Passei por alunos que falavam sobre Justin e sua aparência mudada. Havia dúzias de motivos: drogas, vício em adrenalina, talvez tivesse entrado para uma gangue. Todas eram palavras ou termos que aprendera ao longo daquele ano como humana. Eram apenas desculpas inventadas pelas pessoas a fim de explicar o que não podiam entender.

— Podem esperar um minuto? — pedi, quando me aproximei de Tracy, e os paramédicos pararam.

Uma lágrima rolou pela face da menina. Ela secou-a e olhou para mim.

— Tentei — disse ela. — Trouxe uma faca, mas ela a chutou para longe.

— Não consegui chegar até onde você estava — respondi, me agachando para ficar na altura de seus olhos.

— Será que todo mundo que amo vai morrer? — perguntou, e a voz estava tão trêmula. — Não quero ir para casa, Lenah, mas vão fechar o colégio.

— Não é para sempre — confortei-a.

— Ele vai voltar para matar todo mundo?

— Ele é um vampiro — falei baixinho, para que apenas ela pudesse ouvir. — Mas não acho que você vai ter de se preocupar mais com ele.

Tracy secou os olhos.

— O que você fez hoje foi incrível — disse ela.

— Foi por minha culpa que você teve de ver tudo aquilo.

Sob o luar, podia enxergar sua dor com clareza.

Estendi a mão e peguei a dela. Estava tão acostumada a abraçar Justin ou Vicken, jovens de ombros fortes e costas largas. Tracy, porém, era apenas uma adolescente; tal qual eu deveria ter sido. Ela me parecia frágil, como se eu estivesse segurando a mão de uma criança.

— Não dá para acreditar que estão cancelando todas as aulas — disse, e tirou a mão da minha para limpar as lágrimas das bochechas outra vez.

Os homens que levavam a maca recomeçaram a andar em direção a uma porção de ambulâncias reunidas no centro do gramado. Na frente delas havia seis corpos. Quatro vampiros, incluindo Odette, e dois alunos. No instante em que me virei, alguém atrás de mim comentou:

— As equipes de reportagem estão vindo aí.

— Te vejo depois, Lenah — despediu-se Tracy, e foi levada para a confusão de equipes de emergência e luzes que piscavam.

— Claro — respondi, embora soubesse que, na verdade, nunca mais a veria.

Quando me voltei para encarar o campus caótico, a polícia agrupava estudantes por turmas. Todos falavam aos celulares. A Srta. Williams os mandava voltar aos dormitórios.

Encontrei os olhos de Rhode quando Vicken se juntou a ele perto do grande carvalho. Estava com um curativo branco ao redor da cabeça, e os dois conversavam baixinho com confiança. Fazia horas desde que Justin correra para a floresta, e apenas naquele instante, muito depois da meia-noite, os policiais e bombeiros guiavam os alunos de volta aos alojamentos. Afirmações haviam sido feitas, notas foram tomadas; era hora de entrar e tentar descansar pelo pouco que restava da noite.

Expirei quando um vento fresco passou pelo campus, fazendo as folhas farfalharem. Sabia que um estremecimento era um sinal. Uma conhecida sensação de certeza me inundou.

Olhei para um ponto além dos alunos, para a colina, onde no topo estava, finalmente, finalmente, Suleen.

Caminhei na direção de Vicken e Rhode. No caminho, a Srta. Williams parou diante de mim. A tinta do nariz de gato sumira. Tudo o que restava da fantasia eram algumas manchas de bigodes nas bochechas.

— Estava esperando para poder falar com você sozinha — disse ela.

Os olhos, de uma cor azul acinzentada, penetraram os meus na quase aurora.

— O que vocês fizeram? — perguntou ela. — Como sabiam? Você, Vicken e Rhode?

— Srta. Williams, preciso ir.

— Aqueles homens. E Justin... — começou a dizer.

Toquei-a no ombro, como ela própria teria feito comigo, como um pai faria a um filho. Pois eu era de fato muito mais velha do que ela jamais seria.

— Já acabou — falei, repetindo as palavras que Rhode me dissera, e segui para a árvore.

Enquanto andava, ignorei seus chamados.

— Lenah, espere. Não entendo. Não...

Quando cheguei ao carvalho, vi que o curativo de Vicken ia das sobrancelhas à linha dos cabelos.

— Tudo bem? — indaguei.

— Não é nada, só um arranhãozinho, amor — garantiu, e trocamos um sorriso exausto. No topo da colina atrás dele estava o traje branco de Suleen. A imagem me fez lembrar a esfera cinza que pairava sobre meu coração no teto de ônix da casa dos Ocos.

Fitei a multidão atrás de nós. Ninguém nos olhava; ninguém exigia que voltássemos para dentro. Sabia que tudo era um feito de Suleen. Tornara-nos invisíveis, para nos permitir uma saída fácil.

Isso também me deu tempo para uma espiada final. E foi o que fiz. Varri o campus com os olhos, parando, claro, no dormitório Seeker a distância. Sua estrutura de tijolos estava emoldurada por árvores que vibravam com folhas laranja e amarelas. Meu coração doía.

— É hora de ir — falei a Vicken, e comecei a subir a colina.

— Ir? — repetiu ele. — Ir aonde?

— Vem — chamei gentilmente, e tomei sua mão na minha. Vicken olhou para ela e depois para mim.

— O que está acontecendo? — indagou.

Subimos a colina. Rhode apertava minha outra mão com força durante a subida. Três gerações de assassinos caminhavam para sua retificação. O julgamento era pedido meu desta vez. Quando alcançamos o topo, Suleen estava lá, etéreo e calado.

Queria estar zangada com ele. Queria saber por que não viera quando o invocara com feitiços.

A verdade era que já sabia a resposta. Não tinha vindo porque eu não merecia. Porque vir para salvar Rhode não resolveria coisa alguma. Eu apenas encontraria outra maneira de tentar quebrar o decreto, de fazer a magia que estava especificamente proibida de fazer.

Enquanto andávamos em sua direção, inspirei. O outono tinha finalmente chegado a Wickham. Quando alcançamos o topo, arfando e arquejando, nossa respiração era visível no ar.

— Suleen — disse Vicken, em admiração sem fôlego. Jamais vira o vampiro, não em pessoa. — Você veio — continuou. — A gente não precisou queimar nenhum apêndice.

Suleen sorriu amavelmente, mas em seguida virou o olhar para mim.

— Estou orgulhoso do que fez — declarou. Rhode estava ao meu lado. O vampiro virou-se para ele. — E ainda mais orgulhoso do que você não conseguiu fazer.

Rhode assentiu uma vez.

— Agora, as apresentações direitas — disse ele, e desviou suas atenções de mim e Rhode. — Vicken Clough, do 57º regimento. — Vicken estufou o peito. Suleen estendeu a mão e segurou seu antebraço. Vicken segurou o dele em retribuição, uma maneira comum de vampiros se cumprimentarem; uma espécie de aperto de mão que protegia o pulso. Os olhos do menino se iluminaram, mais que eu jamais vira como mortal. Aquele devia ser um momento muito importante para ele.

— Ele não sabe — falei para Suleen.

O vampiro recuou, e, naquele instante, percebi que o céu já não estava preto, mas cinzento. Logo estaria lavanda, e depois alaranjado. O sol... o mensageiro da mudança. Um lembrete, embora desta vez fosse minha carruagem.

— Sei do quê? O que é que está acontecendo? — perguntou Vicken.

Lancei um olhar a Suleen.

— Quanto tempo tenho?

— Apenas alguns minutos — avisou ele com suavidade.

Voltei-me para Vicken e coloquei as mãos em seu rosto. Encontrei seu olhar e o sustentei. Ele pareceu ter dificuldade em retribuí-lo; as narinas se abriram um pouco. Ia chorar, embora eu não estivesse certa de que ele já sabia. Ou se estava lutando contra a vontade. Observei seus olhos lentamente recuperarem a lembrança da reação humana de quando o corpo chora. Encontrei as órbitas castanhas e disse:

— Você sabe por que te salvei nas férias passadas, no ginásio?

Vicken balançou a cabeça.

— Porque quando te conheci, você dançava e cantava em cima das mesas. Você amava o mundo, e eu te transformei em um espectador.

— Lenah? — disse ele, gentilmente.

— Você não vai mais ser um.

— Não estou entendendo, amor.

— Vou voltar ao século XV — revelei.

— Não! — exclamou ele, e tirei minhas mãos de seu rosto.

— E você vai voltar para a casa de seu pai. Quando o dia nascer, vai retornar à noite em que roubei sua alma e te transformei em um demônio. Vai ser o navegador que conheci, com mapas colados nas paredes e meias penduradas em cima de um balde.

O céu estava roxo agora, e o sol logo despontaria no topo da colina. Os primeiros brilhos dourados beijaram o planalto.

— Lenah, por favor, não! — suplicou ele outra vez, mas virei as costas. — O que isso quer dizer? — exclamou ele atrás de mim. — Suleen, o que quer dizer?

Voltei-me para Rhode cujos olhos estavam grudados no chão. Seus braços pendiam dos lados do corpo; ele poderia ter sido uma estátua moderna, de tão imóvel.

Caminhei até ele e parei à sua frente, como havíamos ficado ao longo de meses, a centímetros um do outro.

— Vou te beijar agora — sussurrei. Rhode levantou os olhos para fitar os meus.

— Estava esperando que você dissesse isso — sussurrou em resposta, e abrimos, os dois, um sorriso. — Lenah — disse, e pude sentir o calor de seu corpo vibrando. — O que vou fazer sem você?

Estremeci enquanto uma palavra viajava por de mim.

— Viver.

Nossos lábios se encontraram... A pressão maravilhosa de sua boca contra a minha. O calor de sua pele e seu gosto.

Segui os movimentos de seus lábios e a pressão delicada da língua. Sua mão subiu pelas minhas costas, fazendo arrepios percorrerem meus braços.

Foi melhor que jamais esperei que pudesse ser. Meu Rhode beijava com suavidade. Segurava minha nuca e mergulhava mais fundo em minha boca. *Não se afaste.*

O cheiro de maçã, que me assombrara o ano inteiro, me dominou novamente, mas agora chegou com a conhecida luz branca dos Aeris. As imagens que vieram a mim mostraram milhares de lembranças de meu passado com Rhode. Um slide show de nossos anos juntos.

Brincos de ouro na chuva. Dança em bailes. Risos sob as estrelas. Rhode e eu em uma cama de palha. Ao lado de uma lareira. Rhode rindo de algo que eu dissera.

Não tinha sido tudo apenas dor e morte, tinha? Era amor.

Ele se afastou, e o ar entre nós era quente, ainda que o frio da manhã machucasse minhas orelhas. Seus olhos estavam fixos nos meus.

— Vivendo uma aventura? — sussurrou ele, com aquela pequena curva no canto da boca que criava um sorriso irregular. Repetira a frase para mim centenas, não, milhares de vezes. Deixava meu coração mais leve.

— *Anam Cara* — sussurrei. Ele me deu um pequeno sorriso que foi o suficiente para mim. Não tinha de explicar o que queria dizer. Pois era um novo mundo agora, em que nossas histórias já não mais importavam e estávamos livres.

— Lenah... — chamou Suleen, e pude ver o dourado tocar o horizonte. Talvez fosse porque os Aeris tivessem me dito, ou que soubesse que o sol era o próprio Fogo, mas eu sabia. Devia caminhar para o nascer do sol. Sabia que me levaria para casa.

O azul dos olhos de Rhode era tão intenso, como sempre. Ele me amava. Eu poderia retornar ao século XV sabendo que, pela primeira vez, tinha amado e sido amada verdadeiramente. Rhode aninhou meu rosto nas mãos. Suavemente beijou minhas faces e a testa, e depois passou os lábios sobre os meus.

Afastei-me dele, sentindo arrepios percorrerem o corpo inteiro. Quando olhei para Vicken, lágrimas, grandes e belas lágrimas, escorriam por seu rosto. Limpou-as e fitou os dedos, momentaneamente chocado pelo poder do choro, pelo qual havia esperado por mais de cem anos.

Suleen pegou em sua mão e, como o vi fazer no ano anterior, levou-a até o peito para pousá-la sobre o coração. O brilho dourado do sol me esquentava; meu corpo inteiro foi engolido pelo calor. Estava indo. As árvores atrás de Rhode, Vicken e Suleen eram manchas alaranjadas e vermelhas contra o céu.

Por último, olhei para Rhode. Queria que fosse minha visão final deste mundo. Seus lábios estavam ligeiramente abertos. Poderíamos ter trocado uma variedade de palavras naquele momento. Mas eu estava partindo depressa. Mal conseguia enxergar Vicken; era um borrão de luz branca. Achei que pudesse sentir o cheiro de maçãs.

Não restava nada mais a ser dito entre mim e Rhode. Nenhuma palavra seria o bastante. Então levei a mão ao peito, onde meu coração batia. Ele morrera por isto — pela capacidade de respirar e viver. Deixei-a ali e não quebrei o contato visual com o azul dos olhos que amei mais que o amor poderia explicar.

Eu te amo. Eu te amo. Eu te amo.

A luz já me cercava, me dominando.

Este seria um mundo diferente. Sem Lenah Beaudonte.

E assim, com a luz diante de mim como um borrão de dourado e prata...

...parti.

Todos os nossos erros permanecem instalados em nossos corações? Podemos mesmo nos libertar? Aquilo que está gravado em pedra pode ser desfeito. Pois a pedra não pode prevalecer.

Até a pedra pode ser quebrada.

Capítulo 27

1417

Maçãs. Grandes globos escarlate reluzem sob o sol da manhã.

— Lenah!

Alguém chama meu nome. Maçãs redondas balançam em um galho lá fora, além da janela. Conheço esta vista. Conheço esse aroma cru... a palha da cama. Estou no pomar de minha família. O sol tinge o piso de madeira de luz amarelada. Um galo canta lá fora; acordam com o amanhecer. Lembro-me disto!

— Lenah!

Meu pai! Alegria explode em meu peito.

— Garota dorminhoca! Estás doente? — A voz dele ecoa, e não a ouço havia muito tempo. Por um instante, levanto a mão para tocar o vidro espesso de uma janela medieval. A luz é mais natural que no mundo moderno; é real, e não criada por lâmpadas. Entra pela vidraça antiga, grossa e imperfeita.

Não me importo com o fato de a camisola ser longa, cobrindo os pés, e levanto a barra a fim de correr escada abaixo, pulando dois degraus por vez. Lá está meu pai, com a barba densa e as roupas de trabalho. Minha mãe está diante do fogo, com um balde d'água e roupa suja para lavar. Posso reconhecer alguns de meus vestidos. Lembro--me deles!

Atiro-me no pescoço desgrenhado de meu pai. Há um toque de lavanda em sua pele; acabou de tomar banho. Ele se afasta.

— Roubastes os tomates dos monges de novo? — indaga.

Beijo suas bochechas.

— Não — digo com um sorriso. — Me dá dois segundinhos só — acrescento, e sigo para as escadas.

— Como é? — pergunta meu pai.

Ah. Giro. Aquela é uma expressão moderna — uma unidade de medida de tempo. Minha família não pode mensurar a passagem do tempo daquela forma. Sua rotina é governada pelo movimento do sol. Em vez disso, digo:

— Volto já.

— Vá depressa — diz ele.

Espio pela janela, os sons de minha mãe lavando roupa atrás de mim. Tinha me esquecido, ao longo de minha extensa história, de como o mundo medieval era silencioso. A colheita já passara havia muito; a maioria das árvores não carregava frutos. Olho ao redor — reconheço esta cena exata. A família Médici comprou a maior parte de nossas frutas, e o restante foi para os monges, em cujas terras moramos. Faziam cidra com as maçãs ou as comiam.

Hoje é dia de limpeza. Depois da colheita. Precisamos limpar a terra para nos preparar para o inverno vindouro.

Acho que sei o que este dia é, mas não quero acreditar... ainda não. Poderei dizer à noite, quando observar o céu.

Passo a tarde no pomar com meu pai. Senti sua falta por tanto tempo que me pego atrás de uma árvore observando-o arar o solo, cantarolando. Por um momento, anseio pela facilidade de um apertar de botão. Vi trabalhadores em Wickham usarem um soprador de folhas motorizado. Penso em como seria mais fácil para as mãos desgastadas de meu pai. Queria que pudéssemos ter música também, e claro que penso no internato e seus campos extensos. Nos treinos de lacrosse aos quais assisti, em que havia música em volumes altíssimos a fim de ajudar o tempo de passe.

Lacrosse.

Pisco para tirar o sol dos olhos e remexo a terra sob a árvore com o pé. Espero que Justin, onde quer que esteja agora que parti, esteja feliz. E humano.

Limpo o suor da testa, observo o sol movimentar-se pelo céu. Este mundo não tem cicatrizes, remédios, sorvete de marshmallow com biscoito. Sorrio à lembrança das mãos de Tony passando um pincel pela tinta azul-cerúleo. Vou sofrer com a perda não apenas de meus amigos e de Rhode, mas de meu amor recém-adquirido pelo mundo moderno.

Quero contar tudo a papai. Mas não posso. Não há como ele entender. Agacho ao pé da árvore, correndo os dedos pelo solo rico. A rotina voltou a mim com rapidez. Lembro-me tão bem de como podar os galhos, como cortá-los para que as frutas retornem aromáticas e fortes.

— Lenah! — chama meu pai, e aponta para a casa quando nuvens bulbosas e negras vêm se instalar sobre o pomar.

Grito de volta e seguro a bainha do vestido a fim de andar com mais facilidade. Sinto as mãos cobertas de terra enquanto sigo meu pai a caminho de casa.

Vamos à igreja, mamãe me diz durante o jantar. Estou ansiosa por isso. Ver o padre Simon e ouvi-lo falar sobre Deus e religião. Uma vez, há muito tempo, aquelas missas me ensinaram a viver — servir a Deus, viver para o que viria após a morte. Esses eram pensamentos medievais. Jamais imaginei que teria minhas próprias visões sobre religião, Deus, éter e vida antes e depois da morte.

Minha mãe sorri para mim enquanto comemos.

— Pareces feliz — diz.

— A comida é boa — respondo.

É apenas um simples ensopado, e ela assim o diz. Tenho de me lembrar de que a comida aqui é feita pelas próprias pessoas. Vem de animais que foram pescados ou mortos, ou então comprados de alguém que o fez anteriormente. A comida é preparada a mão, não produzida em fábrica.

Rhode me disse há muito tempo que o amor era uma emoção que existia além dos confins da condição humana. Poderia se elevar aos picos mais extremos, falou. Mesmo nos céus, o amor voava, planava e se espalhava pelas estrelas. Sentada em frente a meus pais, acredito que seja verdade.

— Estás tão quieta — disse mamãe, quando uma trovoada fez nossa casinha vibrar.

— Chuva outra vez — comentou papai com um suspiro.

— A colheita terminou. Alegra-te — disse minha mãe, dando um beijo em sua cabeça.

A chuva que vem é a tempestade que conheço.

Quando finalmente cai, conheço as batidas no telhado tão bem quanto conheço minha alma.

É a noite em que morri. Esta é a noite em que Rhode me transformou em vampira.

As horas passam, e logo o fogo está quase extinto. Os brincos de minha mãe estão a salvo; não pedi para usá-los hoje. Não os perdi no pomar.

Os Aeris me trouxeram de volta a este dia para me lembrar de minhas escolhas. Caminho até as escadas, para a janela que fica sobre o oitavo degrau. Contar foi sempre uma inclinação infantil, mas faço mesmo assim.

Pouso a mão no vidro frio. Os dedos o esquentam; um halo de condensação se forma pelo calor corporal. Tantas coisas que sei graças à minha vida moderna. Como a ciência muda, como a música muda, de forma que as pessoas passam a viver muitos, muitos anos mais.

Passei quinhentos anos me transformando em um monstro, me alimentando de gente, fazendo das pessoas minha miséria. Também vi, porém, os caminhos do mundo. Concentro-me no fundo do pomar. Embora não consiga ver àquela distância, um dia, em um mundo diferente, Rhode esteve à minha espera. Ali.

Não há Rhode ao fim do pomar; sei disso. Eu o salvei. Está seguro.

Também sei que jamais encontrarei Justin... Ou Tony.

Wickham existirá daqui a centenas de anos, quando eu já tiver partido há muito.

Deixo a mão na vidraça. Meu maxilar se trinca. Isso dói, ficar parada aqui sabendo o que sei, ciente do que existe à frente com este mundo inteiro e toda a sua beleza.

Mesmo que ele não esteja lá para me observar, faço isso pela história. Pelas almas que foram salvas em um momento. Sussurro as palavras:

Vou te amar para sempre.

Levo a mão ao coração, e as lágrimas acumulam-se em meus olhos. Estremeço da cabeça aos pés; arrepios percorrem meu corpo, e, em pouco tempo, as lágrimas também rolam, e digo as palavras que apenas vampiros compartilham:

— Siga em frente pela escuridão e pela luz.

Engulo as lágrimas, viro-me de costas para a janela e paro em frente à porta do quarto de meus pais. Dormiam de costas um para o outro, bem juntos. Pergunto-me se passarei os restos de meus dias aqui nesta casa. Se ficarei doente, ou se minha imunidade do mundo moderno irá estender minha expectativa de vida. Talvez até me conforme com um homem gentil deste mundo e me case com ele. Algo que sei é que, desta vez, vou conhecer minha irmã, Genevieve. Vou presenciar seu nascimento e vê-la crescer.

Escoro todo o meu peso no batente da porta, observando meus pais por algum tempo. Conheço a noite, as cheias e baixas das horas; posso senti-las passando. A virada do céu escuro do preto para o azul, para um tom lavanda tingido de rosa. É apenas quando estou certa de que o sol está raiando que me atrevo a deitar em minha cama.

A sede de sangue acabou. As mortes desnecessárias acabaram. Só mais um pensamento atravessa minha mente enquanto finalmente adormeço...

Ah... Como vou sentir a falta dele.

Epílogo

QUERIDA...

Nem mesmo sei seu nome, querida. Não posso escrevê-lo aqui neste papel, pois me escapa. Todos os dias fica na ponta de minha língua como se fosse uma bala. Posso sentir seu gosto pelo mais breve dos momentos, e em seguida desaparece, antes que eu consiga saborear e engolir.

Eu me sinto arder por você.

Há um halo de condensação aqui na janela que tem vista para um campus que ainda se agarra ao verão. O outono chegará em breve. Ontem sonhei com você outra vez. Estava com os cabelos presos acima das orelhas e um vestido longo. Um que não se vê no mundo moderno. Tinha um espartilho moldando seu corpo, e você estava de pé acima de uma grande colina que se elevava a distância.

*Sua imagem começa a me assombrar de dia
também. Aleatoriamente, enquanto as pessoas
falam comigo, seu rosto, com os olhos azuis-
-escuros e sorriso de confidente, se esgueira para
dentro de meus pensamentos. Sempre, sempre,
aqueles segredos que só você conhece pulam e
brincam na ponta de seus lábios.*

Qual é seu nome? Por que me atormenta?

*Por que quero lhe dizer que alunos estão
desaparecendo deste colégio? Três no total. O
primeiro ainda está desaparecido, seu nome é
Justin. A segunda será enterrada hoje, e a terceira
sumiu na manhã de ontem.*

*Encontraram o corpo de Jane Hamlin perto da
praia, dois furos no pescoço, todo o seu sangue
sugado. Por que seu rosto surgiu em minha mente
quando ouvi essa notícia?*

*Você, com sua graça de porcelana e pele
antinatural.*

*Gritaria por você se pudesse me ouvir.
Colocaria fogo neste lugar se significasse que você
veria a fumaça. Eu te amo — sei disso. Ainda
assim, não consigo lembrar quem você é.*

*Preciso ir e fechar as páginas deste diário
Estou aqui sentado, de terno, pronto para ir
ao funeral de Jane Hamlin. Alguém já bateu à
minha porta. Todos no Internato Wickham vão
Estranho. Agora mesmo, quando estava prestes
a colocar a caneta de lado, uma frase me veio
à cabeça como se chegasse a mim de um sono
profundo. Fico imaginando se foram meus pais*

quem me ensinaram antes de morrer, embora eu
fosse novo demais para lembrar.

Maldito seja aquele que pensa o mal.

Sabe o que isso significa? Talvez seja outra
pista. Outra maneira de descobrir quem você é.

Maldito seja aquele que pensa o mal.

Seja quem for, a pessoa que está matando esses
alunos deveria ouvir essa advertência.

Até lá,
Rhode

Agradecimentos

Primeiramente, obrigada eternamente a: Ruth Alltimes, Emma Young e Jennifer Weis. Como poderia agradecer o suficiente? Que palavras posso escolher que conseguiriam fazer jus ao apoio, à paciência, à orientação que me deram para este romance? Aproveitei-os todos. A família Macmillan me tornou uma escritora melhor.

Mollie Traver: obrigada pela orientação e pelo seu tempo. Mal posso esperar para trabalhar com você outra vez no terceiro livro (se algum dia precisar de uma companheira para andar de elevador, é você quem vou chamar).

Rebecca McNally: olho crítico, editora maravilhosa, e agora em uma nova casa. Muito obrigada por todos os direcionamentos editorias. Tenho sorte por ter trabalhado com você e espero fazê-lo novamente logo! O terceiro livro não será o mesmo sem você!

A. M. Jenkins: Obrigada por aquela tarde nas mesas de piquenique na VCFA. Sua paixão e sua dedicação são inigualáveis. Trabalhar com você fez de mim uma escritora melhor e me mostrou o que significa ser um grande mestre. Sinto sua falta!

Margaret Riley, minha agente incrível: mal posso esperar para começar a trabalhar no terceiro livro e bater o pé para divulgá-lo.

Matt Hudson: sua orientação desde o início foi sempre brilhante e apreciada. Sinto falta de nossas conversas editoriais e espero que possamos trabalhar juntos outra vez. Da próxima vez, o milk-shake fica por sua conta.

Todo mundo da VCFA, especialmente os "Keepers of the Dancing Stars": os Keepers são um achado!

Os CCWs: Laura Backman, Rebecca DeMetrick, Gwen Gardner, Maggie Hayes, Mariellen Langworthy, Claire Nicogossian e Sarah Ziegelmayer. Adoro nossas reuniões mensais. Vocês acrescentam alegria demais à minha vida de escritora.

Um obrigada enorme também a: Franny Billingsley, Josh Corin (um leitor maravilhoso), Amanda Leathers, Monika Bustamante, Heidi Bennett (vampirequeennovels.com) e Cathryn Summerhayes, minha incrível agente inglesa.

Meus agradecimentos também a: David Fox, Michael Sugar e Anna Deroy, e a toda equipe do WME West.

E, é claro, à minha irmã, Jennie: você sempre sabe o que é melhor. Para meus textos e para mim. Amo você.

Mamãe e papai: não sei mais como agradecer pelo apoio infinito. "Quem não arrisca... Não petisca!"

E, por último, mas não menos importante, Kristin Sandoval: tudo que escrevo aqui parece incompleto. Portanto, simplesmente, obrigada. Obrigada por ler meu livro incontáveis vezes. Pela franqueza. Pelos olhos de águia ao editar e por me mostrar o caminho quando eu não era capaz de vê-lo. Pelas ligações por Skype e pela paciência. Você é inacreditavelmente talentosa e generosa. Este livro não existiria sem você. Fico tão grata por termos nos conhecido. Obrigada. Obrigada. Obrigada.

Este livro foi composto na tipologia Sabon LT
Std, em corpo 10,5/15, e impresso em
papel off-white no Sistema Cameron da
Divisão Gráfica da Distribuidora Record.